ザ

リンダ・

林 啓恵 訳

ANGEL CREEK
by Linda Howard
Translation by Hiroe Hayashi

mira

ANGEL CREEK

by Linda Howard

This edition is published by arrangement
with Pocket Books, a Division of Simon & Schuster, Inc.
through Japan UNI Agency, Inc. Tokyo.

Published by K.K. HarperCollins Japan, 2021

天使のせせらぎ

おもな登場人物

ディー・スワン――農場経営者
ルーカス・コクラン――大牧場の経営者
オリビア・ミリカン――ディーの友人
ウィルソン・ミリカン――オリビアの父親。銀行家
ホノラ・ミリカン――オリビアの母親
カイル・ベラミー――牧場経営者
ルイス・フロンテラス――ベラミーの牧場のカウボーイ
ティリー――酒場の女性

1

町に戻ってひと月になるが、いまだルーカス・コクランは、この田舎町がその名のとおりプロスパーなのに、驚かずにいられなかった。どこにでもある小さな町にもかかわらず、活気があって、整然としている。行き交う人々を見ればその場所がよくわかるという意味では、穏やかで落ち着いていて、そして文字どおりプロスペラス——栄えていた。新興の町のほうがにぎやかで、大儲けのチャンスはあるだろうが、炭鉱で栄えた町は、鉱石が尽きればさびれてしまう。

その点、プロスパーは、雑貨屋、酒場、開拓者向けの貸し馬屋という三つの役割を兼ねたひとつの建物を出発点としていた。ルーカスはいまでもプロスパーがただの更地で、〈ダブルC牧場〉以外、周囲数マイル一帯に白人がいなかった時代を憶えている。そんな風景を一変させたのが、一八五八年のゴールドラッシュだった。何千という人々が、明日の百万長者を夢見てコロラド山脈に押し寄せた。プロスパー界隈では金《きん》は見つからなかったものの、ここが気に入って住みつき、小規模の牧場を始める者もいた。人が増えれば、そのぶん、物資も必要になる。雑貨屋と酒場と貸し馬屋の入った建物の隣に別の建物ができ、のちのコロラド準州プロスパーとなる小さな入植地が誕生した。

ルーカスはコロラド内外で多くの新興の町を見てきたが、狂乱ぶりはどこも似たり寄ったりだった。泥だらけの通りには、炭鉱労働者と、一見して人種の異なる金回りのいい賭博師や酒場の経営者、売春婦、権利奪取者といった連中がたむろしていた。ルーカスとしては、プロスパーが金や銀に恵まれなくて――あるいは祟《たた》られなくて――喜んでいた。だからこそ、ほとんどの新興の町が風化して廃墟となるなか、プロスパーは生き延びてきた。

家族を養うのに適した健全な田舎町であるプロスパーには、すでに三百二十八人が暮らしている。商店はすべて長い目抜き通りにあり、それを取り囲むようにして、住宅の建ちならぶ九本の通りが延びていた。ほとんどの家はこぢんまりとして簡素だが、なかには銀行家のウィルソン・ミリカンのように、ここに移住する前に財を成していた者もいて、そうした人々の家は、デンバーや東部の大都市の家屋にもひけをとらないほど立派だった。

酒場は一軒きりで、売春宿はないが、町の男たちのあいだでは（そして彼らは気づいていなかったが女たちのあいだでも）、金さえ出せば酒場のふたりの女がもてあました欲望を処理してくれるのが公然の秘密となっていた。教会は町の北のはずれ。そこに子どもたちの学校もある。ほかに銀行、宿が二軒、食堂が宿内の二軒をふくめて計三軒、雑貨屋、貸し馬屋が二軒、衣料品店、床屋、靴屋、鍛冶屋、そして婦人用の帽子店まである。駅馬車は週に一度やってきた。

こうした町ができたのも、すべてはコクランの一家がコマンチ族やアラパホー族と戦い、血を流しながら土地を守って、ゼロから広大な〈ダブルC〉を切り拓いたおかげだ。ルーカスはこの地ではじめて生まれたコクラン家の人間で、いまや最後の生き残りとなった。先住民との戦いのさなかにふたりの兄弟と母を亡くし、父は数週間前に他界した。移住してきた牧場主はほかにもいるが、最初にこの地に足を踏み入れ、命と引き換えに、いま町じゅうが享受している安全の基盤を築いたのはコクラン家だ。プロスパーに長く住んでいる者なら、町の中心が長い目抜き通りにではなく、〈ダブルC〉の家族墓地に並ぶ墓にあるのを知っている。

ルーカスはブーツの踵《かかと》を歩道に響かせて、雑貨屋に向かっていた。雪の気配をはらんだ突風に吹かれ、空を見あげた。山脈の頂にかかる灰色の雲が、春の遅れを告げている。暖かくなってもいい時期なのに、雲は低く垂れこめたままだ。ショールで肩をすっぽりと包んだ女とすれちがい、帽子を持ちあげて挨拶した。「また雪が降りそうですね、ミセス・パジェット」

ベアトリス・パジェットは愛想のよい笑みを返した。「本当ね、ミスター・コクラン」

ルーカスは雑貨屋に入って、店主のホセア・ウィンチェスにうなずきかけた。彼はルーカスがいなかった十年で店を盛りたて、仕入れを担当する店員を雇うまでになっていた。

「ホセア」ルーカスは挨拶がわりに呼びかけた。

「よお、ルーカス。外はちょっくら冷えてきたみたいだな」

「明日の朝までには雪が降る。山に雪が積もるのはありがたいが、いいかげん春が来てくれないかね」

「みんなそう思ってるさ。今日はなにか探しものかい？」

「ガンオイルをね」

「左の奥だ」

「どうも」

ルーカスはホセアに言われたとおり通路を進み、馬具を見ていた農家の女に危うくぶつかりそうになった。おざなりに詫びを述べ、一瞥《いちべつ》して通り過ぎた。厳しい農作業は女を早く老けこませる。それに、向こうの小麦粉の棚のそばに見憶えのあるブロンドがいて、そちらに心を奪われていた。結婚するとしたら、オリビア・ミリカンは理想のタイプだ。育ちがよくて、明るくて、おまけに一生ベッドをともにするのが楽しみになるほどの美人でもある。ルーカスには〈ダブルＣ〉の将来設計と、それを実現するだけのがむしゃらな野心があった。

オリビアは若い女ふたりと一緒だったので、距離を保ったまま、彼女がこちらに向いたとき帽子を持ちあげて挨拶するだけにしておいた。他のふたりはくすくす笑ったが、彼女はきまじめな顔で会釈を返した。軽く赤らんだ頬のせいで、かえって美しさが引き立つ。

彼はガンオイルの代金を払うと店をあとにした。押し殺した嬌声《きょうせい》やくすくす笑いが閉まるドアの隙間から聞こえてきたが、やはりオリビアの声はしなかった。

「あなたと二回も踊ったのよね！」

「彼はなんて言ったの？」

「あたしが誘われたときは、ドキドキしすぎて、倒れるかと思ったわ！」

「ダンス、上手だった？　彼の腕が腰にまわるのを想像しただけで、胸がうずいちゃう。申し込まれないでよかった。だって、きっとドジを踏んで笑われちゃうもの。でも、あのときは、あなたにとっても嫉妬したのよ、オリビア」

ディー・スワンは三人の女にちらっと目をやった。オリビアに口をはさむ隙を与えず、ふたりが交互にしゃべりまくっている。オリビアは頬をやや赤らめつつ、それでも毅然《きぜん》としていた。彼女たちは店の片隅に身を寄せて、声をひそめようとしているが、その興奮ぶりは手に取るように伝わってきた。どうやら例によって男の噂、この場合はルーカス・コクランの話をしているらしい。ディーは馬勒《ばろく》を選びながら聞き耳を立てた。なるべくしなやかなものがいい。硬い革紐が指をすり抜けてゆく。

「あの方はとてもきちんとしてらしたわ」オリビアは淡々と言った。この銀行家の娘は、めったなことでは取り乱さない。ディーがいたずらっぽく目を輝かせ、落ち着きはらったオリビアを見やると、通路をはさんでふたりの目が合った。オリビアには、ディーが声をあげて笑っているかのように面白がっているのがわかった。それと同時に、ディーが会話に加わらず、礼儀正しい会釈以上のことは望んでいない理由もわかっていた。ディーはなによりプライバシーを大切にしている。オリビアはそんな友人を尊重し、友人には興味のない、場合によっては苛立《いらだ》たせるようなおしゃべりには、誘わないようにしていた。

プロスパーのような小さな町でも、階層というものが存在した。ディーはオリビアが入っている仲間うちではふつうなら歓迎されず、それに、彼女のほうも特別扱いされたくないと、はっきり態度で示していた。ディーはそうしたつき合いにまったく興味がなかった。かたくなに人を寄せつけないので、ふたりが地元の学校に通っていて顔見知りなのは知られていても、その友情の深さを知るのは当の本人たちだけだ。ディーはオリビアを訪ねず、いつもオリビアのほうがひとりで馬に乗ってディーの小屋を訪れた。だが、それは双方にとって都合のよい取り決めだった。これならディーのプライバシーは守られるし、オリビアも自由を享受できる。少なくとも数時間は、ディー――オリビアの知り合いのなかで、もっとも非難がましくない存在――以外のだれにも見られたり批判されずにすむ心安さを味わえた。ディーといるときだけは、正直に自分を出せた。そんなときもレディには変わりがないけれど、心のうちを自由に口にできた。一瞬の目配せのうちに、オリビアは近くディーを訪ね、この間のできごとをすべて話すと約束した。晩冬の気候のせいで、もうひと月以上会っていない。

ディーは馬勒を選ぶと、他の買い物と一緒に店主のいるカウンターへ運んだ。ウィンチェスは先頭にディーの名が記された台帳のページに品物を丹念に書きこみ、前の年の貸越し金額からその合計額を差し引いた。逆側からでも残金が少ないのは見てとれたが、今年の夏に作物を収穫するまではもつだろう。

ウィンチェスは台帳を彼女のほうに向け、計算の確認を求めた。彼女が一列ずつ指で追っているあいだに、店主はまだ店の奥にいる若い女のグループを見つめ、押し殺しながらも興奮して甲高くなった笑い声を聞いて、鼻を鳴らした。「きゃあきゃあ叫びおって、ニワトリ小屋にキツネが入りこんだようなもんだな」ぶつぶつ言った。

ディーは合計額が正しいことをうなずいて伝え、台帳を元の位置に戻すと、品物を抱きかかえた。「ありがとう、ウィンチェスさん」

彼は力なく首を振った。「あんたには分別があって助かるよ。あれじゃまるで、男を見たことがないみたいだ」

ディーは若い女たちを振り返ってから、ウィンチェスに視線を戻し、ふたりして肩をすくめた。ルーカス・コクランが十年ぶりに町に戻ってきたからなんだというのだろう。ふたりにはなんの意味もないことだった。

ぶつかられたとき、もちろん相手がコクランなのはわかったが、話しかけようとは思わなかった。見知っているだけで、知り合いではないし、彼のほうがディーを知っているかどうか怪しいものだ。彼がプロスパーを離れたのは、ディーの一家がこの地域に移住して間もなくのことだった。当時、彼女が学校に通う十四歳だったのにたいして、向こうは八つ上の大人。出会ってもいなかった。なので、顔は見分けられるが、つき合いはなく、彼のこともほとんど知らなかった。

ディーはつねに自分のことにだけ気を配り、他人にも同じように求めていたが、それでも〈ダブルC〉の事情くらいは知っていた。この一帯で最大の牧場なので、だれでもいくらかの関心はある。ルーカスの父、エラリー・コクランは数週間前に亡くなった。交際はなく、町で出くわしたときに顔と名前が一致する程度だったので、亡くなっても特別な感慨はなかった。死はだれにでも平等に訪れ、しかも彼は安らかに息を引き取った。それ以上なにを望めよう。

ディーにとって、その知らせは、隣の家に赤ん坊が生まれたという程度のものでしかなかった。エラリーとはまったく関わりがなかったのだから、その息子ともなにかがあるとは思えない。凍てつく風のなかに足を踏み出したときには、コクラン一家のことなどすっかり忘れていた。父の古いコートの襟をかき合わせ、やはり父の大きすぎる帽子を目深にかぶると、風が顔に当たらないように頭をすくめて荷馬車に急ぎ、厚板の座席に乗りこんだ。

　夕方になって雪が降りだした。白い雪片がくるくると舞い降りてくる光景は大好きだった。春の到来が遅れるという焦りより、豊かな気持ちになる。季節の移り変わりはいいものだ。それぞれに驚異と美しさがあって、ディーのように大地に根ざして暮らしていると、自然の動かしがたい周期をひしひしと感じる。家畜たちは納屋で眠りにつき、一日の細ごまとした仕事は終わり、彼女は小屋のなかでくつろぎ、外側からはぱちぱちと勢いよく燃える火が、内側からはコーヒーが暖めてくれている。いまはただ足を火に当て、冬の読書用に手に入れた貴重な何冊かの本を読む以外にすることがない。冬は休息の季節。あとの季節は仕事に追われて、まともに本を読む時間や気力を奪われてしまう。

　しかし本はすぐに膝の上に落ちた。揺り椅子の高い背にもたれて、菜園について思いをめぐらせた。トウモロコシは去年豊作だったから、少し増やしてもいい。トウモロコシは無駄がない。町の人々が買わない分は馬の餌にできるからだ。だが、トウモロコシを増やせば、他の野菜を減らさねばならないから、まだ迷いがあった。彼女はこれまでよく考えては、試行錯誤を繰り返してきたので、ひとりでどれだけの広さを手入れでき、どの程度なら手入れが行き届くかを平方ヤード単位で把握していた。野菜の質を落としてまで手を広げるつもりはないし、若い男を雇う気もない。わがままなのかもしれないが、菜園から得られる最大の喜びは、作物を育てるという素朴な満足をべつにすると、ひとりですべてをやるところにある。自分の足で立つ、そこが肝心だった。

十八歳にしてひとりきりで生きていかねばならないとわかった当初は、怖くてたまらなかった。一家がコロラド準州プロスパー郊外の小さいながらも肥沃な谷に移住してわずか数年後、学校の教師をしていた母が亡くなった。そのときディーは十六歳だった。娘に残されたのは形見の本と、労働を尊ぶ気持ちと、思慮分別だった。それから二年しないうちに、父のジョージ・スワンが不運にもラバに頭を蹴られ、そのまま意識を取り戻すことなく翌日、息を引き取った。

そのときは、静けさと空虚さに取り憑《つ》かれ、孤独と心細さに震えあがった。ひとりきりの女には守ってくれるものがない。ディーは自分で父の墓を掘って埋葬した。農場にたったひとりでいるのを知られたくなかったからだ。日用品を求めにプロスパーの町に出たときは、気安げに父のことを尋ねられても、ちょっと農場を離れられない、とだけ言って話をはぐらかし、まったくの真実ではないが嘘は言っていないと良心をなだめた。

父は冬の頭に亡くなった。長く寒い数カ月は、父の死を悼みながら、自分の置かれた状況をじっくりと考える時間になった。この豊かな小さい谷が自分のものになった。狭すぎて大規模な農場は経営できないが、ひとりで働くには広すぎる。とはいえ、プロスパー渓谷から谷の中央に流れこむ澄みきった天使の小川《エンジェル・クリーク》のおかげで、土地は肥えていた。こうしようと決意した記憶はないが、やるべきことを一日ずつ積み重ねていった。

自衛手段を身につけるのが最優先だった。そう心に誓って、毎日父の武器を取り出した。

コルトの三六口径と、古いシャープス・ライフル、それに一年前に買ったばかりのぴかぴかの二連式散弾銃があった。拳銃は錆びついていた。父はエンジェル・クリークに移住して以来、釘にかけたホルスターから一度も拳銃を抜いたことがなかった。拳銃は得意じゃない、散弾銃なら、だいたいの方向に狙いを定めるだけでいい、とよく軽口を叩いていたものだ。

ディーもまったく同感だったが、よく父がやっていたように、三丁の銃をすべて磨いて油を差し、かわるがわる弾を込めては抜く練習を繰り返して、頭を使わなくても手が動くようになるまで延々と続けた。それができるようになると、はじめて的を使った練習に移った。最初はいちばん簡単そうに見えた拳銃にしたが、父がなぜ苦手にしていたのか、すぐにわかった。どんな距離から撃っても、拳銃では当てにできるほどの正確さが得られなかった。練習は、大木の幹に描いた円形の的にかなりの確率で命中する距離がわかるまで続いた。狙ったとおりに撃つにはライフルのほうがずっと簡単で、しかも遠くからでも当たった。しかしいちばん気に入ったのは、父親と同じく散弾銃だった。拳銃やライフルだと、よからぬ目的で近づいてくる男が命中しないと思って攻撃をしかけてくるかもしれないが、よほどおめでたい人間でないかぎり、散弾銃で狙いをはずすと思う者はいないだろう。

拳銃の早撃ちの練習はしなかった。それは早撃ち名人として有名になりたい者がやることで、彼女には時間の無駄でしかなかった。正確さこそが目標であり、どの銃でも身を守れる程度の能力がついたと確信できるまで、日々練習を重ねた。身を守る程度の腕前しかつかなかったが、目標はそこにあったので、それでよしとした。

大切なのは菜園も同じだった。この菜園で母と野菜を育て、夏になると、収穫したものを何時間もかけて、冬の備蓄用として瓶詰めにした。菜園で働くのも、そのリズムも、努力の成果が目に見えるのも好きだった。相次いで両親を亡くしたせいで、人間の命のはかなさが身にしみて、愕然《がくぜん》としていた。悲しみから立ちなおるには、永遠に続くなにかが必要だった。彼女はそれを大地に見いだした。大地はなくならず、季節によって変化するだけだ。そして菜園はごく簡単な手入れをするだけで、豊かな自然の恵みをもたらしてくれた。土から芽生える生命に悲しみを癒され、肉体労働には心の痛みを取りのぞく効果がある。大地は彼女に生きる理由と、生きる糧《かて》を与えた。

春が訪れたころには、冬のうちにジョージ・スワンが亡くなったことが町に伝わり、ディーは質問責めにあった。会えば挨拶をする程度の間柄の人々までが、これからどうするのか、頼りにできる親戚はいるのか、いつ東部に戻るつもりなのか、とずけずけ尋ねた。生まれ故郷のバージニアには、いとこが何人かいたが、たとえ帰りたいと思っても親しい交際はなく、そもそも帰る気がなかった。それに、これはディーの問題で、他人にとやかく言われる筋合いはない。町の人々のお節介には耐えがたいものがあった。以前からひとりでいるのを好むたちだったが、冬の数カ月でその傾向がいっそう強まっていた。農場を出ていくつもりがないのがわかると、質問を浴びせていた人々が、こんどはディーを中傷する側にまわった。当時はまだ十九歳にもなっていなかったので、農場でのひとり暮らしは無理だと思ったのだろう。まともな女の考えることではない。

一帯の牧場の若いカウボーイや、どう見ても若くはないカウボーイたちまでが、ディーは男の慰めを求めている、その寂しさを埋められるのは自分しかいないと考えた。夏のあいだ、夜になると、男たちがひとりで、または連れだって小屋に押しかけた。ディーが散弾銃を手にして、すぐに逃げ帰るように仕向けると、やがてスワンの娘は男に興味がないという噂が広まった。なかには納得せず、ズボンに風穴を開けられた者もいたが、ひとたび彼女が引き金を引くのをためらわないことを知ると、少なくとも心の広い求婚者を装っては、二度と戻ってこなかった。

最初の春は、それまでと同じように、ふたり分の野菜を植え、収穫間近になって、ようやく大量に余ることに気づいた。それで、余分な野菜を荷馬車に積み、町に売りに出るようになった。だが、それだと一日じゅう町にいなければならない。そこで、ウィンチェスに現金か、あるいは台帳の貸方につけて野菜を買いとってもらい、雑貨屋で売ることにした。これは双方に利のある取り決めだった。ディーはより農作業に時間を割け、ウィンチエスは菜園を持たない町の人々に野菜を売って儲けることができた。

翌年は、はじめからそのつもりで大量の野菜を育てたが、その量では充分な世話ができないのがわかった。抜くそばから雑草が生え、野菜に悪影響が出た。それでも、ウィンチエスからかなりの収入が得られ、冬のあいだにひとりでは食べきれないほどの備蓄もできた。

次の春、三度めの野菜づくりにいそしみだしたころ、プロスパーの南部に新しい牧場主が移住してきた。カイル・ベラミー。二十代後半の若さで、いかにも女にもてそうな色男だった。ディーはひと目で嫌いになった。押しが強く、他人の会話や意見に耳を貸さないタイプだ。大規模な牧場を築こうともくろみ、公然と土地を手に入れはじめたが、エラリー・コクランの感情は害さないように気をつけていた。

領土を広げるために、豊かな水源がもうひとつ いると考えたベラミーは、ディーにエンジェル・クリークを買いとりたいと申し出た。ディーはその金額の低さに思わず笑いそうになったが、なんとか抑えて、丁重に断わった。

次回はかなり額を上げてきた。ディーの断わり方はまだ丁重だった。

三度めはさらに高い金額を提示しつつ、これ以上金を出すつもりはない、とベラミーは腹立たしげにつけ加えた。こちらの意向が通じていない、とディーは思った。

「ミスター・ベラミー、お金の問題じゃありません。だれにも、どんな金額でも売りません。ここはあたしのうちです。出ていくつもりはないんです」

ベラミーの経験では、金があれば欲しいものは手に入るはずで、問題は金額だけだった。だが、ディーのまっすぐな緑色の目にひとつの事実を読みとって愕然とした。いくら提示しても、この女は売ってくれない。

それでも、ベラミーはその土地が欲しかった。

次の申し出は結婚だった。そのとき、ディーは土地を売りたくないのと同じくらい、だれとも結婚したくないことに気づいて、ショックを受けた。そうでなければ、笑い飛ばしていたところだ。いつかは結婚して子どもを産むものと、なんとなく思っていたのに、それが自分の望む生き方ではないと知って、本人も驚きだった。他人に頼らず生きてきた二年半が、みずから決め、みずから責任を取るひとり暮らしに向いているのを教えてくれた。ほんの一瞬のうちに、これまでの人生観が崩れ去り、新しい形を成した。それまでゆがんでいた鏡が、突然、正常な状態に戻ったために、偽りの姿ではなく、本当の自分を目の当たりにしたようなものだった。

だから彼女は笑うかわりに、みょうに超然とした表情でカイル・ベラミーに告げた。

「ありがとう、ミスター・ベラミー。でも結婚は考えていませんので」

そのあとのことだ。何人かのカウボーイが馬で菜園を駆けまわり、笑い声や雄叫びをあげながら、ピストルを宙に向けて撃って家畜を怖がらせるようになったのは。ディーがベッドの下に隠れると思っていたのだろうが、かつての求婚者たちと同じように、彼らもすぐに彼女をみくびることの危険を身をもって学ばされた。生活の糧である菜園は、轟音の響きわたる二連式の散弾銃で守られた。

ディーは大半のカウボーイがベラミーの牧場から来たと信じて疑わなかったが、小さな牧場ができるたびに、スワンの娘に手を出してはいけないと新参者たちに知らしめる必要があった。野菜が育つ季節には、農作者を平気で困らせる騒々しいカウボーイの一団を追い払うため、散弾銃をかかえ、絶えず用心しながら眠ることを覚えた。それ以外はなんの問題もなく、襲撃にもうまく対処できると考えた。もしいやがらせが度を越して身の危険を感じれば、鹿弾で威嚇以上の手段に出る覚悟はできていた。

父が亡くなって六年が過ぎた。ディーは狭い小屋を見まわして、目に映る光景、そして自身の生活に満足した。必要なものはすべて揃い、多少の蓄えもできた。銀行の預金はわずかずつながら増え、ウィンチェスの雑貨屋には貸越しがあって、毎年野菜を育てられる豊かな谷がある。納屋にいる二頭の雌牛はミルクをもたらし、雄牛も一頭いるので、食肉用の子牛が生まれる。いつかは雄牛と雌牛も死ぬが、子牛たちがそのかわりとなるから、役割は途切れることなく引き継がれる。さらに立派な馬が一頭いて、犂《すき》や荷馬車を引き、彼女を背中に乗せてくれる。ニワトリたちは卵を生み、牛肉のかわりとして口に入ることもある。すべてはディーのものであり、彼女ひとりの力で切り盛りしていた。

結婚すると、女の財産はすべて夫のものとなり、妻本人ともども、夫の意思によって動かされる。自分自身や土地を自由にする権利を手放す理由はなかった。そのせいで婚期をのがしたとしても、人生にはもっとつらいことだってある。女には珍しく完全に自立し、自給自足の生活を送れている。プロスパーの人々の目には、いささか変わり者に映っているだろうが、働き者で、ごまかしのない商売をすると敬われている。それで充分に満足だった。

2

〈ダブルC〉の木々にもようやく新しい息吹が見られた。たしかな春の兆しだ。白い冬帽子をかぶった山々から吹きおろす風にはまだ冷たさがあるが、ルーカス・コクランには、すがすがしく青々とした新しい生命が感じられた。愛するこの土地を離れて十年。こうして帰ってきてみると、自分のなかの失われた部分を取り戻すようで、いくら味わっても味わい足りなかった。

彼はこの土地の泥まみれの穴蔵で生まれた。父がわずかな家族を連れてテネシー州から西に旅立ち、のちの〈ダブルC〉の中心となる広大な渓谷に住みついて、まだ半年もたっていなかった。それにしても、母の勇気には恐れ入る。まだ一歳の誕生日を迎えていない赤ん坊を連れ、もうひとりをお腹に宿して、住みなれた家から土にうがった穴蔵に移り住んだのだから。しかも、周囲数百平方キロメートル一帯に、白人の住んでいない時代のことだ。だが、当時のほうが危険はなかった。先住民たちは、自分たちの土地に移住してくるよそ者に脅かされていなかったからだ。

いまにして思えば、先住民と白人との本格的な対立は、一八四九年、カリフォルニア州のゴールドラッシュに端を発する。何千もの人間が西部に押し寄せ、ゴールドラッシュが終わっても、大半が戻らなかった。ミシシッピ川の西側をさまよう白人の数はおびただしく増え、それにつれて先住民と白人のあいだの緊張も自然と高まった。そして五八年、コロラド準州がゴールドラッシュに沸き返ったとき、新たな白人の増大によって、戦いの火蓋が切って落とされた。

そのころには〈ダブルC〉はいまの規模にまで拡大し、百人近い労働者を使っていた。泥だらけの穴蔵は、とうに粗末な小屋に変わっていた。当時、エラリー・コクランは、家族のために大きくて立派な家を建てていた。その年、ルーカスは十四歳だったが、絶え間ない力仕事のおかげですでに身長は百八十センチに近く、力も大人と変わりがなかった。十六歳になる兄のマシューは若い盛りらしく、奔放のかぎりを尽くしていた。兄弟は幼いころから一緒だった。マットの快活さがルーカスの黙りがちな性格を埋め合わせ、ルーカスの思慮分別がマットの冒険好きな面を押しとどめていた。

コクラン家の末っ子のジョウナはルーカスより六歳下だったが、仲の良いふたりの兄からはいつも仲間はずれにされていた。他意があったわけではなく、たんに歳が離れすぎていたせいだ。歳の近いマットとルーカスは赤ん坊のころから一緒で、ともに遊び、同じ毛布にくるまって眠った。こうしたことはジョウナには一度もなく、たいていは放っておかれた。もの静かで引っこみ思案なジョウナは、いつも離れたところから兄たちを見ているばかりで、荒っぽい遊びにはまず加わらなかった。けれど不思議なものだ、とルーカスはよく思う。あれだけマットと仲が良かったのに、脳裡に焼きついて離れないのは、ジョウナのきまじめな細い顔だった。

ある日、あらかたみんなが牧場に出払っているときに、それを知っていたのだろう、先住民たちがランチハウスを襲ってきた。マットとルーカスはたまたま家にいた。マットの馬が片方の蹄鉄《ていてつ》を落とし、もう一方も取れてしまったので、早々に引き返してきたのだ。母のアリスは、また出かける前に昼食をとっていけとうるさかった。ふたりが母とジョウナとともに食卓を囲んでいたとき、最初の叫び声が耳に飛びこんできた。

連中は銃を持っていなかったが、こちらの五倍もの人数で、しかもコクラン家にある前装銃は弾を込めるのに時間がかかった。相手の得意とする速攻は、目もくらむばかりの鮮やかさだった。ルーカスの記憶にあるのは、遠い海鳴りのような喧騒《けんそう》や混乱、耳元で火薬が爆発する音、そして相手から目を離さずに弾を込めようとしていたときの恐怖だけだ。彼とマットとアリスは窓際に陣取っていた。そのとき、母が突然、悲鳴をあげたのをルーカスは憶えている。八歳のジョウナが、外からまる見えの窓辺に立っていたのだ。ジョウナは、果敢にもピストルの銃口を外に向けて狙いをつけていたが、ピストルが重すぎて、両手で支えるのがやっとだった。いちばんそばにいたルーカスは幼い弟に飛びかかり、ひっくり返ったテーブルの陰に押しやって、そこにじっとしているよう命じた。元の位置に戻った瞬間、正面のドアが蹴破られ、マットが先住民の戦士にまっこうからぶつかっていった。全身をこわばらせ、相手の両手を押さえつける。その片手には棍棒、もう片手にはきらめくナイフがあった。ルーカスはジョウナが落としたピストルをつかみ、片膝で振り向きざまに狙いを定めた。そのときだった。マットが相手の巨体に組み敷かれ、長いナイフが彼の胸に突き刺さった。ルーカスは引き金を引いた。弾はみごとに命中したが、マットの命は救えなかった。

襲撃は始まったとき同様、あっという間に終わった。おそらく、先住民たちは牧場に男たちがいるのを知っていて、発砲の音を聞きつけた彼らがランチハウスに大急ぎで駆けつけると思ったのだろう。戦いにかかった時間は五分足らずだった。

マットが亡くなると、ルーカスは手負いの獣のように、安らぎを失った。両親は、長男を亡くした悲しみをたがいに慰め合った。ひとりでいるのに慣れているジョウナは、いっそう殻に閉じこもった。そして、ルーカスはひとり行き場を失った。いつも一緒だったマットを失い、なにもかもが変わってしまった。この年、ルーカスはいっきに大人になった。死を目の当たりにし、また自分でも人を殺したせいだ。そして、こうした経験をやわらげるマットがいないために、以前にもましてかたくなになった。

一八六一年に南北戦争が勃発し、参戦するためにコロラド準州から軍が引きあげると、コロラドの住民は日増しに激しくなる攻撃に自分たちで立ち向かわねばならなくなった。開拓者の町で安全なところは、ほとんどなかった。すでに攻撃を防げるほど大きくなっていたプロスパーにしても、幌《ほろ》馬車隊や郊外の牧場は自衛するしかなかった。〈ダブルC〉は武装していたものの、それでも生き延びるためには必死だった。ただ、アリス・コクランが生き延びられなかったのは、戦闘のせいではない。六三年の冬、風邪をこじらせて肺炎にかかり、一週間もしないうちに息を引き取った。これでルーカスの支えとなっていた二本めの柱がなくなった。

一八六四年になると、戦いはさらに激化した。その年の十一月、ジョン・チヴィントン大佐が、第三コロラド部隊を率いてサンドクリークで先住民の一部族を襲い、何百人もの女子《おんなこ》どもを虐殺した。それを機に戦線はカナダからメキシコまで広がり、復讐心に燃えるプレーンズの先住民たちは団結した。六五年に南北戦争が終わると軍隊が戻ってきはじめたが、コロラド準州は地域の戦いに明け暮れる日々を送っていた。

こうした状況にもかかわらず、開拓者たちは西部を目指した。プロスパーの町は急速に成長し、文明化の兆しとして、学校の教師を雇った。新しい定住者を呼びこむには学校がいる。六〇年にはボールダーに最初の学校ができたが、プロスパーの住民は、そのわずか五年後に学校をつくったのを誇りにしていた。ルーカスとマットは家で母に勉強を教わったけれど、ジョウナの教育は母の死によって打ち切られ、十五歳にしてはじめて、馬に乗って毎日プロスパーの学校に通うことになった。

ジョウナはほとんどしゃべらず、ただじっと見ていた。ルーカスは長ずるにつれて、残された弟と親しくしてこなかったのを後悔したが、ジョウナはそうした関係を望んでいないようだった。弟は自分の世界に引きこもり、夢や考えを口にしなかった。あの子の悲しそうな青い目、自分とよく似た色の目の奥にはなにがひそんでいるのだろう、とたまにルーカスは思うが、答えはいつも見つからなかった。

ある午後のこと、ジョウナの馬が学校から戻ってきた。ジョウナは鞍《くら》にしがみつき、その胸には一本の矢が深々と突き刺さっていた。ルーカスがまっ先に駆け寄ると、ジョウナの青ざめた顔にひどくきまり悪そうな表情がよぎり、鞍から兄の腕のなかに崩れ落ちた。ジョウナがルーカスを見あげた。はじめてその目から悲しみが消え、燃えるような愛情や喜びがあふれた。「ぼくの願いはね……」と言いかけたが、願いは聞けずじまいだった。次の瞬間には、息絶えていた。

ルーカスは地面にひざまずき、弟をしっかり抱きしめた。なにを願っていたのだろう、短い生涯を閉じた弟は。痛みが止まればいいというような単純なことだろうか。それとも、味わうことのなかった未来、いつか女の子とキスしたいといったことか。ルーカスにはわからなかった。わかっているのは、死の直前の最期の瞬間に、ジョウナの目にかつてないほどの生命力が宿っていたことだけだった。

〈ダブルC〉には、先住民たちだけでなく、コクラン一家の血も染みこんだ。コクラン家の者は土に葬られた。そしてルーカスひとりが置き去りにされた。

彼の夢はもっぱら〈ダブルC〉にそそがれているが、いまに始まったことではない。それが父との諍《いさか》いの原因にもなった。ジョウナが死んでいなければ、ルーカスもそれほど露骨に父と敵対しなかったろう。だがそれも仮定に過ぎず、またそのことで悩みもしなかった。ただ、現実として、ひとつの牧場にふたりのボスはいらない。そして残るふたりのコクランは何度もぶつかった。エラリーは現状で満足し、ルーカスは拡張を望んだ。

だが、とどのつまり〈ダブルC〉はエラリーのものなので、出ていくとしたらルーカスのほうだった。父と息子は和解したが、二頭の種馬が同じ牧草地で生きていけないのは、ふたりともわかっていた。この結末を惜しみつつ、ルーカスが〈ダブルC〉を離れて独自の道を切り拓くのがたがいのためだと納得した。ふたりは手紙をやりとりし、何回かデンバーで会ったが、エラリーが死ぬまでルーカスは牧場に戻らなかった。

その十年間、生活の苦労がなかったと言ったら嘘になる。あらゆる手段で生活費を稼いだ。カウボーイ、ギャンブル。保安官をやっていた時期もある。牧場の仕事は熟知していたし、銃も得意だったが、それだけでは生きてはいけない。明晰な頭脳、鋭い観察力、鉄のような決断力が役に立った。ルーカス・コクランは黙って引きさがる男ではなかった。欲しいものがあれば、どんな障害も取りのぞいた。どれほど代価が高かろうと、心から欲していれば犠牲をいとわなかった。望んだものを手に入れるために、血や金で代償を払おうとする人間を止められる人間はほとんどいない。彼にはそれがわかっていた。

しかし、エラリーの死によって〈ダブルC〉はルーカスのものとなった。牧場はすでに利益を上げていたが、さらに増やすつもりでいる。コロラドは州への昇格を目前にしており、知恵と力のある者には大儲けのチャンスだった。この十年、荒っぽい仕事ばかりをしてきたわけではない。この二年はデンバーの準州知事のもとで、州の地位を獲得するために働き、権力の仕組みを学んで、同時にそれが幅広く機能するのを見てきた。昨年の十二月にはデンバーで開かれた州法立案の会議に出席し、七月には投票が行なわれることになっている。

州に昇格すれば、〈ダブルC〉には莫大な利益がもたらされる。州になれば移住者が増え、移住者が増えれば鉄道が敷かれる。鉄道が敷かれれば、牧場の牛肉を市場へ運ぶのがはるかに楽になり、売上げは飛躍的に伸びる。規模でも運営の面でも〈ダブルC〉をいちばんの牧場にしたい。それがルーカスに残された唯一の使命だった。この土地は、彼の家族が生きていたときは支え、死んでからは抱きかかえている。〈ダブルC〉が豊かになったら、デンバーで築きあげた人脈を生かして働くつもりだ。このふたつはたがいによい影響をもたらすだろう。〈ダブルC〉の売上げが増えれば、デンバーでの発言権は増す。デンバーでより大きな権力を持てば、〈ダブルC〉に関連のある決定を左右することができ、その結果さらに利益が増える。

政治的な野心は抱いていないが、牧場の揺るぎない繁栄は願っていた。そのための代償はいとわない。自力で生活してきた十年のうちには、何度か手厳しい目に遭い、少年のころからの頑固さに磨きがかかった。帝国を築く身となったいま、こうした経験が役に立つはずだ。

帝国には後継ぎがいる。

焦って所帯を持つつもりはないが、町に戻ってすぐに、銀行家のウィルソン・ミリカンの娘であるオリビアが目に留まった。美しくて落ち着きがあり、上品で社交的、そしてつねに礼儀正しい娘だった。彼女なら申し分のない妻になる。あのような女性なら言い寄られて当然だし、ルーカスにもその気があった。彼女には好意を持っていた。きっとだれよりもうまくやっていける。一年かそこらで、彼のよき妻となっているだろう。

ただし、今年は計画を実行に移すのに追われそうだ。

やりたいことは山のようにあった。まず、家畜の質を向上させたい。新たに雄牛を連れてきて交配させ、肉の味を落とさずに、よりたくましい子牛を産ませる。さらに、ただ生えている草を食べさせるのではなく、さまざまな草を食べさせてみたい。

そして、牧場を拡大したかった。無理はしたくないので、いますぐ大幅に広げるつもりはないが、質のよい家畜ができたら、次は数を増やす番だ。そのためには、草を食べさせるための土地や水がさらに必要となる。豊かな水源の大切さはよく理解していた。それが家畜の生死を分ける。これまでも、川が干あがったために多くの牧場主が挫折してきた。

　牧場を拡大すれば、そこを基盤に他の目標を実現することができる。それは最初の、そしてもっとも重要なステップだった。

　すでに上等の水源はひとつあった。牧場の周囲をゆったりと流れる小川だ。記憶にあるかぎり、一度も干あがったことはないが、何度か、夏に流れが遅くなって、水の量がかなり減ったことがある。これまでは深刻な事態になる前に雨が降ったものの、いつかはうまい具合に雨が降らないかもしれない。もともとコロラドは雨の多い地域ではなく、ほとんどは山からの雪解け水に頼っている。なのでその年がよい年になるかどうかは、夏の雨よりも、冬の雪によって決まる。そしてこの冬は雪が少なかった。賢い牧場主は、万が一に備えて、つねに二箇所以上の水源を確保していた。それなら、片方が干あがっても、もう片方を使えるからだ。

　彼が父と言い争ったことのひとつは、別の水源、つまりエンジェル・クリークの必要性についてだった。エンジェル・クリークと〈ダブルC〉を流れる川は源を同じとする。ひとつの大きな川がふたつに分かれ、山の両側に流れているのだ。しかしその分岐点で、エンジェル・クリークの川床のほうが低いために、日照りが続くと、山から流れてくる水はエンジェル・クリークにそそぎ込み、川床にあふれ出すほど水嵩が増えるまで、〈ダブル

C〉側の小川は涸《か》れてしまう。

ルーカスは、この水のために、小さなエンジェル・クリークの谷を手に入れたかった。しかし父は〈ダブルC〉には水が充分にある、どのみちエンジェル・クリークは山の反対側にあるから、牛を移動させるのは賢明ではないと言って、首を縦に振らなかった。山を迂回するのは、労力がかかりすぎる。それに、多くの家畜を放牧するには谷は狭すぎる、と。ルーカスは父の考えに賛成できなかった。

エンジェル・クリーク。ルーカスは目を細め、緑豊かな谷を思い起こした。いずれはコクラン家の土地になる。

彼は牧場頭を探し出した。「トビー、エンジェル・クリークにはたしか移住者がいたよな?」

ルーカスが物心ついてから、ずっと牧場頭を務めてきたウィリアム・トバイアスが不満そうに答えた。「ええ、スワンという名の不法入植者です」唇をわずかにゆがめ、〝不法入植者〟という言葉を口にするのさえいやがっているのがわかった。

ルーカスも顔をしかめながらうめいた。他の大牧場主と同じように、彼もまた不法入植者や、彼らが空いている土地に柵を立てるのを快く思っていなかった。エンジェル・クリークの入植者が土地を手放す可能性もあるが、不法入植者はだいたいにおいて頑固だった。もしかしたら分別のある人物かもしれない。少なくとも、エンジェル・クリークまで行ってみる価値はある。頼んでみなければわからない。

家畜の群れを通そうとするのは馬鹿げているとしても、ひとりで馬に乗っていけば、細い道でも自由に通り抜けられる。ルーカスは太陽に目をやった。これなら、日が落ちる前に行って帰ってこられる。躊躇《ちゅうちょ》していては、なにも始まらない。

入植者が土地をすんなり売ってくれるとは思えなかった。そう考えると、無性に腹が立ってきた。もし父が耳を貸してくれていれば、いまごろエンジェル・クリークは彼のものだった。あるいは、当時のルーカスがあれほど若くなく、冷静な判断力があって、将来のことを考えられていたら、入植者が住みつく前に自分の土地として権利を主張していただろう。だが、過去を悔やんでも、時間を無駄にするだけだ。

広い坂道をくだって建物に近づきながら、小さな自作農場に目を見張った。牛は雌が二頭に雄が一頭きりだが、よく太って健康そうだった。囲いのなかにいるたった一頭の馬は、上等な馬肉にはならないにしても、毛並みがよくて、手入れが行き届いている。ニワトリは満足げに地面をつつき、彼が近づいて馬から降り、柱に手綱を結びながらあたりをじっくり見まわしていても、おかまいなしだった。小さな小屋は粗末ながら、こぎれいで頑丈そうだし、それは納屋や柵も同じだった。裏には広々とした菜園があって、少々気は早いながら、春の植えつけに備えて土が掘り起こされている。その場にそぐわないものや、放置されたものはなにひとつなく、入植者が売ってくれるかもしれないというかすかな希望

は消えうせた。荒れ果てているようなら望みもあったが、この自作農場はうまくいってい
る。これならよその土地に移る必要はない。
小屋のドアが開き、ほっそりした若い女がポーチに出てきた。散弾銃を手にしている。
落ち着いた顔に警戒の色を浮かべ、引き金に指をかけていた。
「なんの用事かしら、ミスター」
散弾銃には用心することにしていたが、女の手に握られているせいで、よけいに神経が
ぴりぴりした。興奮させたら、誤って彼か馬、あるいはその両方を撃ち殺すかもしれない。
こみ上げてくる怒りを抑え、なだめるような低い声で言った。「危害を加えるつもりはな
いんだ、マダム。その銃を下ろしてくれ」
散弾銃は微動だにしなかった。対《つい》になった銃身がひどく大きく見えた。「それは自分で
判断するわ」女は平然と答えた。「面白がって菜園を踏みつけるカウボーイがあとを絶た
ないから」
「まだ菜園はできていない」彼は指摘した。
「でも、家畜が逃げるわ。だからあたしの質問に答えるまで、この銃は下ろさない」
女はポーチの陰に立っていたが、緑色の目は見えた。その目に恐れや不安、敵意はなく、
しいて言えば、たしかな目的を感じさせた。女へのかすかな敬意で、怒りがやわらいだ。
こんな度胸のある女を妻にもった入植者が羨ましかった。そして、この女ならけっして狙

いをはずさないだろうことに気づいた。誤解を招く動きをしないように注意しながら手を上にやり、帽子を取った。「〈ダブルC〉のルーカス・コクランだ。ご主人にお近づきになろうと思って来たんだ、ミセス・スワン。それに少し話もある」

彼女は眉ひとつ動かさずに彼を見た。「ジョージ・スワンは夫じゃなくて父よ。それに、六年前に亡くなったわ」

ルーカスは取りつく島のない態度に苛々してきた。「それならご主人に取り次いでくれ。兄弟でもかまわない。とにかく、この土地の所有者に」

「夫や兄弟はいないわ。あたしはディー・スワン。ここはあたしの土地よ」

とたんに興味が湧いてきた。丹精された小さな土地をもう一度見まわした。だれが作業を手伝っているのだろう。ほかにも女がいるのかもしれないが、それにしても、こんな話は聞いたことがない。女は自分で農場の仕事などしない。男手がなくなったら、親戚を頼って引っ越すものだ。ルーカスは耳をそばだててみたが、小屋に人の声や気配はなかった。

「ここにひとりで住んでいるのか?」

彼女はにっこりした。その目と同じく、挑むような落ち着いた表情だった。「いいえ、この散弾銃と同居してるわ」

「下ろしてくれ」苛立ちもあらわに、鋭い声で言った。「おれは挨拶しにきただけで、危害を加えるつもりはない」

ディーは注意深く彼を観察した。彼の言葉を信じたというより、目の前の男の言葉に嘘がないのを、自分の目で判断したらしい。「夕食の時間だわ」彼女は言った。「いつも早いの。よかったら、一緒にどうぞ」

腹は減っていなかったが、誘いに乗って、彼女のあとから小屋に入った。ふた間と屋根裏しかないが、外観と同じくこざっぱりしていた。左手は台所、右手はおそらく寝室だろう。暖炉のそばには、坐り心地のよさそうな椅子。その隣の小さなテーブルには石油ランプと、意外にも開いたままの本が置いてあった。部屋を見まわしてみた。簡単な手作りの棚に本が並んでいる。読み書きができるということだ。

彼女はまっすぐコンロに向かい、湯気を立てるスープをふたつの大きな椀《わん》によそった。ルーカスが帽子を取り、頑丈なテーブルにつくと、目の前に椀が置かれた。すでに小さなパンを盛った皿と、コーヒーポットが用意してある。スープにはたっぷりの野菜とやわらかい牛肉が入っていた。気がつくと、彼はまるで朝からなにも口にしていなかったように、夢中でむさぼっていた。

ディー・スワンは向かいに坐り、彼などいないように静かに食べていた。ルーカスは彼女を見て、その顔をながめた。好奇心が頭をもたげた。他の女のように色目を使おうとせず、ルーカスが男であるという単純な事実さえ認識していないようだ。言葉にも行動にもごまかしがないが、その落ち着きの裏には、激しさが隠されているような気がしてならなかった。切れ長の緑色の目には、灰をかぶせた炎が宿っている。

最初は地味な女だと思った。だが近くでよく見ると、それは仕事をしやすい服装と、飾り気のない髪型のせいだとわかった。黒い髪を後ろでまとめ、襟足できっちり丸めている。どこか異国風の魅力があり、頬骨は高く、口は大きくてやわらかそうだが、これ見よがしな華やかさはない。彼女が食べる姿を見ているうちに、股間から腹部に欲望がたまってくるのがわかる。彼がいるのを忘れたように、悠然とスープをすくっては口に運んでいた。

「ほかに親戚は？」注意を惹こうとして、ふいに切り出した。

彼女は肩をすくめ、スプーンを置いた。「いとこが何人か。でもつき合いはないの」

「迎え入れてくれないのか？」

緑色の目で彼を見つめ、かなりしてから答えた。「頼んだら迎え入れてくれたかもしれない。でも、ここにいるほうがよかったから」

「なぜだ？　ひとりじゃ寂しいだろう。それに危険だ」

「散弾銃がある」念を押すように言った。「それに、ちっとも寂しくないわよ。ここにいるのが好きだから」

「恋人がたくさんいるんだろうな」いないわけがない。若くて魅力的で、しかもひとり暮らしの女なら、男が群がって当然だ。

彼女は声をあげて笑った。しとやかな忍び笑いではなく、楽しみ方を知っている女の大きな笑い声だった。「あたしが狙ったものを撃てるとわかってからは、ひとりもいないけど。何人かこっぴどく懲らしめてやったら、手を出さないことにしたみたい」

「なぜ、そんなことをした？　結婚できたかもしれないのに」笑い声を聞いて、体がますます熱くなった。なんにしろ、彼女が独身なのは嬉しかった。たとえ相手にその気があっても、人妻には手を出さないと決めていた。

「あら、何度か求婚されたわよ。三回だったかしら。結婚したくないから、してないの。これからもするつもりはないわ」

ルーカスの経験では、女はだれでも結婚に憧れるものだった。コーヒーを飲みながら、カップの縁越しに彼女を見つめた。「結婚すれば、旦那に仕事をやってもらえる」

「自分でできるもの。それに、結婚したら、土地は夫のものよ。自分の好きなようにしたいの」

彼女の心地よい小屋で、用意してくれた食事をふたりきりでとり、初対面なのに、なんの苦労もなく立ち入った話をし、親密な空気に包まれている。ディーに手を伸ばして膝の上に抱き寄せているところを想像してみる。彼女が恋人ならばそうしているが、いまはただの空想にすぎない。彼女の静かな緑色の目は、会話しか求めていなかった。女から関心を向けられるのに慣れているルーカスにとっては、苛立たしいほどの素っ気なさだ。オリビアでさえ、非の打ちどころのない物腰や落ち着きを見せながらも、期待したとおりの反応を示してくれるというのに。

ディー・スワンにはさらさらそんな気はないのだろうが、その無関心さが逆にルーカスを煽《あお》りたてた。むずかしい獲物ほど手に入れたくなる。求婚者を散弾銃で追い返すような女なら、絶えず気が抜けないはずだ。仕事を手伝う男はいらなくても、女には他の欲求を満たしてくれる男がいる。結婚したくないというのも、ディーは妻にしたいタイプの女ではないから、かえって都合がいい。それでも、ベッドでは最高の相手になるだろう。

ルーカスはその判断力で、数々の難問を解いてきた。自分の思惑をおもてに出すようなへまはしない。いま少しでも性的なことをほのめかせば、またたく間に散弾銃が突きつけられる。まずは慣れさせ、友人となってから、本当の親しい友人になろう。ルーカスは顔色ひとつ変えずに、ここに来たそもそもの理由に話題を変えた。

「いままで無事だったのは、騒ぐのが目的の、酔っ払ったカウボーイが相手だったからだ。だが、騒いだり、発砲したりせずに忍び寄られたら、散弾銃を手にしてる暇なんかないぞ。それに集団で仕返しにきたら、ひとりでは全部のドアと窓を守りきれない。ここにいたら危ない」彼はこんこんと説いた。「この土地を売れば、その金で町に住んで、好きな仕事を始められる。それに安全でもある。考えてもらえないか。かなりの額を払うつもりだ」

「考えるまでもないわね」彼女は答えた。「売らないから。ここはあたしの家よ。この土地が好きなの。畑の世話をして、町で野菜を売って、なにもかもうまくやってる。もし売るつもりがあったら、とっくにミスター・ベラミーに売っていたわ」

彼は顔をしかめた。「ベラミーが買うと言ってきたのか?」

「何度もね」

「どうして売らなかった? きみは女ひとりの身なんだぞ」エンジェル・クリークがベラミーのものになるのは気に入らないが、彼女の身を本気で案じていた。これほどの美人がひとりで暮らしていたら、よこしまな訪問者に襲ってくれと言っているようなものだ。

しかしディーはただ肩をすくめて、彼の警告をはねつけた。「そうかしら? どこへ行こうと、あたしはひとりよ。だったら、ここのほうがいい」

「町に住めば、いざというときには助けてもらえる。それに、ここで必死に働くよりは楽なはずだ」

「で、町でなにをしたらいいの?」そう訊き返すと、立ちあがって、からになった椀を大きな洗い桶《おけ》に入れた。「どうやって食い扶持を稼ぐの? 町にはもう、衣料品店も帽子屋も雑貨屋もある。土地の代金だって、いつかはなくなる。あたしにできるのは、せいぜい酒場の上に部屋を借りることくらい。とてもうまくやれるとは思えないけど」

彼女が売春婦として働くところを想像して、ルーカスはショックを受けた。いや、想像すらできなかった。そんな商売をするには、あまりに誇り高く、自立した女だ。売春宿に行く男は、チャレンジなど求めていない。頭をからっぽにして、気晴らしがしたいだけだ。

彼女が服を脱ぐ姿を思い描いた。うす暗い部屋、きらめく緑の目。とたんに体じゅうの血が脈打った。このじゃじゃ馬を乗りこなせるのは強い男だけだ。だが、彼女のなかに深々と分け入り、熱に焼かれ、速く激しく突けるのなら、苦労するだけの甲斐はある。たくましい男だけが彼女を自由に扱い、満足させられる。

ルーカスはたくましく、しかもチャレンジが好きだった。漠とした願望が固い決心に変わった。少なくとも、ある部分では男が必要なのを、おれが教えてやる。

だがルーカスはその話題に触れたり、それ以上土地を売れと迫るほど、愚かではなかった。紳士のごとく丁重に食事の礼を述べ、必要なときは手を貸すと申し出て、帽子を上げて挨拶し、小屋をあとにした。しかし、山越えの近道に馬を走らせる彼には、紳士らしさなどみじんもなかった。緊張感と活力がみなぎり、五感は研ぎ澄まされて、股間は期待ではちきれそうだった。その考えも目的も紳士にはほど遠く、まさに男そのもの。女のにおいを嗅ぎ分け、求めていた。ところが女のほうは、まだ自分が追われているのに気づかず、逃げ出すそぶりさえ見せていない。

ディーはドアに歩み寄り、遠ざかる彼を見ていた。どうしたことか、胸がどきどきして、体が熱かった。ほてりを冷まそうと、ブラウスの上のボタンをはずし、胸元に空気を入れた。あれがルーカス・コクランなのね。雑貨屋でちらっと見かけたぐらいでは、彼と向き合って話す心がまえなどできなかった。あんなに背が高くて、たくましかったなんて。青い目に宿る鉄のような強さにもはじめて気づいた。望んだものを手に入れるのに慣れている男だから、土地を売るのを断わられて気を悪くしているにちがいない。有り金を賭けてもいい。そのうち彼は戻ってくる。

3

オリビア・ミリカンは生まれてからずっと、非の打ちどころのない娘、完璧なレディで通してきた。生まれつき思いやりがあって、落ち着いていたので、むずかしいことではなかった。なんの苦労もなく恵まれた生活を送ってきたことに、ときどき気がとがめる。世の中には、彼女が当然のように享受している贅沢を少しでも味わおうと、必死になっている人がおおぜいいる。けれど、それが自分のせいではないと判断できるだけの知性も兼ねそなえていた。彼女の父親は、懸命に働いて銀行を成功させた。その子どもならば、みな同じように何不自由ない生活を送っていただろう。この界隈で行なわれる数少ない慈善事業にはできるかぎり協力し、人に意地悪をしないように、あるいは失礼のないように努めた。行動の規範は単純で、それを守るために精いっぱい努力した。

たったひとつの夢は、すてきな人と恋に落ち、彼からも愛され、結婚して子どもを産むことだ。若いころは、それほど無理な夢だと思っていなかった。ほとんどの友人たちが実現しているように見えたからだ。いまでも、けっして大それた望みだとは思っていない。

けれど、なぜか、かなわなかった。

二十五歳、婚期を逃したと言われてもおかしくなかった。だが、ここでも父の財産に救われた。貧しい二十五歳の女ならいざ知らず、裕福な二十五歳は〝理想的な結婚相手〟のままでいられる。ところが、町には立派な男性が何人もいたのに、だれひとり好きになれず、また、熱烈に愛してくれる男性も現われなかった。そして、同じ年ごろの男性は、みなだれかと結婚してしまった。

ルーカス・コクランをのぞいて。

彼の名が心をよぎり、軽く身震いした。母と一緒に、亜麻布のテーブルクロスに細かい刺繍《ししゅう》を施していたときのことだ。ルーカスが嫌いなのではない。無骨だけれどハンサムの部類に入るし、財産があって、頭が切れ、礼儀正しくて、結婚相手としては申し分ない。彼が町に戻ってきて以来、会うたびにさりげなく特別扱いしてくれるのも、他の人がそう言っているから、気のせいではないのだろう。ダンスがうまく、丁重に扱ってくれる。もう少ししたら、結婚を申し込まれるのが、女の直感でわかる。そして、なにを隠そう、それが不安でならなかった。二十五歳で、これが結婚や家庭への最後のチャンスだと思ったら、きっと受けてしまう。けれども、ルーカスには愛されていない。彼の細ごまとした気遣いは感じるし、青い目にはオリビアを自分のものと見なしているような表情があるけれど、彼のなかの情熱に火が灯されていないのはわかっていた。それこそが、ずっと結婚相手に求めてきたものだ。

それにルーカスは無情な男だった。父にも強引な面はあるが、彼とは比べものにならなかった。ルーカス・コクランは邪魔をする人間を許さない。オリビアもまた、父と同じように、そんなルーカスには見合わない、足元にもおよばない相手だった。もちろん、オリビアを妻として守り、子どもは授けてくれるだろうが、他の女を娶《めと》っても彼には同じことだ。気は遣っても、思いやりはなく、体に関心はあっても、愛情はない。守ってくれても、その身を捧げてはくれないだろう。

しかし彼を拒めば、結婚や家庭の夢は一生かないそうにない。女としての本能が子どもを欲しがっていた。

「ペイシェンスのところに行くのはやめることにしましたよ」ホノラ・ミリカンが穏やかな声で言った。

オリビアは驚いて顔を上げた。この夏、母はサンフランシスコにいる妹を訪ねるのを楽しみにしていた。なぜ気が変わったのか見当もつかない。じつを言うと、オリビアも母と同じくらい旅行に行きたかった。叔母のペイシェンスにはめったに会えず、最後に訪ねたのは五年ほど前になる。それに、サンフランシスコに行けば、大好きな親戚に会えるだけでなく、しゃれた店で買い物ができる。「一年も前から計画してらしたのに！」

「そうなんですけどね、いまこの町を何カ月も離れるのはどうかと思って」ホノラは娘にやさしく微笑みかけた。オリビアにも受け継がれた微笑みだ。

オリビアは、とまどうと同時にがっかりした。「どうして?」

「ミスター・コクランがあなたに関心を示しているからですよ。そんなに長いあいだ留守にしたら、他の女性が彼の気を惹いてしまうかもしれないでしょう?」

オリビアは刺繍に顔を戻して、表情を悟られないようにした。心の動揺が表われているにちがいない。お母さまも、こんどこそサンフランシスコですばらしい出会いがあるかもしれない、と思ってくれればいいのに。「お母さまったら、あの方から求婚されると決めているみたい」と答えたが、そう考えていたのはオリビア自身だった。

ホノラは満足げに言った。「そりゃそうですよ。彼があなたを見る目つきを見たら、だれだってそう思いますよ」

「でも、彼はわたしを愛してないわ」不安げに母を見つめた。

けれどもホノラは、まったく動じたようすを見せなかった。「そりゃあ、ミスター・コクランは感情をおもてに出すタイプじゃありませんからね。でもそうじゃなかったら、どうしてそんなにあなたを気にするのかしら?」

「わたしが銀行家の娘で、人前に出しても恥ずかしくないし、東部で教育を受けたからだわ、きっと」

ホノラは針を置き、眉をひそめた。いまやすっかり会話に夢中だった。「ずいぶんひねくれた考え方をするのね。あなた自身が好意を持たれているのだと、なぜ思えないのかしら？　親のわたしが言うのもなんですけれど、あなたは若くてきれいなんですよ」

オリビアは唇を噛んだ。自分の発言に根拠があるわけではなく、ただの直感だった。母を心配させたくなかった。母は、世界でもっとも愛するふたり、つまり夫と娘が体や心に傷を負うと、度を越して思い悩むきらいがある。それがオリビアには愛されているという安心感と、なにがあっても母を動揺させてはならないという義務感の両方をもたらしていた。

母に笑顔を向けた。「でもどうかしら？　わたしがサンフランシスコですてきな男性にたくさん会ってると思わせたら、効きめがあるかもしれないでしょう？」

ホノラは顔を輝かせ、くすくす笑いだした。「あら、そういうことなの。彼に自信を持たせたくないのね。うまいことを考えたこと。それでも、まだ始まったばかりの時期に、夏じゅう留守にするのは考えものね」

オリビアは溜息を呑んだ。サンフランシスコ行きの中止を考えなおしてくれると思ったのに。こうなると、母の決心を変えさせるには、自分の恐れや不安を包み隠さず話すしかないが、それはしたくなかった。ひとつには、自分が〝愛〟について悩むあまり、愚かな考えに取り憑かれているのかもしれないという不安があったからだ。町の若い女はだれでも、ルーカス・コクランから結婚を申し込まれたら、一瞬だって迷わないだろう――ディーをのぞいて。ディーは特別だから。母に話せないもうひとつの理由は、オリビアがもともと控えめな性格で、自分のプライバシーを大切にするために、他人のプライバシーも尊重していることによる。たとえ母親であっても、心の奥底の不安を話すことにはためらいがあった。話せば、ホノラは父や、おそらく友人たちにまで相談を持ちかけ、そうなれば町じゅうに広まってしまう。

おろおろして、騒ぎたてる両親は、見ていられない。オリビアは二回の流産の末に生まれたひとり娘だった。ふたりして、本来ならば家いっぱいの子どもたちに与えるはずだった愛情を、すべてオリビアにそそぎ、最高のものだけを娘にあてがった。両親にしてみれば、そうでもしなければ不充分だったのだ。オリビアは自分の悲しみを両親に悟られないためなら、どんなことでもするつもりだった。

だからその話題には口を閉ざし、悲しみを心の奥に押しやって刺繍に向かい、母が間近に迫ったパーティについて穏やかに話すのに耳を傾けた。プロスパーでは、町の大きさのわりには社交が盛んで、年じゅうさまざまなパーティやイベントが企画された。毎年、春の終わりは大がかりなピクニックとダンスパーティが催され、一帯の人々がみな招かれる。準備は町の女たちが順繰りに担当し、今年の春はホノラがその当番に当たっていた。母は水を得た魚のように、細ごまとしたことをひとつずつ計画、準備し、仕事を分担して、二重にも三重にも確認した。ここ数週間の話題はもっぱら準備のはかどり具合のことで、その日も例に漏れなかった。オリビアは辛抱強く耳を傾け、訊かれれば意見を述べたが、ほとんどは聞き役に徹していた。母もそれ以外は求めていないからだ。

ホノラが計画や作業を終えたものを確認しだすと、きまってすぐにやらなければならないささいなことを思い出す。その日もやはり例外ではなかった。突然、刺繍枠を膝に落として言った。「いけない！」

その瞬間が来るのはわかっていたので、オリビアはおかしそうに微笑んで、わざと尋ねた。「どうかして、お母さま？」

「ベアトリス・パジェットに、パンチセットを使わせてもらうよう頼むのを、すっかり忘れてましたよ！　わたしったら、どうかしてるわ」

「パンチセットが必要なことくらい、わかってくれてるわよ」オリビアは慰めた。「だって、この町で、三百個以上のパンチカップを持っているのは、あの方だけですもの」

「でも、お願いもしないで、人さまのものを使えると決めこむなんて、とっても失礼なことですよ。いますぐ、お手紙を書かなければ」刺繍枠を脇に置き、書き物机に向かった。

「これを届けてもらえる？　午後はやることがたくさんあるんですよ。本来ならわたしがうかがうところだけれど、あの方は、ほら、おしゃべりだから。いったん話を始めたら、帰れなくなってしまうのよね」

「もちろんよ」オリビアは喜んで刺繍枠を置いた。針仕事は得意だが、だからといって好きなわけではない。「ついでに、少し馬に乗ってこようかしら」しばらくひとりになりたかった。馬を飛ばせば、この憂鬱さも吹き飛ぶかもしれない。どんなに押しやろうとしても、心に巣くった虚しさは消えなかった。ディーを訪ねてもいい。そう思ったとたん、それこそいま求めていることだとわかった。ディーは思ったとおりのことを口にして、その鋭い意見はつねにものごとの核心を突く。いまは、そういうはっきりとした意見が聞きたかった。

ホノラが手紙を書いているあいだに、二階で乗馬服に着替えた。一階に戻ると、母は手紙を折りたたんでいた。

「お願いね」ホノラはオリビアのポケットに手紙を押しこんだ。「ゆっくりしてらっしゃい。ベアトリスに、わたしが行けなくて申し訳ないけれど、近いうちに、パーティ全体の計画をもう一度練りなおすためにうかがいます、ってお伝えして」

ミリカン家は二頭の馬を貸し馬屋に預けているので、オリビアはまず、五分ほどの距離にあるパジェット家に歩いていった。だが、ベアトリス・パジェットが話好きだというのは誇張ではなく、解放されるまでに一時間以上かかった。上がってお茶でも飲んでいきなさい、としきりに勧められると、繰り返し断わっては悪いような気がしてくる。オリビアはまたもや坐って話を聞かされ、ときおり相槌や感想を差しはさんだ。

けれども、楽しいひとときだった。ベアトリスは人好きのする女性で、愛想がよくて悪意がなかった。オリビアはつねづね、ベアトリスとエゼキエル・パジェットは、どこか不釣り合いな夫婦だと思っていた。ベアトリスは四十代後半ながら、美人であったであろう面影をいまも留めていた。気安げに人を抱きしめたり、軽く叩いたりする温かな人柄で、愛情を出し惜しみせず、甘く、色っぽい雰囲気があった。かたや長身のエゼキエルは気むずかしく、とても美男子とは言えない痩せこけた顔には、めったに笑顔が浮かばない。そんなふたりが、どうして仲良くやっていけるのか、オリビアには謎だった。ただ、一度だけ、エゼキエルが妻の顔を見おろしているのを偶然目にしたことがある。ふたりとも見られているのに気づいていなかったが、彼の表情はやわらかで、やさしささえ感じさせた。

うまくいきそうもない結婚でも愛は育《はぐく》まれるものなのだろう。あるいは、はじめから愛情があったのかもしれない。少なくともベアトリスの側に立てば、それ以外に、あんなにやさしい女性が気むずかしい男性と結婚した理由は見当たらない。エゼキエルのほうはたとえ愛がなくとも、ベアトリスとの結婚を望むのはよくわかるので、オリビアもその点は考えなかった。

ルーカスとの結婚を心配するなんて馬鹿げているのかも。ベアトリスとエゼキエルや、両親のように、自然と愛し合うようになるものなのかもしれない。

それでもやっぱり、ルーカスの顔にエゼキエルが浮かべていたような表情を重ねることはできなかった。

馬が近づいてくる音がする。ディーは窓から外を見て、オリビアを認めると微笑んだ。最後に来てからずいぶんたつが、気候もだいぶよくなったから、これからはちょくちょく訪ねてくるだろう。ディーはコーヒーを二杯そそぐと、ポーチに出て友人を迎えた。

オリビアは馬から降り、感謝の笑みとともにコーヒーを受け取ると、ふたりでポーチに腰を下ろした。「一生、冬が終わらないのかと思った」溜息をついた。「何度も来ようとしたんだけど、お天気が悪すぎて出られなかったわ」

「ウィンチェスの店で聞いた感じだと、ルーカス・コクランに言い寄られてるみたいね」

これがディーだ。ずばり核心を突いてくる。これで少し緊張がやわらいだ。ディーと話していると気が晴れる。くだらない社交辞令や、形式ばった仮面はいらず、こんなことを言ったらショックを受けるかもしれないと話題を選ばないですむ。人を驚かせるようなことを言いたいわけではないけれど、と思ってオリビアは沈んだ気持ちになった。そうしてもだいじょうぶとわかっているから気が楽になるだけ。

「そうらしいわね」オリビアは答えた。

「らしいって、言い寄っているか、いないかのどっちかしかないじゃない」

「ほんとは、まだなにも言われてないの。わたしに関心を示してるだけで」

「みんなが結婚を噂するくらいの関心？」

「そうね」オリビアは認めたが、目に表われた悲しみは隠さなかった。

「彼を愛してる?」

「ううん」

「だったら、結婚しなきゃいい」ディーはこの話題に幕を引くように、あっさり言った。

「でも、もしこれが最後のチャンスだったら?」オリビアは小声で尋ねた。

「なんの?」

「結婚のよ」

　ディーはコーヒーを口にした。「新しい出会いはないって、本気で思ってるわけ?」

「そうじゃないけど。これまで、だれもわたしを愛してくれなかったし、これからもそういう人は現われないと思うの。でも、たとえ愛されなくても、家族は欲しい。彼は本当に最後のチャンスかもしれないわ」

「となると、あたしは最適な相談相手にはなれないわね」ディーは忍び笑いを漏らした。「三人の男を振った女だから。ところで、このあいだ彼がここに来たわ。そう、コクランがね。エンジェル・クリークを買いたいんですって」

　面白い話だ。ルーカスは自分の思いどおりにするのに慣れている。そんな彼が、ときに岩壁並みに頑固になるディーに会ってどう思ったか、容易に想像がついた。

「彼のこと、どう思った?」

ディーはにっこりした。「危険な敵をつくるタイプ。それから、彼にノーと言う人はめったにいなくて、言われると気を悪くする」

「それで、あなたはそう言って楽しんだのね？」

「もちろん」オリビアを見やった緑色の目が、お茶目に光った。「鼻っ柱が一、二本折れてもおかしくないわね」

「彼があきらめるとは思えないわ」オリビアが警告した。

「でしょうね」

ディーはルーカスの妨害者という役割を進んで楽しんでいるようだ。こんなときだ、彼女のようになれたらいいのにと思うのは。ディーはルーカスを恐れていない。だれのこともだ。ふつうの人にはない、芯の強さがある。そして、オリビアはなににたいしても自信が持てない。家族は欲しいが、愛していない男と結婚するのは怖かった。ディーなら、こんなあやふやさを感じたことはないだろう。どちらにしろ、すっぱりと心を決め、それでおしまいにする。

「結婚したら、ルーカスはわたしにいばり散らすでしょうね」オリビアは唇を噛んだ。

ディーはしばらく考えてからうなずいた。「たぶんね」

遠慮のない意見に思わず笑みがこぼれた。「あなたまで、そんなこと言わないでよ！」

「あなたが弱いって言ってるんじゃないの」ディーは軽く微笑みながら説明した。「ただ、ガツンと言ってやんなきゃなんないときも、おとなしいから言えないかもしれない。でも、元気出しなさいよ。サンフランシスコで、運命の人にめぐり会えるかもよ」

「母が旅行を取りやめたの。ルーカスが熱心な態度を示しているときに、長いあいだ離れているのはよくないって。もちろん、ルーカスには結婚のつもりなんかなくて、わたしの取り越し苦労って可能性もあるんだけど」オリビアはふと、自分よりもディーのほうがずっとルーカスにふさわしい妻になる、と思った。うっかり口にしそうになって、あわてて呑みこんだ。そんなことを言ったら、ディーからどんな目で見られることか。

だが、実際そうだ。気性も性格も、ディーとルーカスならぴったり合う。ふたりとも強すぎるから、同じくらい強い相手でないと圧倒してしまう。ただ、ディーは結婚にこれっぽっちも興味を持っていないが。

それでも、その思いが頭から離れなかった。


オリビアはうちに戻る途中、父の顔を見に銀行に立ち寄った。歩道に上がると、銀行のドアが開いて、カイル・ベラミーが左右にふたりの男を従えて出てきた。オリビアに気づくなり、帽子を取った。

「ミス・ミリカン、ご機嫌いかがですか?」

「おかげさまで、ミスター・ベラミー。あなたは?」

「これ以上は望めないほど」彼女を見おろし、自信にあふれた笑みを見せた。無理もない。カイル・ベラミーは自他ともに認める色男だ。ふさふさした濃い色の巻き毛、黒い眉に薄茶色の目、白い歯がのぞく、輝くばかりの笑顔。そのうえ上背があってたくましく、〈ダブルC〉とは比較にならないものの、牧場も着実に大きくしている。にもかかわらず、オリビアはこの男にどことなく油断ならないものを感じていた。

彼は動こうとせず、オリビアは生来の行儀のよさで応対した。「春のパーティには行かれますの？　もうすぐですね」

「行きますとも」彼は酷薄そうなつくり笑いを浮かべた。「あなたがいらっしゃるのであれば、ぜひとも行かなければ」

「町じゅうの方が参加されますものね」厚かましい発言に内心取り乱しながら、たくみに話をそらした。

「あなたをダンスにお誘いするのが楽しみです」彼はふたたび帽子を上げて挨拶し、ようやく歩きだした。あとにふたりの男が続いた。

ふたりめの男とすれちがうとき、その男も帽子を軽く上げた。オリビアは驚いて、男の顔に流し目をくれた。黒い髪、褐色に焼けた肌、敬愛に満ちた黒い目。すれちがいざまなのでそれしかわからなかったが、強い衝撃を受けて、しばらくその場から動けなくなった。目の錯覚だわ。一瞬のことだもの。そうよ、エゼキエルがベアトリスを見つめるように、愛情のこもった表情で見つめられるなんて。見ず知らずの女に向かって、そんなことをすると思う？　それでも、想像であろうとなかろうと、男の表情に鼓動がわずかに速まり、肌がほのかに熱くなったのは事実だった。

彼女は銀行に入り、話しかけてくる人々にいちいち微笑みや挨拶を返しながら、父のオフィスに向かった。オリビアが顔を出すと、ウィルソン・ミリカンは立ちあがり、満面の笑みで娘を迎えた。「母さんにまたお使いを頼まれたんだな？」そう言って、笑いだした。目を見ただけで、なにもかも通じる。「母さんは、まるで十六歳の娘に戻って、これが最初のパーティみたいにはしゃいでいるからね」

「もう二度と企画には加わりたくないなんて言ってらっしゃるけど、来年の二月には、きっとまた早く始めたくてそわそわしだしてよ」

オリビアはベアトリスを訪ねたことを話して、しばらく雑談した。長居をして父の邪魔をしたくなかったので、手短に切りあげた。席を立ちかけたとき、好奇心に屈して尋ねた。「外でミスター・ベラミーに会って、少しお話しました。一緒にいたふたりの男性はどなたなんですか？」

「ピアスとフロンテラスといって、彼の牧場のカウボーイだ。だが、あの顔つきから判断するに、ロープよりもピストルのほうが得意な口だろう」

「ガンマンってこと？」驚いて尋ねた。「どうしてガンマンを雇ってるんです？」

「ガンマンだとは言っていないよ。ピストルの扱いに慣れているように見える、と言っているだけだ。たぶんそうだろうが、このあたりには銃の名人が山ほどいる。わたしの知るかぎりでは、ベラミーの男たちもそうした名人ってだけで、ただのカウボーイだ」娘の腕を叩いて安心させたが、自分の言葉にそれほど自信があるわけではなかった。とくに、ベラミーと一緒にいたふたりの男については。ひとつだけたしかなのは、ふたりともオリビアにはけっして近寄らせたくないということだ。娘はああいった人種と関わるには繊細すぎる。カウボーイたちは町でたまに酔っ払って喧嘩をするくらいだが、父親としては、娘の幸福のためなら、いくら気遣っても足りないものだ。

「どちらがどちらなの?」まだ好奇心が収まらずに、オリビアは尋ねた。

「なにが?」

「どちらの方がピアスで、どちらの方がフロンテラス?」

「ピアスはベラミーのところに来てもう二、三年になる。口数の少ない男で、けっして多くを語らない。黒髪のメキシコ人風の男がフロンテラスだ。もしかするとメキシコ人かもしれない。そのわりには背が高いがね。スペイン人の血が濃いんだろう」

メキシコ人。ひと目で気づかなかった自分に、少し驚いた。たしかに、父の言うとおり、背の高い人だった。そして歩道ですれちがっただけで、紹介もされていない男性に興味を持っている自分に気づいて、もっと驚いた。いつもなら考えられないだけに、罠に落ちたような感覚がじわっとこみ上げてきて、気持ちがざわつく。その罠からどうしたら逃れられるのか、あるいは本当に逃れたいのかどうか、わからなかった。ただ、パニック寸前に追いこまれていることだけはわかっていた。

「銀行家の娘と結婚するのも悪くないな」カイル・ベラミーは思案顔で言った。「とくにオリビア・ミリカンのような女なら」

ピアスがうめき声で応じた。ルイス・フロンテラスはなにも言わなかった。

「彼女はひとり娘だから、父親が死ねば、全財産が転がりこんでくる。というか、彼女の夫にだ」

「コクランが言い寄ってるそうです」フロンテラスはぼそっと言った。

カイルは肩をすくめた。「だからといって、おれが彼女に関心を持っちゃいけないって法はないだろう?」

ウィスキーを口にふくみ、オリビア・ミリカンのことを考えた。なぜいけない? 他の男に比べて、彼女をものにできる可能性は高いはずだ。女にはいつも好かれる。恋人にするならもっと威勢のいい女がいいが、オリビアは美人で金がある。経験上、金がさまざまな不足を補うのはわかっていた。いまのところ金の心配はないが、いい状態がずっと続くと思うほど、甘い暮らしはしてきていない。ウィルソン・ミリカンの財産があればずっと安定するだろう。さっそくオリビアに誘いをかけてコクランを出し抜いてやろう。

二杯めのウィスキーを飲みながら、舌を刺激する燻《いぶ》したようなアルコールの味とともに、頭に浮かんだオリビア・ミリカンとの結婚を夢見た。そこへ、ティリーがゆっくりと近づいてきた。カイルはカウンターにもたれ、その光景に心を躍らせた。彼女の歩き方には、少々酒を飲み過ぎていても、見ただけで男のモノを立たせる力がある。

ティリーはじつにいい女だ。はじめて会ったのは十年ほど前、ニューオーリンズでのことだ。当時、十五にはなっていたろう。若々しく情熱的だった彼女を思い起こし、カイルはにやりとした。この町で、彼女の本名がマティルドだと知っているのは、おそらく自分だけだろう。ふたりでベッドにいるとき、たまにその名前で呼ぶと、彼女は目をすがめていさめるようにじっと見つめる。彼女がティリーの名で酒場で働きたいなら、それはそれでかまわないが、ただ、自分が彼女の過去を知っているのを忘れないでもらいたかった。

もちろん彼女のほうも、だれよりも彼を知っているが、心配はなかった。それを材料に金をせびられたことは一度もない。どういうわけだか田舎町のつまらない酒場での人生を受け入れ、深い茶色の目に世の中になかばうんざりし、なかば甘んじている表情を浮かべている。ティリーといると、男は値踏みされていると感じないですむ。男のありのままを受け入れ、それ以上は求めないからだ。

プロスパーでは、既婚者もふくめて、多くの男がティリーの胸に抱かれた。金で買われているときでさえ思いやり深く、少なくとも表面的には愛情と、ときには情熱を示した。カイルはつねにすべてを求め、けっして手抜きを許さなかった。ティリーがためらうこともあるが、つき合いが長いので、彼女を悶えさせ、のたうちまわらせる手管は知りつくしている。最後にはいつも彼の思いどおりにさせた。

二十歳くらいにしか見えない。ティリーのなめらかな肌と濃い赤褐色の髪に見とれながら、カイルは思った。いまでも痩せていて、しなやかで、豊かな胸は張りがあった。

ティリーはカウンターにもたれた。なまめかしく誘うような口元で、「カイル」とささやいた。

それで決まりだった。甘くゆっくりと名前をつぶやかれるだけで充分だった。グラスを置いて、彼女の腕を取った。「階上《うえ》へ行こう」

彼女は驚いたような顔でまばたきする。「あら、挨拶がまだだったわね。お元気？」

ティリーの軽い皮肉を無視して、二階に促した。そして、ピアスとフロンテラスにさっと手をやり、戻るまで好きにしていろと合図を送った。

ルイス・フロンテラスは、ベラミーがティリーの腰に腕をまわして二階に消えるのを見届けると、目の前のビールに視線を戻した。ピアスは同じテーブルでむっつりとビールを飲《や》っている。いつもこんなふうで、三つ以上の言葉を続けて言うことはまずなかった。

ルイスはベラミーとティリーが二階に消えるのを見て、嫉妬に胸を焦がした。ティリーは男を虜《とりこ》にする女だが、それが原因ではなかった。おもにセックスによるものだとしても、ふたりのあいだにある絆《きずな》が羨ましかったのだ。どんな種類であれ、他人に近しさを感じたのはずいぶん昔のこと、そう、もう十年になる。十年の放浪生活のあいだ、進んで身をまかせてくる女で肉体の乾きは癒してきたが、体以上のものを与えたことはない。最初のうちは心の面でも気持ちの面でも孤独を必要とし、やがてはそれが習慣となって、いまでは動かしがたいもののように思える。たとえ、それ以上のものを求めることがあっても。それ以上の……なにを？

女？　女なら、好きなときに手に入る。女を喜ばせる才能があるのは、わかっていた。女のあらゆる面、ヒステリーや嫉妬、意地っ張りなところも全部ひっくるめて好きだから で、そこまで尊重されて抗《あらが》える女がいるだろうか？　ルイスにとっては、自分が男だから、女を愛するというだけの単純なことだった。女は想像しうるかぎりもっとも官能的な生き物だ。彼の声が深みを帯びたとたんに群がってくる。

しかし有象無象《うぞうむぞう》の女には興味がなかった。いま興味があるのはひとりだけ、ベラミーが銀行の外で話していた、あのブロンドの女だけだ。銀行家の娘、ミス・ミリカン。オリビア。そのしとやかな物腰と、美しい顔立ち、そしてかっちりとした乗馬服に隠された胸の形が気に入った。

だから、ベラミーが父親の財産目当てに彼女を口説くのは我慢ならなかった。あの女性はもっと大切に扱われてしかるべきだ。オリビアはすばらしい女性なのだから。ベラミーなら平気で彼女を踏み台にするだろうが、ルイスは女のこととなると直感が働く。彼女はそんな扱いを受けたら立ちなおれないだろう。

美しい青い瞳は、すでに悲しみを帯びていた。一瞬のことだったが、たしかに見た。なにかに思い悩んでいるのだろう。ベラミーは、そんな彼女をいっそう不幸にするだけの男だった。

悲しみの宿る目に口づけしたかった。抱きしめて、やさしく撫で、彼女がどんなに愛らしいかを教えてやりたかった。女は自分が大切にされているのを、つねに感じていなければならない。

口元に皮肉な笑みが浮かんだ。自分は放浪者でメキシコ人、取り柄といえば銃しかない。かたや、銀行家の娘で、町で一、二を争う金持ちの牧場主を選べる立場にある。ミス・オリビア・ミリカンには、名前を知ってもらう機会さえないだろう。ましてや、彼女を抱きしめることなど夢のまた夢。

4

ディーはこちらに向かって馬を走らせてくるルーカス・コクランを見ても、なぜか驚かなかった。三日後のことだ。まだ朝は早く、彼女はおもてで餌入れを手に、コッコッと鳴きながらスカートのまわりに集まってくるニワトリに餌をやっていた。声の届くところまで彼が近づくと、「ミスター・コクラン」と挨拶がわりに呼びかけた。

彼は馬に乗ったまま、身をかがめてサドルホーンに腕をひっかけ、ディーが餌をやるのを見ていた。「おはよう」彼は言った。「町へ出る用事があったんで、ついでにようすを見ていこうと思ってね」

彼女の目はまばゆい朝日を浴びて輝き、前に会ったときよりも緑が深かった。「ようすを見にきてもらう必要があるようなことを言ったかしら、ミスター・コクラン」辛辣な口調で尋ねた。苦労して自活の道を探ってきただけに、自分の面倒を見られないかのような発言には、我慢がならない。

「ルーカスと呼んでくれ。ルークでもいい」

「なぜ？」

「友人になりたいからさ」

「無理だと思うけど」

ルーカスは彼女の打ち解けない態度ににやついた。ご機嫌取りをせず、ことごとく反発する女のそばにいるのは新鮮だった。「なぜだ？　いい友人になれると思うが」

「あたしはひとりが好き」彼女はそう答えると、容器をひっくり返し、脇を軽く叩いてわずかに残っていた餌をばらまいた。そして、裏の小さなポーチへ向かい、壁に打ちつけられた釘に餌入れをかけた。足早に納屋に向かう彼女のあとから、ルーカスは馬を歩かせた。彼女が一歩踏み出すたびに、スカートがまくれ上がる。下にはペチコートしかはいていないらしい。大きく揺れる紺のスカートに目が釘づけになった。しかも薄いやつだ。

彼は頭を下げて納屋に入り、暗闇に慣れようと無意識のうちにしばし目を閉じると、彼女が一頭の馬と二頭の雌牛に手際よく餌を与えるのを見守った。

みごとに自分を無視するディーを見ているうちに、むしゃくしゃしてきた。だが、考えてみると、ここは彼女の農場で、招待されて来たわけじゃない。彼女が腰かけを持ってきて、一頭の雌牛の下にミルク用のバケツを置いたとき、彼の馬がそわそわと蹄《ひづめ》を踏み鳴らしはじめた。そこで溜息をついて馬から降り、手綱を横木にひっかけた。もう一頭の雌牛も乳しぼりが必要なようだ。「まだバケツはあるか？」

彼女の手の動きに合わせて、早くもバケツのなかには、ミルクが勢いよく流れこみだしている。振り向いた緑の目には、険悪な表情が浮かんでいた。「お手伝いならけっこうよ」

「わかってる」苛立ちがつのって、声に出た。「だが、人の好意を受け入れる気はないのか？　自分だけで処理できないからじゃなくて、ひとりよりもふたりのほうが早く仕事が片づくだろう？」

ディーは少し考えてから、そっけなくうなずいた。「そうね。あそこの馬具室に、もうひとつ洗ったバケツがある。ほら、その右側。でも、腰かけはもうないから、しゃがんでやって」

ルーカスはバケツを取りにいき、雌牛のたっぷりした脇腹を叩いて自分がそばにいるのを知らせてから、腹の下に静かにバケツを差し入れた。その場にしゃがんで、力強い指で長い乳首をつかみ、一度憶えたら忘れないリズミカルな動きで乳首を引っ張りだした。熱いミルクがバケツに流れこむ。こんなとこを牧場の者に見られたら、たまったもんじゃない。ひねくれた笑みが口元に浮かんだ。

「いつもそんなにつんけんしてるのか？」軽い調子で尋ねた。

「そう」同じ調子で答える彼女に、ついつい口元がゆるんだ。

「そうしなきゃならない理由でもあるのか？」

「男」

彼は鼻を鳴らした。「そうだな、おれたち男は、たまにとんでもないことをしでかす」定かではないが、小さい笑い声を聞いた気がした。「反論の余地のないご意見ね」

「恋を患ったきみの求婚者たちは、しつこかったらしいな」当てずっぽうで言ってみた。

「そんな人もいたわね。でも、連中の心にあったのは愛じゃない。どちらにもわかっていたことよ。ひとり暮らしの女と見ると、格好の獲物だと決めてかかるんだから」

彼にこんな話をする女は、これまでひとりもいなかった。だが最初に会ったときから、ディーが飾らない口調で、正直に意見を言うのに気づいていた。他の男が彼女を口説こうとした、あるいは口説くふりもせずに、ひとりでいるところを狙おうとしたと考えただけで、怒りがじわじわとこみ上げてくる。おまえもそのひとりだぞ、と言い聞かせても、怒りは収まらなかった。まず、ルーカスにはディーを辱める気がない。ふたりのあいだに起こることは、ふたりだけの秘密だ。男らしさを誇示するために、自分の女の話を言いふらすほどそこつな若僧ではない。それに、彼女が成し遂げたことへの尊敬の念もある。骨の折れる仕事だったろうに、彼女はひるむことなく困難に立ち向かい、それを誇りとしている。清らかな農場のありさまに、彼女の気骨が表われていた。

ルーカスは口を開いた。独占欲からくる、怒りに引きつった声だった。「きみを煩わせるやつがいたら、おれに知らせてくれ」

「申し出はありがたいけど、自分で片をつけなきゃならない問題よ。いつもあなたについてもらうわけにはいかないんだから、他人に頼らなくても、自分で身を守れるってとこを見せとかないと」

彼女の正論にかちんときた。「おれなら、連中を永久に追っ払ってやれる」

「散弾銃には説得力がある」楽しげな口調だ。「男を撃退したきゃ、お尻に鹿弾を撃ちこんでやるにかぎるわ。それに、あなたを用心棒にしてもいいものかどうか」

乳をしぼる手は休めなかったが、眉をひそめて顔を上げ、語気鋭く尋ねた。「なぜいけない?」

「世間にあたしたちが寝てると思われるから」ルーカスが答えないでいると、説明を続けた。「この界隈の男どもがあたしに手を出さなくなったのは、あたしには男ってものが一切いらないって示したからよ。それが、ひとりでも男をベッドに入れたと知ったら、だれとでも寝ると思いこんで、断わっても前ほど素直に聞き入れてもらえなくなる。手に負えなくなれば、殺さなきゃならなくなるかもしれない」

ルーカスの力強い手が雌牛の乳房をしぼりつくした。バケツを脇にどけて立ちあがったとき、ディーもちょうどしぼり終えた。力仕事に顔を上気させ、バケツを脇に置いて立ちあがり、腰を伸ばした。ルーカスのほうはさっさとかがんで自分のバケツを持ち、納屋から小屋に向かっている。ディーはその後ろに続きながら、自分の農場で自由勝手に振る舞う彼に眉をつり上げた。この男は人の上に立つのに慣れている。だがすぐに肩をすくめた。

役に立ってくれているのだから、いい気になるなと文句を言うのは、料簡《りょうけん》が狭すぎる。

彼は裏のポーチでディーがドアを開けるのを待っていた。「こんなにたくさんのミルクをどうするんだ?」

「ほとんどは、また家畜の餌になるわ。あとは攪拌《かくはん》してバターにしたり、飲んだり、料理に使ったり」

「それなら一頭で足りる」

「二頭いれば、毎年二頭の子牛が生まれるから、食用にできるわ。あなたもこのあいだスープで食べたはずよ。それに、どちらか一頭が死んでもミルクが飲める」彼女は大きなミルク缶を取り出し、漉《こ》し布をかぶせた。「あなたには、牛が一頭いてもいなくても、たいしたちがいはないんでしょうけど」

「たしかに、牧場に食用牛が数千頭もいればな」彼は片方のバケツを傾け、漉し布の上からゆっくりとミルクをそそぎ、続けてもう一方のバケツも空けた。

ディーはコーヒーポットを手にして振った。「まだ残ってる。一杯どう?」

ルーカスは知り合ったばかりで彼女を押し倒すほど馬鹿ではなかったが、そばにいるとこらえきれそうにないので、さっさと退散することにした。「いや、今日はやめとこう。町に行って、また牧場に戻らなきゃならない。気持ちだけもらっとくよ」

「どういたしまして」彼女は律儀に応じた。「それと、手伝ってくれてありがとう。あなたが乳しぼりをしたことは内緒にしておいたげる」

ルーカスが鋭い目つきで見返すと、落ち着いた表情ながら、目が楽しげに輝いていた。

「そうしてくれ」

するとディーが笑いだし、たちまち体が反応した。まいった、笑うとやけにかわいい。

彼女は一緒にポーチまで出て、ルーカスが納屋から馬を引いてくるあいだ、柱にもたれていた。馬に乗る彼の腕や肩の筋肉に、ついつい目がいった。ズボンの尻と腿《もも》のあたりがはちきれそうだ。顔は帽子のつばの陰になっていたが、濃いブルーの目が見えた。

「それじゃあ、また」彼は振り返ることなく、馬で走り去った。

ディーは午前中の残った日課を片づけながら、いくら振り払っても、気がつくと彼のことを思っていた。前に訪ねてきた理由は明らかだった。土地を買いたいと率直に切り出したからだ。だが、今朝はどうしてわざわざ遠回りをしてきたのだろう。最初は口説くつもりだと思ったのに、言葉にも態度にも、そんなそぶりはまるでなかった。そして、そんな彼の態度に、少しだけ気落ちしている。

むろん、求められても、唇は許さなかっただろう。どうせオリビアと結婚するつもりの男だ。でも、オリビアは彼を求めていない。オリビアがどれほど恋に憧れ、家族を欲しがっているか、ディーはよく知っていた。もうチャンスがないかもしれないと心配する一方、ルーカスが彼女と結婚する意思があるかどうかもはっきりしない。ディーはルーカスと二回会ってみて、よくわかった。心やさしいオリビアにはふさわしくない相手だ。

たしかに、だれとでも寝ると思わせるのはまずいし、結婚にも興味はない。しかし、それとはべつに、否定しがたい事実もあった。自分が生身の人間で、ひとりの女だということだ。今朝は彼と話し、一緒にいて楽しかった。同等の立場で話してくれるルーカスが相手だと、言動に気を遣わずにすみ、心地よい解放感さえある。ふつうの男ならディーの発言に猛反発しただろうに、彼は率直な語らいを楽しんでいるふうだった。そんな彼にたいして、知らず知らずのうちに女として反応し、しだいに肌が熱くなり、呼吸が速くなった。彼からさわられたら、拒否できたかしら？　正直なディーとしては、断わりきれない魅力があったのを認めるしかない。

自分のなかの相反する思いに面食らっていた。男には興味がないとルーカスに言い、女としての賞賛はいらないし、欲しくないと自分に言い聞かせているのに、その一方で彼を男としてひどく意識し、自分にまったく惹かれていないらしい態度に多少自尊心を傷つけられてもいる。でも、相手はルーカス・コクランなのだ。町じゅうの独身の女をものにできき、たとえ人妻といえども断われる女はまれだろう。顔立ちが整っているのはもちろんのこと、強く、たくましく、心身ともにこちらが圧倒されるような男っぽさがあって、自信にあふれている。目を見れば非情にもなれるのがわかるから、そんな彼の邪魔をするのは、向こうみずか愚か者のどちらかだろう。

そしてディーには、これといって際立ったものがなかった。毎朝、顔を洗うときに鏡を見ればわかることだ。まじめに働き、あまった金は衣類や贅沢《ぜいたく》品ではなく、本に使いたいと思うような女で、上品で優雅なところなどみじんもない。それでも、自分ではかなり聡明で、たいていの人よりは教養があると思っている。母が教師で、子どものころから読書の楽しみを教えられていたからだ。こうしたふたつの持ち味が自活には役立つ反面、他人から支配されるにはまったく不向きな女をつくり上げた。

コクランのような男が欲望をいだく女ではない。そうなりたいと望むのは愚かだった。

ルーカスは積極的にオリビアを追わず、町の行事で会うのにまかせていた。交際して、結婚するまでには、最低でもあと一年はかかり、その前にふたりの関係を固める理由は見当たらなかった。それに、とりたてて一緒にいたいとも思わない。彼女はきれいで感じがいいが、焼けつくような欲望は感じないのだ。そして、その朝ディーのところをあとにして町へ向かったときは、オリビアに会うための努力をしないどころか、ばったり会うのさえ億劫《おっくう》になっていた。

オリビアは好きだった。親切で心やさしい本物のレディだ。嬉々として彼女をベッドに誘うところすら想像できる。ただ、狂わんばかりの興奮だけは想像できなかった。激しいセックスを思い描くとき、汗とよじれたシーツと、背中に爪を立てられながら、組み敷いている女の肉体はディーの体、見つめる顔はディーの顔、枕にからみつく髪は長い黒髪だった。ディーは素直に受け入れようとはしないだろう。腰を引き、支配されまいと抵抗する。爪を立て、身をよじり、激しくみずからの頂点を求める。そして終わったあとはぐったりと横たわり、あの謎めいた緑の目でもう一度抱いてみろと挑むのだ。

ところがオリビアだと、こうしたイメージさえかきたてられない。自分でもあきれるほど、性急にディーを求めていた。これまでも満足できる女はいたし、激しく求めたこともあったが、想像しただけで感覚がひりつくような女ははじめてだった。しかも、まだ手さえ握っていない！　だが、いずれは触れる。それも近いうちに。何カ月も待ってはいられない。数週間でも待てるかどうか怪しかった。

押し寄せる欲望に歯を食いしばった。彼の予感では、ディーの貞操に残された時間は、あと何日かだった。それさえ長すぎた。いますぐ欲しい。盛りのついた雌馬に乗りかかる種馬のように、手に負えないほど高ぶっていた。

男としての本能が、六年間のひとり暮らしにもかかわらず、ディーが処女だと告げていた。その純潔が障害にもなり、助けにもなる。誘惑されているのになかなか気づかず、自分の反応をどう処理したらいいのかわからない点は、ルーカスの有利に働く。だが処女なので、衝動を抑えて、挿入する前に彼女を満足させなければならない。自制の糸はすでに切れる寸前だった。ひとたび裸の彼女を腕に抱いたら、貫いて快感にひたりたいという欲望で正気でいられなくなるだろう。もし抑えきれずに痛みだけを与えれば、次に触れようとしたとき激しい抵抗に遭う。

いや、冷静に考えれば、ディーが素直に従うはずがなかった。ディーは野火だ。そしてオリビアは山の湖のように静かで落ち着いていた。

まだ飲むには早い時間だったが、酒場に立ち寄った。ビールを飲めば、股間のうずきを鎮められるかもしれない。酒場は閑散としていた。ひとりきりの客が、陽射しを避けるように、バットウィングドアに背を向け、前かがみでウィスキーを飲んでいた。酔っているようだったので、ほうっておいた。

バーテンダーはグラスを磨くのに忙しく、ルーカスにビールを出すと、あとは知らんぷりだった。ふたりの酒場の女はなかば退屈し、なかばけだるそうにトランプをしていたが、手を動かすよりも口を動かすのに熱心だった。

しばらくすると、赤毛のティリーが立ちあがり、ゆっくりと近づいてきた。黒い髪と緑の目に占領された彼の頭は、ティリーのあだっぽい美しさには反応しなかったが、セクシーな歩き方には見とれた。ただ歩いているのではない。腰を振って、波のようにゆるやかに動いている。女そのもののその動きに、ドアの酔っ払いさえ、血走った目で彼女の姿を追った。

「おはよう」ゆったりと声をかけ、彼のテーブルについた。引き延ばしたようなやわらかい響きは、明らかに南部訛《なま》りだ。ティリーはもうひとりの客に顔を向けた。「あの人は飲む理由があるの。でも、あんたはきつい朝を送ったようには見えないけど」

ある意味では、きつい朝だった。「ただの暇つぶしだ」

「それとも、他の理由かしら？」いっそうもの憂げで、誘うような口調になった。

「女を抱く気分じゃない」ぶっきらぼうに答えた。

ティリーはやさしい笑顔を見せ、深く坐りなおした。「あら、そう見えるけど。でも、あたしじゃないだれかね。それであんたは悩んでる。欲しいと思う女が思うとおりにならないと、男は怒りに引きつって、欲望をもてあましたような顔になる。いまのあんたはまさにそんな顔をしてる」

「きみの前でそんな顔をする男はいないんだろうな」ルーカスは言い返した。

「めったにね。めったに。お酒を飲まなくて、階上にも行きたくないんだったら、バーナと三人でポーカーでもする？　ふたりでやるのに飽きてたとこなの」

トランプをする気分でもないので、首を横に振った。ティリーは同情するように溜息をついた。「それじゃあ、あたしにしてあげられることはないわね、ミスター・コクラン。幸運をお祈りするだけ」

「幸運なんかいらない」吐き捨てるように言って、立ちあがった。「おれに必要なのは忍耐だ」

酒場をあとにする彼の背中に、ティリーの甘ったるい笑い声がからみついた。

オリビアは衣料品店のなかをうろつきながら、ルーカスが酒場を出て、〈ダブルＣ〉の方角へ走り去るのを待った。礼儀正しい男性を避けるなんて、意気地のない話だけれど、おおぜいの人が見ている通りで彼に出くわすのは気が重かった。みんなが店のドアの奥で、噂話や勝手な想像をしていると思うと、まともに口もきけないだろう。それに、彼は上機嫌にはほど遠い顔をしていた。遠くからでも、むっつりとした険悪な表情が見てとれた。機嫌がいいときでさえ威圧感があるのに、腹を立てていたら、どんなに恐ろしいか。そんな彼など、見たくもなかった。

5

疲れがひどくなかったら、そんな事故は起きていなかっただろう。しかしその日のディーは、午前中ずっと菜園を耕し、大きな泥の塊を細かな土に砕いて、野菜を植えられる土壌をつくっていた。菜園の仕事は、毎年はじめの二、三日がいちばんつらい。冬の数カ月はあまり体を動かしていないので、筋力が落ちているのだ。そのせいで、納屋の二階から家畜用の干し草をもっとかき出そうとしたとき、注意が散漫になっていたのだろう。反射神経が鈍くなっていたのかもしれない。どちらにしろ、猫がいるのに気づかず、足を踏んでしまった。けたたましい猫の鳴き声にびっくりして、後ろによろめいた。足を踏みはずして干し草置き場から地面に落ち、背中を強打して、ついでに頭まで軽くぶつけた。

永遠に続くかと思うほど、肺に空気を取りこめない苦しみが長く続いた。横たわったまま麻痺《まひ》したように体が動かず、痛みで気が遠くなり、目が霞《かす》んだ。やがて体は正常な機能を取り戻そうと活動を再開し、肋骨《ろっこつ》の痛みに耐えて思いきり息を吸った。

自分の状態を見きわめるには、さらにもう少し時間がいった。腕と脚はそれほど苦労なく動き、痛む肋骨も、折れているのではなく打撲のようだった。頭には鈍痛があった。もし地面が薄い藁《わら》でおおわれていなかったら、この程度ではすまなかったろう。干し草置き場から飛び降りてきた猫は、責めるようにニャオと鳴き、角を曲がってどこかに消えた。

ディーはよろよろと立ちあがって、どうにか家畜に餌をやったが、小屋に戻ると、ステップをのぼるのがやっとだった。手を焼きそうな料理は最初からあきらめた。苦労してスポンジで体を拭き、おそるおそる髪を梳《と》かした。頭の痛みがひどく、寝るときいつもするように、きっちりした三つ編みにすると思うと、それだけでぞっとした。寝間着を着て、ベッドにもぐり込むのがやっとだった。

寝返りを打つたびに筋肉が悲鳴をあげ、痛みのあまり目が覚めるので、よく眠れなかったが、夜明けがきて完全に目覚めたときは、頭痛が収まっていたのでホッとした。脳震盪《のうしんとう》を起こしていたら大ごとだったが、さいわいその心配はなさそうだ。

それでも、ベッドから起きあがろうとすると、肋骨のあたりに激痛が走り、うめき声とともにベッドに沈みこんだ。そのまま息を切らしながら横になっていたが、何分かすると、力をふりしぼって再度起きあがろうとした。だが、二回めも同じく失敗に終わった。

もう一度試すのは気が進まないが、一日じゅうベッドにいるわけにはいかない。生理的な要求を満たす必要もあった。

三回めは、起きあがろうとせず、横に転がり、打ち身が増えるのを覚悟で、床に膝で降り立った。目をつぶってベッドの脇にもたれ、立ちあがる気力を奮い起こした。ベッドに起きあがるより、立つほうがましだったが、それでも顔から血の気が引いた。

差し迫った要求をなんとか片づけ、ひどく喉が乾いていたので、ひしゃくに水を汲《く》んで何杯か飲み、さて寝間着を脱ごう、という段になって挫折した。腕が上がらないせいで、寝間着を頭から脱げない。たとえ脱げたとしても、ちゃんと服を着られるかどうか。

だが、家畜の世話はしなければならない。干し草置き場から落ちるような、ドジでぶざまなことになったのは、彼らのせいではないのだから。

六年間ひとりで暮らしてきて、一度も病気や怪我をしたことがなかったのは幸運だった。頼れる人がいないのがわかっているから、つねに細心の注意を払い、金槌《かなづち》を使うときも、手を傷めないように釘をやっとこでつかむほどだった。危なくないように、できるかぎり環境を整え、手順にも気を配ってきたのに、猫を踏むという突発事故は防げなかった。

仮になんとかステップを下りて、寝間着のまま納屋に行っても、どうやって餌をやったらいいのだろう。腕が上がらないのに、餌の入った重いバケツを持ちあげられるわけがなかった。

信じがたいほどうかつだった自分に腹が立った。動くたびに、避けようもなく、新たな痛みに襲われた。

脚のこわばりと痛みは、久しぶりの農作業のせいだろう。だが背中は肩から腰にかけて大きな打ち身になっているらしく、息を吸うたびに肋骨が痛む。椅子に腰かけたくても、かけられなかった。ベッドに倒れこもうか？　次に起きあがるときの痛みを思うと、それもできない。立っているほかないようだ。

しかし春の朝はまだ寒い。裸足に寝間着姿で立っているうちに、体が冷えてきた。暖炉に新しい薪をくべれば石炭に火がつくかもしれないが、それも、いまはままならなかった。起きあがる痛みを我慢してでも、暖かいベッドに戻ったほうがいいかもしれない。

響きわたる蹄の音を聞いたとき、とっさに散弾銃を取りにいこうと、体を動かした。激痛のあまり息が止まり、うめき声を漏らしてその場に立ちすくんだ。

「ディー！」

その叫び声にホッとして、体の力が抜けそうになった。ルーカスだ。今日のところは、恥を忍んで家畜の世話を頼むしかないだろう。明日には、また自分でできるようになる。やっとのことで窓に近づくと、ルーカスは彼女を探して納屋に向かうところだった。

「ルーカス」声をかけたが、彼には届かなかった。

そこで痛みに息を呑みながら、そろそろと入口まで歩き、前の日に無意識のうちにドアにかけたかんぬきを恨めしそうにながめた。腕を上げてみたが、痛みに耐えたとしても、あるところから先は筋肉が動かない。その高さでは掛け金からかんぬきをはずせなかった。

「ディー！　どこにいるんだ？」

ルーカスは納屋を出て、家の裏手にまわった。ディーはあえぎながら膝を曲げ、かんぬきの片端に肩を押しこんで足を踏ん張った。重いかんぬきが痛む体に切りつける斧《おの》のようにくい込むが、ほかに方法を思いつかなかったので、歯を食いしばり、目を刺す苦痛の涙を無視した。かんぬきがはずれ、大きな音をたてて床に落ちた。

ルーカスは物音を聞きつけると、立ち止まって小屋に取って返した。たしかにそちらから聞こえてきた。用心のために、ピストルの握りに手をやった。

ディーはなんとかドアを開け、片手で戸枠につかまって、ふらふらと立ちあがった。

「ルーカス」彼を呼んだ。「こっちよ」

彼は小屋のおもてにまわり、二歩でステップをのぼると、彼女を見るやピストルから手を離した。「なぜ答えなかった？」腹立たしそうに尋ねたが、彼女のようすに気づいて口をつぐんだ。

戸口に立つ彼女の体はかすかに揺れ、脇に下ろした右手は戸枠をしっかりとつかんで、指が白く浮いていた。足は裸足で、身につけているのは、修道女のように飾り気のない、長袖で襟元の詰まった地味な白い寝間着だけ。乳首の色が透けていた。長く豊かな髪はほどけて乱れ、黒い潮のように背中に波打っている。一見すると元気そのものに見え、そのあられもない格好に早くも体が反応したものの、次の瞬間には、顔色が悪く、身をこわばらせて動かないのに気づいた。

「どうしたんだ？」と、手を伸ばした。ディーが足元に崩れ落ちそうに見えた。心配でついつい、きつい口調になる。

「さわらないで！」引きつった声をあげ、彼の手から身を引いた。とたんに痛みが走って、悲鳴を抑えようと唇を噛んだが、低いうめき声がせり上がった。痛みが引くのを待って言った。「納屋の干し草置き場から落ちたのよ。痛くてなにもできない」

「なかに入ろう。おれがドアを閉める」ルーカスは言った。ディーは動くのもやっとだが、まちがっても手を差し伸べるようなことはしなかった。ひとり暮らしで男の仕事をやろうとしなければ、怪我をすることもなかった。そう怒鳴りつけたいのをぐっと我慢した。文句ならあとでもつけられる。ディーについて小屋に入り、ドアを閉めて、暖炉に向かうと手早く薪をくべ、火かき棒で石炭をかいた。

「いつ落ちた？」振り向いて、ぶっきらぼうに尋ねた。

「昨日の夕方」

何日も動けないまま横たわっていなかったのが、せめてもの救いだ。この前訪ねてきてから一週間になり、いつ怪我をしていても不思議はなかった。

ルーカスは帽子を放り出し、彼女の脇に片膝をついた。「痛いかもしれないが、骨折していないかどうか確かめる。終わるまで、できるだけ動かないで立ってろ」

「たぶん折れてない」ディーは強弁した。「それより、今日だけ家畜の世話をしてもらえないかしら。ただの打ち身だから、痛みが消えれば、明日は自分で世話できるわ」

「家畜のことは心配するな。骨が折れていないか調べるのは、おれのためだ」

そのつぶやきは荒々しく、顔つきは厳しかった。彼はどうするか決めていて、いまのディーにはそれを止めるすべがない。拳を握りしめると、ルーカスが寝間着の下に手を滑りこませ、まるで馬を調べるように、手際よくきびきびと両脚に手を這《は》わせた。やさしいとは言えない指遣いに、痛んだ筋肉が悲鳴をあげ、息を呑んだ。ルーカスは顔を上げて青い目を細めた。

「脚の痛みは仕事のせいよ」彼女はあえぎながら説明した。

彼の手は上に移動し、腿に達した。腕で寝間着の裾が持ちあがっている。触れられた部分が熱く、分厚くざらざらした掌や指がなめらかな肌にひっかかる。突然、薄い木綿の下になにも着ていないのに気づいた。彼の巨体から放たれる熱を感じる。すぐ近くにかがんでいるので、腿は彼の広い肩につきそうだし、腹部には顔が触れそうだ。「やめて」小声で言った。

彼が顔を上げた。腹を立てているのがわかった。青い目が炎のようだ。「やめろだと?」語気鋭く言った。「この際、慎みは忘れろ。邪魔な寝間着も脱ぐ必要がある」

「だめよ」

ルーカスは勢いよく立ちあがった。「それはおまえの考えだ」

彼女は負けじとあごを突きだした。「脱げないのよ。やってみたけど、腕が上がらないの」

ルーカスは彼女を見おろし、突然ベルトのナイフを抜いた。ディーは動きが鈍っていて、逃げようとさえしていなかった。彼は寝間着の前をつかんで体から引き離し、ナイフの先端を突き立て、上に向かって刃物をふるった。前が大きく裂けた。

両端をつかんでかき合わせたものの、この状態では勝ち目がない。あっさりと手を払いのけられ、肩から腕を通して寝間着を脱がされた。布は一瞬、ヒップのふくらみにひっかかってから、するりと滑って足元に落ちた。

驚きと恥ずかしさが押し寄せ、いっきにその波に呑まれた。目の前が奇妙な灰色の靄《もや》におおわれ、耳ががんがん鳴っている。

「おい、倒れるな」ルーカスは怒鳴りつつ、用心のために両手でディーの腰を支えた。

「深呼吸しろ。息を吸うんだ、ほら！」

彼女は息を吸った。自尊心が、まぬけ面をさらして気絶するのを拒んでいた。気持ちの悪い灰色の靄は薄れ、彼の顔に焦点を合わせると、怒りにこわばった表情が見えた。みような安堵《あんど》が広がった。怒っている相手がいれば、そこに意識を集中できる。

「乱暴な口をきかないで！　あなたが寝間着を切り裂いたのよ！」

ルーカスは力強い手で腰をぐっとつかみ、揺さぶってやりたい衝動を抑えた。そんなことをしたら本当に倒れるという思いだけで、怒りをこらえた。なんて女だ。怪我をしているくせに、引き際というものを知らない。自分でできなければ、だれかに面倒を見てもらうしかないというのに。

しかし、彼女の青ざめた顔にはみるみる赤みが戻り、おどおどした表情の消えた緑の瞳は、怒りのために深みを増した。むかっ腹を立てていたルーカスも、これには、にやつきそうになった。怒る力があるくらいだから、たいした傷ではないのだろう。それに、ディーの怒りは痛快だった。彼女らしさが際立ち、その強さが前面に出る。これが他の女なら、寝間着を切り裂かれた時点で、ヒステリックに泣き叫んでいた。それがディーだと、たとえ子猫のように無力であろうと、負けず劣らずの剣幕で口答えをしてくる。

「黙って、他の傷がないかどうか見せろ」ルーカスは顔を彼女の顔にぐっと近づけた。

ディーは冷たい空気にさらされ、自分の裸体を痛いほど意識して、くらっときた。だが歯向かったり、逃げたりするのはもちろんのこと、毛布で体を包むことさえできない。無力な自分が歯がゆかったが、認めざるをえない状況だった。じっくりと体を調べられ、自然と両手で体を隠そうとした。上半身と顔がほんのり赤らんだ。

「おい、おれは女の裸ぐらい見たことあるぞ」彼は吐き捨てるように言うと、肋骨に両手を当て、骨が折れていないかどうか、一本ずつ意識を集中して丹念に指でなぞった。

「あなたが過去になにを見たかなんて、あたしには関係ないわ」彼から視線をはずしながら、言い返した。自分の肉体が調べられているところを見なければ、少しは心の距離を保てるかもしれない。「あたしは男の前で裸になったことなんてないの」

「それで気がすむなら、おれも服を脱いでやろうか？」

「ルーカス！」

「ディー！」彼女の声の調子を真似てからかい、その髪を肩の後ろに払った。長い黒髪の下から出てきたのは、なめらかで大きい乳房だった。ふくよかで、つんととがった先には桜色の小さな乳首がついている。胃の筋肉がきゅっと縮み、股間に血液が流れこんで硬くなった。ちきしょう、なんていい女なんだ。全身が細く引き締まっていて、出るべきところはちゃんと出ている。懸命に自分を抑えたが、甘く誘うような香りに鼻を刺激され、脚のあいだに指を滑りこませたい衝動に駆られた。怪我をしていなければ……。

なんとか正気を保とうとした。怪我をしていなければ、いまごろおとなしく裸で立ってはいない。服に身を包み、乱れた髪をきっちりねじって丸め、外で仕事をしている。だが、彼女は怪我をしている。それを忘れてはならない。

鎖骨はまっすぐで、骨折を示す腫《は》れはなかった。痛そうな顔をするかどうかよく見ていたが、強く押しても眉ひとつ動かさなかった。次は首に触れ、頭を左右に動かすよう命じた。ディーはそっと動かしたが、それほど苦労はなかった。続いて後ろにまわり、腰まで届く豊かな髪をまとめ、肩の上で輪にした。

彼女の背中を見て小声で毒づいた。

「痣《あざ》になってるでしょう」ディーは火を見つめながら言った。「背中から落ちたから」

強打したらしく、右の肩先から左の肩先までが青っぽく黒ずんで腫れていた。背中の下にも打ち身があり、尻の両方のくぼみまで青くなっている。

ルーカスはそっと肋骨を調べ、打撲だけで折れていないことを確かめた。同じように腕も調べた。この程度の怪我ですんで、運がよかった。

彼は段取りを考えはじめた。「おれが朝めしをつくってやる。ベッドに戻るか、それともここで火のそばに坐ってるか？」

ディーは振り返って、彼をにらみつけた。「このままじゃ坐ってられない」

「おれはかまわないがね。変色してるのをのぞけば、すばらしいながめだ」痣に触れないよう気をつけながら、軽く尻を叩いた。

ビクッとして、つらそうに身を引く。相手が反撃できないのにからかったことを、ルーカスは一瞬恥じた。寝室へ行き、ベッド――ダブルだった――から毛布をはがして戻ると、彼女をくるんでやった。感謝と安堵を顔一面に表わして毛布を引き寄せるのを見て、自分の前で裸でいるのがどれほどつらかったか、やっとわかった。彼女に口づけして、気にするな、すぐに慣れると言ってやりたいが、敵に手の内を見せるのはうまいやり方じゃない。

ディーに手を貸し、暖炉の前にある大きくて坐り心地のよさそうな椅子に導いたものの、椅子には彼女が体と相談しながら自分で坐るしかない。彼女がいま望みうるかぎり快適な状態に落ち着くと、コンロに目をやった。

料理は必要に迫られて憶えたが、ふだん食べるものならだいたいできる。コーヒーポットを火にかけ、小さなパンケーキを手際よくつくり、ベーコンを切って焼いた。コンロが熱すぎないのを確かめ、外に出て、朝食に必要な分の卵を取った。ここに来る前にパンケーキとコールドビーフを食べてきたが、もう腹がなにかを食わせろとせっついている。

家に戻ると、ディーはさっきとまったく同じ姿勢でいた。毛布がめくれ、裸足がのぞいている。ルーカスは近づいてひざまずき、毛布をかけなおして、しっかりと巻きつけた。

「ありがとう」ふがいなく思っているのが目つきでわかった。

その膝を軽く叩いた。病気や怪我は苛立たしいものだ。ルーカスも何度かはベッドに縛りつけられたことがあるが、子どものときでさえ、あんまり大騒ぎするものだから、治ってくるとまわりの人間がホッとしたものだ。

朝食をつくり終え、テーブルに並べると、ディーのところへ行った。「抱いてってやるよ。背中のまん中に腕をまわせば、それほど痛くないはずだ」

「服を着ないと」彼女はぶすっと言った。「毛布にくるまれたままじゃ食べられない」

ルーカスは片方の腕をディーの背に、もう片方をそっと腿の下にまわして、軽々と抱きあげた。たくましい背中と腕の筋肉がわずかに張りつめた。「毛布がはずれないようにするから、心配するな」

テーブルまで運ばれると、ディーはまた頬を赤らめることになった。毛布を直すために、胸をあらわにしなければならなかったからだ。ルーカスは古代ローマの服のように、右腕と肩をさらけ出す格好に毛布を巻きなおした。ディーは腕を動かしてみた。肘から下だけを使えば、自分で食べられる。痛むのは肩から動かしたときだけだった。

「浴槽はあるか?」ルーカスは自分用にたっぷり料理を取り分けながら尋ねた。

「洗濯桶を使ってるわ」

洗濯桶でもなんとかなるだろう。もたれられる浴槽ほど居心地はよくないだろうが、あるものを使うしかない。

食事がすむや、ふたたびディーを暖炉の前の椅子に坐らせて、皿を洗い、手桶に水を汲んできて、コンロで温めだした。「湯を沸かしているあいだに、家畜に餌をやってくる」言い置いて、小屋を出た。

ディーは楽な姿勢を探そうとした。悔やし涙が目を刺したが、むっとして涙を押しとどめた。どんな苦境に陥っても、赤ん坊のように泣きわめくのだけはごめんだ。

原因は痛みや無力感だけではなかった。むしろ、ルーカスの前で裸になるほうが苦痛だった。尊厳が傷つき、自分の無力さを身を持って思い知らされた。どんな男でも我慢ならないが、ルーカスに見つめられると、だれにも見せたことのない部分を撫でまわされているような気分になる。

ルーカスは一時間ほどで戻り、薪を足して、大きな洗濯桶を暖炉の前まで引っ張ってきた。ディーの見守るなか、さらに水を運んで桶に入れ、湯気が上がるまでいっきに湯をそそいだ。

「さあ、ここにつかって」と、腕まくりをした。

ディーは毛布を握りしめて、湯気の出ている桶を物欲しげに見つめた。熱い湯にゆっくりつかれれば、こわばった筋肉もたちまちほぐれるだろう。いますぐにでも入りたい。けれども、さっき彼の前で裸になったせいで、神経が張りつめている。「自分で入るわ」痛いだろうが、心地よい湯につかれるのなら我慢できる。

ルーカスは答えるかわりに毛布をはぎ取り、脇に押しやった。

「なにすんのよ」気色ばむ彼女を抱きあげた。

「一度でいいから、黙っておれに手伝わせてみろ」頑として他人の助けを拒むディーにむかむかしたものの、ひざまずいて湯に沈める手つきはやさしかった。ディーは湯の熱さに息を呑みつつ、もう文句はつけなかった。こうなったら、腹をくくるしかない。

ディーに自力で坐らせ、その間にタオルを二枚探してきた。それを折りたたんで、一枚を彼女の頭と桶の縁のあいだに置いた。「寄りかかって、ここに頭をのせろ。肩までつかるんだ」

ディーはおそるおそる言われたとおりにした。動くたびにひるんだ。彼はもう一枚のタオルを足元の縁にかけ、彼女の両脚を持ちあげてそこにのせた。そして、また湯を運んでくると、桶がいっぱいになるまでゆっくりとつぎ足した。

ディーは自分の格好を想像して、目を閉じた。ふしだらな女のように、一糸まとわぬ姿で澄んだ湯のなかに横たわっている。

その光景にルーカスのペニスは痛いほど膨張し、動くことも坐ることもできなくなった。湯のなかで乳房が揺れている。背中に腕をまわして抱き寄せ、愛らしい乳首を口にふくむところを想像せずにいられなかった。

目をつぶっているので表情は読めないが、頬の赤みは、湯の熱さのせいだけではないのだろう。ルーカスは桶の外側に出ていた髪を指で梳《す》き、床に垂らした。「恥ずかしがることはないさ」ささやいた。「きれいな体をしているんだから」

ディーは唾を飲んだが、目は開けなかった。「そんなふうにあたしを見ないで」

「怪我をしているのにか？　冗談じゃない。もしおれが撃たれたら、手当てをするためにズボンを脱がせるのはいけないと思うか？」ディーの髪をそっと撫でている。「今日、おれが立ち寄ってついてたんだぞ。ひとりでなにができた？　家畜の世話は？」

「わからないけど」そう認め、つい本心を漏らした。「感謝してる、心から。でもこんなの――世間になんと言われるか」

「だれかに知られたらな。だが、これはおれたちの秘密だ。他言はしない。町からだれか女を連れてきて、おまえの世話を頼むこともできたが、おれには力がある。おまえを傷つけずに抱きかかえてやれる。それに、おまえを見るって楽しみもある」淡々と認めた。

「怪我をしていなけりゃ、押し倒してた」ひと息つく。「おれが抵抗できない女を襲うと思うか？」

ようやく彼女が目を開けた。言葉を探すような、真剣な表情だった。「いいえ。あなたが無理強いするとは思ってないわ。そういう人じゃないから」

彼は口元をゆがめた。「いいか、元気になったら、そうはいかないぞ。いまでもはちきれそうな状態なんだからな」

いままで、そんなことを言った男はいなかったが、家畜が交尾するのは見たことがあるので、彼がなにを指しているのかはわかった。それに、その件に関しては、あけすけなほうが気が楽だった。良心のとがめるふりをされても、どうせ信用できない。

ルーカスは一時間ほど彼女を湯につからせ、冷めた湯をすくい出しては、コンロから新しい湯をそそぎ足した。肌が赤くふやけてくると、ようやく彼女を抱きかかえ、濡れた体を敷き物の上に立たせた。痛みがいくらかやわらぎ、腕も前より動くようになっていた。

彼はタオルの一枚を体に当て、両手を滑らせて隅から隅まで拭きあげた。それからベッドに運び、うつ伏せに寝かせた。

ディーは痛む筋肉に強烈なにおいの薬を擦りこまれているあいだ、唇を噛んで悲鳴を抑えた。もともとの痛みより、薬を塗ったあとの熱のほうがつらいくらいだったが、ここでも文句は控えた。

薬を塗り終えたルーカスの額には、玉の汗が浮かんでいた。「親父さんのシャツはまだあるか？」忍耐が限界にきていた。ディーになにかを着せないと、ご立派なことを言いながら、最後には同じベッドに寝ているってことになりかねない。白く盛りあがり、すべすべとしたお尻に下腹部を押し当て、大きな手で包みこめたら、どんなにすばらしいか。

「いいえ、父のものはすべて処分したわ」

まったく。立ちあがってズボンからシャツを出し、ボタンをはずした。たいがいのシャツと同じように、途中までしかボタンがないので、頭から脱いだ。「これなら着られる」シャツを伸ばしてベッドに置いてから、手を貸してもう一度ディーを立たせた。それからひざまずいて、足を入れられるようにシャツを差し出し、腰まで引きあげた。顔がやわらかな体にくっつきそうになったせいで、呼吸が荒くなった。

腕を袖に通して、布のよじれを直した。これで彼女はすっぽりシャツに包みこまれた。裾は膝まで達し、手はすっぽりと袖に隠れている。ルーカスはボタンをかけ、手が出るまで袖を折り返した。「さあ、これでまともな格好になった」ぎこちない表情で言った。

まだ膝から下はむき出しだが、体をおおうものを与えられて、ディーは心底ありがたかった。シャツには彼の温もりと、においがついている。彼に抱かれているみたいで、心地よかった。

気がつくと、ルーカスの胸を見つめていた。広く、厚く、胸毛が渦を巻き、その黒い渦が日に焼けた肌を引き立たせていた。上半身裸で働いている時間が長いのだろう。「シャツを着ないで帰って、どう説明するの?」目を上げずに小声で訊いた。

「説明の必要はない」ルーカスはもの憂げに答えた。彼は主《あるじ》なのだ。シャツを着ていようといまいと、人にとやかく言わせない。

ディーは磁石に引き寄せられるように、まだ裸の上半身を見ていた。「おれを見ろ」ルーカスは彼女のあごを指で持ちあげた。睫毛《まつげ》がさっと上がり、深い緑の目が彼の目をとらえた。ルーカスはにじり寄ると、頭をかがめて唇を重ね、舌で唇をこじ開けた。自分が信用できなかったのですぐに手を離し、薄いシャツに隠れた引き締まった体の誘惑から逃れたが、その口づけだけで彼女の目はショックに陰った。

「いまのところは安全だ」ルーカスは言った。「だが、傷が治ったら、今日のようにはいかない。おれはおまえを追う。おれのものになるのも、そう先のことではないと思っておけ」

6

翌日にはずいぶん楽になっていたが、腕はまだ数センチしか上がらなかった。ルーカスは夜が明けてすぐに現われ、前日と同じように、ディーのために朝食をつくり、ディーの日課を片づけた。それがすむと、また湯につかれと命令し、前日よりはるかに恥ずかしい思いをさせられた。痛みがやわらいだせいで、かえって裸体を意識してしまう。それはルーカスのほうも同じで、険しい口元と額に光る汗がその証拠だった。

前の晩はほとんど眠れず、彼の言ったことを何度も考えた。自分の操を散弾銃で守ってきたにもかかわらず、彼がこっそり忍び寄ってきた連中と同じ目的を持っていたと知って、やっぱり動揺した。そうとわかっても、他の男たちのときのように、さげすみや怒りに駆られず、鼓動がいくぶん速まったのだから、むしろ危険ですらある。ルーカスに求められたいと望んでいる自分を認めるのは恐怖ながら、実際はそのとおりだった。

どうしたらいいのだろう。懸命に闘って自活の道を開いたのに、いまさら人生に男を引き入れるの？　人に知られれば信用を失うとわかっていて、彼と関係を持つつもり？　それはオリビアへの裏切りでもある。

彼の目的がエンジェル・クリークなのだという思いも捨てきれなかった。こちらの弱みにつけ込んで、土地を売れと迫るつもりなのだろう。そもそも、最初の訪問は土地を買うためだった。

ディーのセックスの知識は、納屋の前で見た、雄牛が片方の雌牛にのしかかる光景だけだった。なにをするのかはわかっていたが、ルーカスが現われるまで、男女のあいだに、それほどまでに強い肉体的な誘惑があるとは思いもしなかった。そんな彼女に交わることの奥深さを教えたのが、短いけれども激しい彼の口づけだった。愚かにも、それまでは彼の口づけくらい押しとどめられると思っていた。それが、唇を許しただけでなく、いまではその先を望んでいる。生まれてはじめて肉欲をいうものの熱さを知り、体が勝手に求めているようで苦しかった。

土地とはべつに、ディーを求めているのも事実なのだろう。ズボンの股のふくらみが示す意味に気づかないほど、うぶではない。彼から打ち明けられなくても、わかっていたと思う。彼も苦しんでいると知り、よけいに心が揺れた。

ルーカスはディーの体を拭き、彼女用に持ってきた別のシャツを着せると、黙ってベッドに運んで、ポーチにブーツの踵を響かせながら小屋を出ていった。三十分して戻ってきたときには、自制心を取り戻していたが、青い目には依然として険悪な表情が浮かんでいた。

「明日は来なくていい」ディーはあごまでシーツを引きあげながら言った。「もうだいぶよくなったから。体を動かせば、痛みも早く引くわ」

「おれを追い払うつもりか？」彼は問いただした。「そうはさせない」

ディーは顔をそむけて小声で尋ねた。「オリビアはどうするの？　友だちなのよ」

ルーカスの顔は見られないが、射抜くような視線は感じた。ディーの発言にたじろぐふうもなく、ただ言った。「彼女がどうした？」

「あなたは彼女と結婚するつもりだと聞いたけど」

「以前はたしかにそのつもりだった」ムカッとしながら認めた。おれが他の女と結婚の約束をしながら、ここへ来る男だと思っているのか。「だが、最近は考えていない。おれたちのあいだには約束めいたものは一切ない。おれはまったく自由だ」

ディーはあいかわらず顔をそむけたまま、シーツを引っ張りあげた。「だとしても、明日は来ないほうがいいと思う」

「おまえがそんなに馬鹿じゃなけりゃ、おれが来る必要もなかったんだ」怒りを吐き出す口実を与えられたのをさいわいに、ずけずけ言った。裸だったり、わずかな衣類しかまとっていない彼女のそばにいるせいで、自制心は限界に達している。彼女を抱きたくておかしくなりそうだった。

「わかってる」ディーはあっさり認めた。それでよけいに腹が立った。「いつもは細心の注意を払っているんだけど、あのときはどうかしてたみたい」

「そもそも干し草をかき出そうとするのがまちがってる！」怒鳴りつけた。「この農場をひとりで切り盛りしようなんざ、考えが甘いんだ！　どうして町に出て、ふつうの女にならない？　それを自分だけの力でなにもかもできると証明しようとする。そう思うこと自体、正気の沙汰じゃないんだ！」

ディーはようやく彼を見た。敵意をあらわに、猫のように目を細めている。攻撃されて黙っているタマじゃない。「あなたがどうしてそう自分のことのように怒るのか、教えてもらいたいものね」淡々と言った。「手伝ってもらって感謝はしてる。でも、だからといって、あたしの生き方を指図する権利はないわ」

「おれにその権利があるのは、おまえにだってわかってるはずだ」ベッドに近づき、ディーをにらみつけた。「結論はひとつしかない」

「あたしの気持ちしだいだと思うけど」

「そのときになれば、おまえは横になって脚を開く」傲慢《ごうまん》に言い放った。「自分をごまかすのはやめるんだな」

ディーは肘をついて体を起こそうとしたが、肩も腕もまだ痛みがひどく、苦しげにうめいて倒れた。これで肉体の無力さをあらためて思い知らされたものの、だからといって、彼の正しさを認めたことにはならない。「だったら、結論が出たわ。もう二度とここに来ないで。来てほしくない」

「おれに散弾銃を向ける気か？」そうあざけって、目の奥のきらめきが見えるほど、顔を近づけた。「それなら、せいぜい腕を磨くんだな。おれはまた来る」

ディーは猛反撃に出た。「うぬぼれるのはいいかげんにしたら。あなたが本当に欲しいのはあたし？　それともエンジェル・クリーク？」

「両方だ」そう言って、彼女の唇を乱暴に奪った。ディーが噛みつこうとすると、頭を後ろに引き、こんどはもっと荒々しく唇を押しつけてきた。彼女のあごをつかんで下に引き、開いた口に舌を割りこませてくる。ディーは腕に爪を立てたが、まともに動けない状態ではそこまでだった。ルーカスに押し倒され、口のなかに銅のような血の味が広がるまで、容赦なくキスが続いた。その味に気づくと、彼ははじめて力を弱め、彼女の下唇を吸い、舌で撫でて痛みをやわらげた。

彼女の着ていたシャツのボタンをはずし、乳房をあらわにする。硬く熱い手にやわらかなふくらみの片方をつかまれたとき、ディーの息は止まった。

「これこそ、おれたちにふさわしい」、ルーカスはつぶやいた。「激しく燃えるような関係。考えてみろ」親指でこすられた乳首が、たちまち硬くとがる。快感と痛みで体じゅうがこわばった。彼は両方の乳房をつかみ、持ちあげて寄せると、そこに顔をうずめた。乳房が熱い吐息に包まれる。と、片方の乳首が口にふくまれ、力強く吸いあげられた。興奮の波に全身を貫かれて、鼻声を漏らした。腰がわずかにくねる。

それが合図だったように、ルーカスは乳房を離して立ちあがった。怒りと肉欲とで、顔が険しく張りつめている。「おれならおまえを夢中にさせてやれる。おれに散弾銃を向けようってときは、それを思い出せ」

ルーカスは小屋を出ていった。ベッドに残されたディーはシャツの胸をはだけ、むき出しになった乳房を、彼によって呼び覚まされた興奮に波打たせていた。間もなく、走り去る蹄の音が聞こえた。「なんてやつなの」小声でつぶやいた。彼の耳に届くと思えば、叫んでいただろう。怒りに体が震えていた。それとも、彼に植えつけられた飢餓感のせい？理由を探ってもしかたがないけれど、たぶん両方なのだろう。

これまで男になびいたことなんてなかったのに、彼にはなびいている。人生最大の危機だった。ひとり取り残され、自分で生きなければならなくなったときも、これほどの恐怖は感じなかった。自分には生き抜く力があると信じて疑わなかったのに、いまはルーカスがもたらすだろうものに怯えていた。

最初に母を、続いて父を亡くしたときは、体の芯から揺さぶられた。怖くてしかたがなかったけれど、生きてゆくしかなかった。残酷なほど短いあいだに、命がはかなく、簡単に奪われるものであることを、身をもって理解した。それで、自分を心の奥深くに閉じこめ、他人をあれこれ思うのがいやになった。もう苦しみには耐えられないし、愛する人を失いたくなかったからだ。農作業に没頭することで正気を保ち、ふたたび生きる意味を見いだした。大地から与えられるものは多かった。少なくとも、大地は永遠になくならず、ディーが死んだあとも同じ場所に存在しつづける。土塊《つちくれ》の温かさ、季節の移り変わり、毎春生まれる新しい命。こうしたものなら信じられる。オリビアは別として、それ以外の人を近づける気にはなれなかった。

そしていま、ルーカスにそんな心の壁を崩されようとしている。これまでひとりで築いてきた生活だけでなく、自尊心をも奪われかねなかった。彼が大切な人になれば、意思も勇気も持たず、彼を喜ばせるためだけに生きる女、軽蔑してやまないたぐいの女に成りさがってしまう。いくらルーカスが欲しくても、彼の人間性は見えている。望んだものを手に入れるためには、頑固で傲慢で情け容赦のない男だ。ディーを欲しがっているから、いくら拒否しても耳を傾けようとしない。ただ、彼にねじ伏せられる心配はなかった。彼の自負心がそれを許さない。それよりも、みずからの意思で彼を拒めなくなるのが怖かった。

ルーカスは、彼がその気になればディーが抵抗できなくなるのを実証してみせた。しかも、口づけをして、胸に触れ、乳首を口にふくんだだけだ。それだけなのに、もっとやってとすがりそうになった。彼にはやすやすと操られてしまう。その事実に気づいて、屈辱を覚えた。

腹立ちまぎれに二度と来るなと言ったが、こうして落ち着いて考えてみると、それが常識だし、自分にとってもいちばんの解決策だった。ただ、問題はルーカスが従うかどうかだ。

翌日の朝早く、近づいてくる蹄の音が、その答えだった。散弾銃に目をやったが、少なくともいまは、無駄な脅しだと認めるしかなかった。服はどうにかひとりで着られても、重い銃を持ちあげ、狙いを定めて発砲するのはまだ無理だ。

ルーカスはノックもせずに、この二日間、かんぬきをかけていない正面のドアを開けた。ディーはコンロから振り返り、口をついて出そうになる非難の言葉を呑みこんだ。かんぬきをかけていないのだから、勝手に入れと言っているようなものだ。

ディーがコンロでベーコンを焼いているのを見て、ルーカスはがっかりしたように黒い眉をしかめた。それには、少なからぬ満足があった。

「そんなことしなくていい」

「言ったでしょう、だいぶよくなったって。これくらい自分でやれるわ」

「だが、靴ははけない」ディーの裸足に目をやって言った。

試してみたものの、靴下や靴をはけるほどかがめなかった。上はあいかわらず彼のシャツだが、苦労してズロースとペチコートとスカートをはき、シャツの裾はたくしこんだ。裸か、それに近い格好で二日間過ごしたあとだけに、服の重さが心地よかった。

彼は小さな包みをテーブルにほうった。それを見て、ディーはもの問いたげに眉をつり上げた。「寝間着だ。おれが切り裂いたやつのかわりにしてくれ」

二着しかなかったので、その心遣いが嬉しかった。「あなたのシャツは洗って返すわ」「急がなくていい」ルーカスがあんまりじっと見るので、落ち着かなくなり、ボタンが全部留まっているのを確かめたい衝動に悩まされた。だがルーカスは手を伸ばすと、ディーの手からフォークを取りあげた。「坐ってろ。あとはおれがやる」

ディーがその言葉に反応するまでに、一瞬、間があった。ルーカスはその間が気になって、彼女が無事に坐るまで気を抜けなかった。小屋へ近づくときは、いつ散弾銃をぶっ放されるかと、体じゅうの神経が張りつめていた。われながら、昨日は少し強引だった。たいていの女——ディー以外は全員だ——なら、最悪でも癇癪《かんしゃく》を起こすくらいで、泣いたり拗《す》ねたりするのが関の山だろう。しかしディーなら、言葉どおり鹿弾でのお出迎えも充分にありえた。馬鹿な真似をしたのだから、当然の報いだ、と苦々しげに思った。頭ではなく股間で考えていた。熱く硬く欲望に脈打っていたために、衝動に屈してしまった。

朝食を終えると、ひざまずいてディーの足に白い無地の長靴下をはかせ、膝の上まで伸ばしてガーターを留めた。三日めともなると、彼女もこの程度では顔を赤らめない。続いて頑丈な作業靴の紐《ひも》を結んでやった。馬のように働こうとしなければ上品な布製の上靴をはけるのに。そう思うと、ふたたび顔がこわばった。しかし、こんどは口を閉じているだけの分別があった。

そのあと、彼女を外に連れ出して歩かせた。干し草置き場から落ちた日の朝以来、ドアの外に出るのははじめてだ。ディーは耕しておいた菜園を見にいくと言い張り、なにを植えるか話して聞かせた。「トウモロコシは絶対ね。それとエンドウ。去年はカボチャもよく売れたから、今年はもう一列増やすつもり。ここにはタマネギとニンジン、それからトウガラシも少し。それから、ジャガイモも植えてみようと思って。ウィンチェスさんのところにはいつもあるけれど、仕入れにけっこうな額をかけてると思うから」

なにも植えられていない土地を見つめるディーの目は、きらきらと輝いていた。彼女の目には、実をつけたみずみずしい野菜が、冬のあいだの食糧となって、生きる手段を与えてくれる植物が見えていた。同じ土地を見ながら、ルーカスは彼女の労働を思った。植えつけにはじまって、雑草や虫との連日の格闘。そして収穫の時期には、大変な重労働が待っている。日々の仕事に加えて、台所に立ち、備蓄用に野菜を瓶詰めしなければならない。農家の女はもっとも楽なときでもなんらかの仕事をかかえている。すべてひとりでやるのは、みずから寿命を縮めているようなもので、それを避けるには、土地を売り払うしかない。

ディーは力強く、細い体はしなやかな筋肉におおわれているが、いつかはいまの労働が重荷になる日がくる。ルーカスは彼女を見おろした。腰まで達する髪を背中に垂らし、エキゾチックな顔で朝日をあおいでいる。そんな彼女を見て心に決めた。ディーが命を落としたり、老けこむ前に、この農場から連れ出してやる。激しい攻防戦になるだろうが、それでこそやりがいがあるというものだ。

とっさにディーの腰に手をやって抱き寄せ、頭を下げて唇を寄せた。彼女は驚いて緑の目を丸くしたが、やがてゆっくりと目を閉じ、少しずつ口を開いた。唇はふっくらとやわらかく、前日の乱暴な口づけのせいで下唇がまだ少し腫れていた。今日はやさしく舌を滑りこませ、力を入れすぎないように気をつけた。頭を傾けた彼女は、入りこんでくる舌に一瞬ためらったのち、みずからの舌で触れ、やがてからませてきて、ルーカスをくらくらさせた。一瞬強く腰を抱くや、片方の手を背中へ、もう片方は胸へと移動させた。

彼女は抗うような声を漏らし、とっさに身を引こうとした。その体を抱きとめ、長い指で豊かな胸を揉み、感じやすい乳首を撫でた。「これ以上はしない」そうささやいて、彼女の首筋にざっと口を這わせた。「力を抜け。気持ちよくさせてやる」

もう充分に気持ちがいい、とディーは投げやりになった。しかも、こんなにあっという間に。一度の口づけ、一度の愛撫。彼からすべてを与えられたかった。脚を開いて、腹部に押しつけられた硬いペニスを股間に感じたかった。でもそうはいかない。そんなふうに彼の意のままになるのは、大きな過ちだ。

彼を押しやることはできないが、顔をそむけてこう言い放つ程度の力と、分別はあった。

「やめて、ルーカス。だめ。あなたからこんなことされたくない」

「嘘つけ」口ではそう言いつつ、ルーカスは顔を上げた。口づけに艶々《つやつや》と濡れたその唇は、小さな暴君だった。すべて彼まかせなのはわかっていたが、彼が容赦してくれる人だとは思っていなかった。彼が営みへと突き進んでいたら、体を許すのみか、進んで身をまかせ、場合によっては自分から懇願していたかもしれない。

「嘘じゃないわ」もう一度口づけされないうちにきっぱり言ったが、正直につけ加えずにいられなかった。「あなたが欲しくないわけじゃない。こんなふうに扱われるのがいやなの」

「それじゃ、まだ嘘だ」だがディーが狙ったとおり、ゆっくりと彼女の体を離した。

着衣が乱れているらしい。ディーは体を見おろして、とまどった。まったく乱れていなかったのだ。大揺れに揺れていたのは内面だったようだ。

「あたしじゃなきゃ、こんなことはしてないはずよ」彼女は低い声でとがめた。「相手がオリビアならこうはしない」ルーカスがこの地へ戻ってから、はじめてその姿を見かけた日のことを思い出した。オリビアとその仲間の笑い上戸の娘たちには、なんと礼儀正しかったことか。彼女たちには、こんなふうに触れないはずだ。

ルーカスの目つきが鋭くなった。「女として、ということか？　そうかもしれない。だが、売春婦のように扱っていると責めるのはやめろ。そうじゃないのはおまえだってわかってるはずだ」

「世間はあたしを売春婦扱いするでしょうね」

「だれにも知られなきゃいい。これはふたりだけの秘密だ」

これ以上言うことはなさそうだった。ディーはまわれ右をして小屋に向かい、隣を歩くルーカスは、痛む背中に手を添えてステップをのぼるのを手伝った。それからまたキスをすると、彼女を残して仕事を片づけにいった。

その晩も、彼のシャツを着て寝るしかなかったが、ひとりになると、好奇心に負けてルーカスからもらった包みを開けた。出てきたのはふだんの実用的な白い寝間着とは似ても似つかない、目的を異にするものだった。つまり、ベッドのなかで着るものではなく、ベッドに入るときに着て、恋人の情熱的な手で脱がされるための寝間着だった。

透けるような薄いシルクに指先を這わせた。繊細な細工が施されている。心の奥底にしまってある、贅沢なものを愛でる心がその美しさにうっとりした。きらめく淡いピンクはさぞかし自分に似合うだろう。けれど実用を重んじる心は、自分から必要なものを奪って、ふだん着られない寝間着をよこした彼に憤慨していた。ルーカスがどんなつもりでこれをくれたのか、はっきりしている。自分のためにこのナイトガウンを着ろ、と言うのだ。

もし二着買ってくれていたら、ここまでは怒らなかったかもしれない。一着はルーカスがだめにしたもののかわりに、そしてこの贅沢品は彼の楽しみのために。どう考えようと彼の勝手だが、暖かな寝間着がもう一着いるのはたしかだった。

ディーは翌日そのとおりに伝え、少なくとも袖があるぶん、あなたのシャツを着てるほうがまし、とよそよそしい口調でつけ加えた。ルーカスは青い瞳を不気味に輝かせてにやついた。「おれはどちらのおまえも好きだがね」

それから二日すると、ようやくひとりで身なりを整え、日常の仕事をこなせるようになったが、いつもより手際が悪いので、時間がかかった。最後の日は決死の覚悟で朝早くから起きて動きまわり、ルーカスが着いたころには、すでに乳しぼりにとりかかっていた。彼は黙って乳しぼりを手伝い、彼女のかわりにミルクを運んだ。小屋に入ると、洗濯して、きちんとアイロンをかけたルーカスのシャツが二枚、たたんでテーブルの上に置いてあった。

ルーカスはいったん外に出ると、また包みを手に戻ってきた。「おれが暖められないときは、これを着るといい」にやにやしながらほうってよこした。

もっと破廉恥なものだったらどうしよう。なかば恐れながら包みを開けてみると、文句のつけようのない、やわらかな白い木綿の寝間着が出てきた。長袖で、襟ぐりも首まであった。胸の部分には細かなタックが入り、腰までボタンがついている。これなら足を通せるわ。そう気がついて、彼の気遣いに心のこもった笑みを返した。頭からかぶったら、まだ肩や腕が痛む。

「寝間着ばっかりこんなに買って、ウォーリー夫人はなんて思ってるかしらね」ルーカスがしゃれた絹の寝間着を買ったとき、あの厳めしい夫人はどんな顔をしたのだろう？　そう想像して、気づいた。絹の寝間着なんて、どこで買ったの？　プロスパーにそんなものを置いてある店があるとは思えないし、東部やサンフランシスコに特別注文を出して取り寄せる時間はなかった。

「ウォーリー夫人の心配なら無用だ」ルーカスは不機嫌に答えた。「その木綿の寝間着はお袋のだ」

絹の寝間着をどこで手に入れたのかについては触れなかった。

ルーカスは自分の仕事を二の次にしてディーの世話をしてきたが、彼女が立てるようになったいま、何日かは仕事に没頭しなければならなかった。「しばらくようすを見にこられないが、頼むから、気をつけてくれよ」

「いつも気をつけてるわ。これがはじめての事故なんだから」

「にしたって、首が折れてたら、おしまいだったんだぞ」

「あら？　そうなれば、あなたも文句を言わずにすんだってこと？」にっこり笑って言い返した。「そうはさせないわよ」

「来週、春のピクニックとダンスパーティがある」先の予定に思いを馳せ、彼女のいやみを無視した。この時期の牧場は忙しく、牛に焼き印を押したり、去勢を行なったりと、てんてこ舞いになるので、ピクニックまではディーに会えそうにない。「それまでおれが来られなかったら、会場で落ち合おう」

「たぶん無理ね。春のダンスパーティには行かないつもりだから」

ルーカスは立ち止まり、例によって険しい表情になった。「なぜだ？」

「なぜって、行かなきゃいけない理由がある？」

「町の人々と親交を深めるのさ」

「もしそんなことしたら、だれかが」――つまりどこかの男が――「あたしの気が変わって、連中と仲良くなりたいんだって勘違いするわ。その気にさせないほうが楽なんだけど」

「女たちと一緒にいればいいじゃないか」

ディーは声をあげて笑った。「どこの物好きが、あたしのために時間を割くっていうの？　みんな友だち同士で楽しむか、媚《こ》びを売るのに大忙しで、あたしにはどちらも向いてないわ。それに、いまはやることがたくさんある時期だから、まる一日なにもしないでふいにするなんて冗談じゃない。それでなくても、今週はずいぶん時間を無駄にしてるのよ」

ルーカスは彼女をにらみつけた。人生を楽しもうとしない彼女に腹が立った。彼女とダンスをして、長くしなやかな脚が自分の脚に触れるのを楽しみにしていたのに。当日は大騒ぎになるから、注目を浴びないですむはずだ。「来てくれ。いちばんいいドレスを着て、その日くらい畑のことを忘れろ」

「いいえ」言い訳も理由もなく、ひと言で答えた。

ルーカスは納得しなかった。「おまえがピクニックに来なかったら、おれのほうが押しかけてやる」

7

ピクニックの当日は朝から申し分のない天気で、のぼりくる太陽が、雪を頂く遠い山並みの上空を乳白色と金色に染め分けた。その景色が見たくて、オリビアは早くから起きていた。千変万化する最後の瞬間の微妙な表情を見逃してはならないような気がした。毎年そうだったが、去年までは興奮に胸を高鳴らせたものだ。それが今年は、両親や友人に表情の変化を気取られないのが精いっぱいになっている。確とした理由もないまま、今日の訪れを恐れていた。希望を失ったからかもしれない。未来は輝かしいものとずっと信じてきたのに、この数カ月はそれが揺らいでいた。

いまにもルーカスに求婚されそうだからではなかった。むしろ、この二、三週間で、ただの思い過ごしだったのではないかと考えるようになった。なんとなく、彼から熱烈な思いを感じないのだ。気のせいかもしれない。たまにしか会わないが、会えば以前どおり、やさしくて、親切で、ときには軽く浮ついて見せつつ、強引さを抑えていた。

どうしようもなくホッとする一方で、家族を持つという夢がますます遠のく予感が悲しみをもたらした。十年後、さらには二十年後の自分が目に浮かぶ。ホノラと並んで坐り、黙ってひと針ずつ細かな刺繍に精を出す。髪には白いものが目立ち、目元や首には皺《しわ》が刻まれ、肌の張りはもうないだろう。両親も、かわいがる孫がいないので、悲しみに沈んでいる。

ぼんやりとしているうちに、いつしか時が過ぎ去り、なにも手にできないまま取り残された気分だった。そして、からっぽの腕が、望んでも与えられないまぼろしの赤ん坊にうずいた。

だからこそ、顔に笑顔の仮面をかぶって、体だけを動かそうと心に決めた。午前なかばには、ミリカン家の馬車も、一頭立ての馬車や荷馬車、二輪の荷馬車、馬に乗った人々、そして徒歩の群衆の列に加わり、毎年ピクニックの開かれる郊外の広い牧草地に向かった。

ここはピクニックにはうってつけの場所で、木陰を求める人にはたくさんの樹木が、遊び盛りの子どもたちのためには、広々とした空き地があった。すでにおおぜいが集まっていたが、数少ない例外をのぞいて、昼どきには半径八十キロ一帯に住む人々が牧草地をそぞろ歩いていた。今日一日は雑事を忘れて、友人に会い、ピクニックを楽しんでいる。

でも、オリビアの見るところ、女たちにはやることが山のようにあった。食べ物に気を配り、子どもたちに目を光らせながら、ゲームの準備までこなしている。男たちは例によって寄り集まり、突っ立ったまましゃべりかつ笑い、あるいは力や技量を競うコンテストを開く。即興の競馬も珍しくない。そして女たちは子どもと男の傷の手当てや、癇癪をなだめるのに追われるのだ。男と子どもにはたいしたちがいがないのかもしれない、とオリビアはたまに思う。

最初に目についたのはルーカスだった。たくましい長身は人込みでも目につきやすい。茶色のズボンに白い絹のシャツというでたちで、茶色の帽子でまぶしい朝日から目を守り、一張羅《いっちょうら》のスーツを着た男たちよりも目立っていた。近づいてくる彼を見て、襟にかかる黒い巻き毛に気づいた。彼は挨拶しながらやってくると、ミリカン家が馬車で運んできた少なからぬ食べ物を降ろすのに手を貸しはじめた。

やっぱり思い過ごしだったのかしら。心が揺れて、頭がおかしくなりそうだった。もちろん、すべては勝手に思っていることなので、他の人のせいにはできない。わたしに気があるのかしら？　あるとして、あなたはどうなの？　いちばん困った問題は、求婚されたらどうするか。受け入れるのか、断わるのか。

木の下に広げたキルトに、食べ物をすべて無事に並べ終わると、ルーカスは彼女の手を自分の腕にかけさせて尋ねた。「少し歩いて、みんなに挨拶しませんか？」

笑顔を輝かせている母親の前で、断わることはできない。オリビアは緊張をゆるめようと心がけながら、彼と連れ立ってゆっくりと歩きだした。

一時間にふたりで同じ場所に戻るまで、立ち入った話は一切なかった。彼からただの友人として扱われ、ホッとしていた。

ルーカスは実際、オリビアに好意をいだいていたが、歩いているあいだ、視線は絶えずすれちがう人々に向けられた。豊かな黒髪の小さくて毅然とした頭を――しとやかさとはほど遠く、スカートを蹴りあげながら、大股で勢いよく歩く女を――探しているのが、自分でもわかる。彼女がピクニックに来ないために並べたてた理由をただの言い訳とみなし、かならず来ると信じて疑っていなかった。異性と触れ合って楽しむ機会を、見のがす女がいるとは、思えなかったからだ。

「ディー・スワンを見かけたかい？」彼はうっかりオリビアに尋ねた。目はあいかわらず、絶え間なく動きまわる人々を追っていた。

オリビアは軽く眉を持ちあげた。彼がなにげなくディーの名前を口にしたからだ。一瞬目を輝かせたが、すぐに自分の好奇心を隠した。「いいえ、会ってないわ。どうかしらね。彼女、こういうところには来ないから」

「おれは誘ったんだが。あの農場からたまには離れたほうがいいと思ってね……なんでも、先々週、干し草置き場から落ちて怪我をしたらしい」

「そんな」オリビアは声をあげた。「怪我の具合はどうなの？」

彼女はたんなる知人以上の反応を示しているようだった。「ひどい打撲らしいが、もう喧嘩ができるくらいに快復しているよ」

オリビアの好奇心は高まった。ディーの心配をしつつも、彼がばつの悪そうな顔をしているのがわかった。必要以上に口を滑らせてしまったと思っているようだ。だいたい、ディーが怪我をしたのをだれから聞いたのかしら？　ディーの孤立した暮らしぶりはよく知っている。ルーカスが彼女の怪我を知っているとすれば、直接出向いたとしか考えられない。ひょっとして、介抱までしたのかしら？　そういえば、以前にルーカスとディーならお似合いだと思ったことがある。もしかして……。

「彼女はきっと来る」ルーカスは仏頂面であらためて言った。

ルーカスは昼どきになるまで、ディーが来ないつもりなのを納得できずにいた。いつか人込みに彼女が見つかると信じていたが、ようやく気づいた。あの女のことだ、たとえピクニックに現われたとしても人々の輪には加わらず、ぽつんと離れて、猫のように謎めいた深い緑の目で観察しているだろう。他の娘たちと一緒になってくだらない噂話に花を咲かせたり、くすくす笑ったりする姿は想像できなかった。

ただ、最後の最後になって、悠々と現われる可能性もあった。ルーカスが刻々と怒りをつのらせているのを承知のうえで、文句があるならどうぞ、と言わんばかりに傲慢な表情を浮かべるかもしれない。

けれど、結局は彼女は来ないのだと悟った。怒りは強まる一方だった。そんな思いはおくびにも出さず、さもおいしそうに料理を頬張ったが、実際はなにを口にしているのかほとんどわからなかった。どうして来ない？　たぶんダンスパーティにも参加しないつもりだ。

おれがこのままおめおめと引きさがると思うのか？

ディーはすぐ近くまで来ていた。鍬《くわ》の柄《え》が壊れ、新しいものを買いに町まで荷馬車を走らせてきたのだが、あいにく雑貨屋は催しのために閉まっていた。

馬鹿みたい。ウィンチェス家だって、ピクニックに出かけるに決まってるのに。

少し考えれば、わかったはずだ。通りは閑散としていた。町じゅうの人が仕事を離れて、楽しい一日を送っている。

鍬の柄を取り替えるには他の町まで行かねばならない。それではあんまりだし、思い悩んで時間を無駄にするたちではなかった。鍬が使えなければ、手で雑草を抜くまでだ。荷馬車をまわれ右させた。ディー以外で町にいたのは、社交の場では歓迎されない酒場の女ふたりだけ。ふたりは外の歩道に坐りこんでいた。みんなが町にいたら、できないことだ。

そのうちのひとり、赤毛のティリーという女から手を振られ、ディーも振り返して挨拶した。「こんにちは」

あの人たちはどんな暮らしをしているんだろう。ひとりになる時間はほとんどないだろうけれど、ひどく寂しいのではないだろうか。たいていはひとりで過ごし、そこに喜びを見いだしているディーとは、正反対の生き方だった。

「ご一緒してもよろしいですか？」

牧草地全体が深い充足感に包まれていた。たっぷりの昼食に、午後の陽気が重なって、人々の眠気を誘い、持参したキルトのうえでまどろむ者も少なくなかった。オリビアはあてどなくぶらつき、友だちには笑みを向けたが、立ち止まって話はしなかった。ルーカスは食事がすむとすぐにどこかへ消え、以来オリビアの行く先々にカイル・ベラミーが現われるようになった。腰の低い男だが、全然好感がもてない。目つきが厚かましく、しつこいので、オリビアは歩きつづけるはめになった。立ち止まれば近づいてくる。

そんなとき、低くやさしげな声に呼び止められ、はっとして振り向いた。例のメキシコ人のルイス・フロンテラスが黒い瞳に笑みを浮かべてこちらを見ていた。

オリビアはためらった。彼はベラミーの下で働いているし、人となりも知らない。

「もちろん、おいやなら、無理強いはしませんよ」彼が言った。

この人は自分がメキシコ人だから、断わられてもしかたがないと思っている。同情が胸を刺して、とっさに答えていた。「いいえ、喜んで」少なくとも歩いていれば、カイルにはつかまらないですむだろう。

フロンテラスが隣を歩きだした。さすがのオリビアも、いつもの礼儀を忘れて、なにも言えなかった。一分ほどすると、彼が口を開いた。「ルイス・フロンテラスです」

「オリビア・ミリカンです」また黙りこみ、やがて出し抜けに尋ねた。「メキシコの方なんですか?」すぐさま頬を赤らめた。よりによって、なぜそんなことを訊くの? 舌を噛みきりたくなった。

「メキシコで生まれたので」彼は意に介するふうもなく、ゆったりとした笑みを浮かべて答えた。「メキシコ人なのでしょう。もっとも、子どものときメキシコを出て以来、ずっと行っていませんが」

その言葉どおり、彼は周囲の人と同じように話し、訛りはまったくなかった。「このあたりには長くお住まいなんですの?」近くに住みながら、会っていない可能性もあった。銀行家の娘とカウボーイでは生きる世界が異なる。

「コロラドに、ってことですか? それともプロスパーのあたりかな?」

「どちらも」がぜん興味が湧いてきた。この人は、各地を旅してきたようだ。昔からオリビアは遊牧民のような暮らしに憧れていた。

「この数年はコロラド内を転々と。ニューメキシコ準州や、ときにはモンタナ、さらにその西のスネーク川のあたりでも、それぞれ数年ずつ過ごしましたよ」物思いに耽《ふけ》っているようだ。「カリフォルニアにも一、二度。これだけ東西に移動していると、ミズーリの西側はほとんどすべて行ったことになるかもしれませんね」

「一箇所に長くとどまれないのね」オリビアは彼がルーカスと同じくらい背が高いのに気づいた。並んで歩いていると自分が小さくなって、守られているように感じる。彼の右腿に留められている、リボルバーの入ったホルスターをちらっと見た。体の一部のように、平然と武器を身につけている。やっぱり、カウボーイというより、ガンマンなのかしら？

「あてどなくさまよっていました」ある場所が故郷になると思った時期もあった。しかし、その夢は種馬の残忍な蹄によって踏みにじられた。最愛の女を葬ると、自分の一部が彼女とともに墓に埋められたようで、心にぽっかり穴が開いた。長い年月を経て、自分が生きているのに気づいたが、もはや以前の自分ではなくなっていた。それでも人生は続く。いつからかはわからないが、気がつくと悲しみが薄れていた。いまでも彼女の明るい笑顔と、胸を締めつけられるような愛らしさはありありと憶えているが、顔立ちはぼやけて思い描けなくなった。十年が過ぎた。その十年のあいだに、さまざまな土地を旅し、多くの女を抱いた。

「わたしも旅行できたらって、よく思うんですよ」オリビアは頭上に目をやった。そよ風が枝を揺らし、葉擦れする木の葉のあいだから、躍るような木漏れ日が差している。「同じ場所で二日続けて太陽が沈むのを見ないように」

彼女の口から、こんな発言が出るとは思いもよらなかった。ルイスは上品な卵型の顔を見おろした。何日も何週間も入浴せず、白い肌を埃《ほこり》や垢《あか》でまっ黒にした彼女はどんなだろう？　だが、いまの彼女とはあまりにかけ離れている。この女性が毛布にくるまって地面で眠るところなど、だれに想像できるだろう。

「いやになりますよ」彼は断言した。「虫に、埃に、まずい食事。水さえ充分に飲めず、ぐっすり眠ることもできない。山越えの道を旅するのは、そういうものです」

彼女の口元がほころんだ。「でも、旅をする方法ならほかにもあるでしょう？　街から街へと列車に乗って移動して、夜は列車に揺られながら眠る。わたしが思い描いていたのはそんな旅です。ずっとはいやでしょうけど、一度は試してみたいわ」

ルイスはこの生まれついてのレディに、ちょっとした冒険家が宿っていると知って、感嘆した。ふたりで列車に乗って、各地をまわってみたいものだ。コンパートメントは寝台つきにして、夜には眠るのでなく、彼女の体に包まれ、列車に揺られながらふたりして頂点に達する。

ボールを追いかける子どもたちが、きゃあきゃあ笑いながら、押し合いへし合い草地を走ってきた。ルイスは彼女の腕に手を置いて立ち止まり、子どもたちが無事に駆け抜けるのを待って、ふたたびゆっくりと歩きだした。

彼と一緒だと不思議なほど安らかな気持ちでいられる。オリビアには、自分でもその理由がわからなかった。ついさっき会ったばかりで、まだたいして話もしていないのに、彼には心をなごませてくれるものがある。歩幅を彼女に合わせたり、あるいは子どもたちがぶつからないようにしたりといった、ささいな気遣いのせいなのだろうが、安心できることに変わりはない。もちろん、たいていの男性は同じように親切にしてくれるけれど、彼の場合はただの親切というより、そうした態度が身についているように思えた。

「ご家族は近くにいらっしゃるの?」彼女は尋ねた。

「いいえ、家族はいません。少なくとも、おれの記憶にあるかぎりでは。こんなふうに放浪しているのは、そのせいでしょうね」

「ご結婚は?」と尋ねて、すぐに撤回した。「ごめんなさい。あれこれ詮索してしまって」

「かまいませんよ。結婚したい相手がひとりいましたが、亡くなりました。十年前に」

「その人をまだ愛してらっしゃるの?」このおしゃべりな舌をどうにかして! こんなにぶしつけな質問をする権利などないのに、舌が勝手に動いてしまう。ずうずうしい自分に顔を赤らめたが、彼はまるで天気でも尋ねられたように気軽に答えた。

「ある意味では」感慨深げに言った。「彼女は愛するに値する、すばらしい人でした。おれはかつての彼女をいまも愛してる。でもいまも彼女と愛し合ってるとは言えないでしょうね。わかりますか、このちがいが?」

「ええ、わかります」彼の答えにホッとしている自分が驚異だった。

ふたりは細い小川に出た。川沿いに歩いていくと、やがて一本の丸太が渡されていた。オリビアはピクニック会場を振り返って、目をしばたたいた。いつしか、他の人々からずいぶん離れてしまった。いまいる場所からだと、二、三人しか見えない。ほとんどは木や茂みや、曲がりくねった牧草地にさえぎられていた。

「戻ったほうがいいかも」心配そうに言った。

ルイスは丸太に足をかけて手を差し出した。「戻らないほうがいいかもしれませんよ。いつまでも人々の群れに収まっていては、永遠にどこへも行けません」

オリビアは唇を噛み、おずおずと彼に手を委ねると、丸太に引っ張りあげてもらった。わたしはなにをしているのかしら？　無謀なことを避けてきたオリビア・ミリカンが、よく知らない男性と歩きまわっている。けれど、すぐにそんな思いを打ち消した。オリビア・ミリカンはいつも旅に憧れていた。そろそろ、隠れていたオリビアをおもてに出すときが来たのかもしれない。なんと言っても、ルイスと一緒ならちっとも不安を感じないのだから。

歩くと丸太がぐらついたが、さいわい数歩で渡りきり、ルイスが力強い手で腰をかかえて、地面に降ろしてくれた。ただの小川ではなく、冒険のさなかにとてつもなく大きな障害を乗り越えたような気分だった。ここまで足を伸ばしたのも、どうやらはじめてのようだ。

ふたりは木立を歩いた。鳥を指さしては、その名前を教えてくれるルイスに、うっとりとなった。いままでもっぱら町のなかで生活してきたので、鳥については、かろうじてコマドリとカラスを区別できるくらいだった。ピクニックのざわめきはすっかり遠のき、聞こえてくるのは、鳥や風にそよぐ木の葉の音と、ふたりの静かな足音と、話し声だけだった。手はルイスに握られている。力強い指が彼女の手をすっぽりと包みこみ、その熱っぽさとざらつきに不思議な安心感を覚えた。手を握らせてはいけない。そう思いながらも、なにもしなかった。ピクニックに戻らなければ。だが、やはりなにも言わなかった。

町から何キロも離れたように、あたりにはだれもいなかった。ふたりは森の奥へと進んだ。お父さまとお母さまが心配しているかも。一応は思ったものの、友だちと一緒だと思うだろうことはわかっていた。

濃厚な森のにおいが、オリビアの体の奥にあるなにかを満たした。満足そうに輝く笑顔で見あげられたとき、ルイスはその愛らしい女らしさに反応し、とっさに抱き寄せて顔を近づけた。

無意識のうちに軽く唇を重ね、彼女の唇のやわらかさを感じながら、彼女が自分のペースで応えてくれるのを待った。オリビアはやさしい唇の感触と、熱く燃える体に魅了されて、少しずつキスに応えた。押しのけるべきかどうかとぼんやり悩みながら、体が勝手に動いて彼の胸に置いた腕が這いあがり、首に手をまわした。彼に抱かれる心地よさに、さらに体を押しつけた。彼の味に誘われ、導かれるように唇を開いて、もっと味わおうとした。それだけでルイスには充分だった。彼女の頭の後ろに手をやり、抱きしめながらしだいに熱烈さを増していった。最初は彼女の唇に舌を這わせ、いやがらないとわかると、口のなかに侵入した。驚いて少しビクッとするのがわかったが、すぐに素直に従ってきた。

オリビアは口づけの喜びに酔いしれていた。二十五なのでキスの経験なら何度かあった。けれど唇を開いて、自分にもそう求めた男性ははじめてだった。最初に彼の舌が軽く触れたときは、快感に震えた。やがて、口のなかに舌が忍びこんできた。予期しなかった侵入に怖くなり、一瞬縮みあがったが、すぐに熱い喜びがこみ上げてきて体を押しつけた。

「なんてすてきなんだ」ルイスは首を傾けてささやきかけ、ふたたびむさぼるような、激しいキスに戻った。

オリビアははじめて情熱というものを感じていた。自分をこんな気持ちにさせてくれる男がほかにいるとは思えなかった。乳房が男の胸で押しつぶされるほど強く抱きしめられるのもはじめてだった。気持ちいい、と痺《しび》れた頭で思った。胸がうずき、押しつけられるとそのうずきがやわらぐようだった。別のうずきがお腹の底から湧いてくる。それがなにで、どうしたらやわらぐのかは、わからなかった。

ルイスは顔を上げ、欲望に燃える目で、彼女のとろんとした青い瞳を見つめた。ふたりとも息遣いが荒くなり、彼女のやわらかな乳房は波打っている。あらゆる部分に欲望の兆しが見てとれたが、同時にその裏に無垢《むく》なとまどいがあるのがわかった。

こんなことをするために連れ出したのではない、と自分に言い聞かせた。ずっと彼女を目で追っていた。ベラミーを避けているのに気づいたとき、とっさに散歩に誘っていた。だがふたりきりになると、愛らしい唇を奪わずにいられなくなった。

いま彼女を抱くこともできる。苔《こけ》むした地面に横たえ、彼女がぼんやりしているあいだにスカートをたくし上げる。彼女にははじめての体験なので、自分の欲望をどう抑えたらいいのかわからないだろう。だがここで早まれば、二度と抱けなくなるかもしれない。そのあと彼女がなんとかして彼を避けようとするのがわかる程度には、女心を理解しているつもりだった。そんなことは望んでいなかった。魅力的な彼女を何度でも抱きたかった。それにはじっと我慢して、彼女の心をつかむしかない。

わかってはいるのだが、まだ彼女を味わいたかった。もう一度唇を重ねて強く抱きしめ、硬くなったペニスをふっくらと盛りあがった部分に押しつけた。息を呑む彼女の口を自分の口でふさぎ、驚きを無視してキスを続けた。彼女を抱いたまま、ゆっくりと膝をついた。

堂々と乳房に手を這わせ、服の上から揉んだ。それでも満足できなかった。温かな肌にじかに触れたかった。オリビアはのけぞって、ぱっと目を開いた。

「怖がらないで」ささやいてキスし、落ち着かせてから乳房とその脇の骨をやさしく撫でた。

「だめ——こんなことといけないわ」

「これは愛の行為の一部だ。気持ちいいかい?」なかには快感よりも苦痛を感じる女もいるので、いつも尋ねるようにしていた。

「え、ええ」オリビアは口ごもった。「でも、そういう問題じゃないもの」

「じゃあ、どういう問題？」手はいまも乳房を揉んでいる。と、親指に硬くなった小さな乳首が触れた。それをこすると、また彼女は息を呑み、頬に赤みが差した。

「だって――こんなことしちゃいけない」オリビアは目を閉じた。われ知らず、体が快感のすべてを感じとろうとしている。

「やめてほしい？」

「いいえ」そううめいて、彼の肩に爪をくい込ませた。「ええ、やめなければ」

「もう少しだけ」ささやいて、胴着のなかに手を滑りこませた。裸の乳房に燃えるような掌を感じて、彼女が喜びの声を漏らす。乳首はすっかり硬くなり、求めるように突きだしていた。ルイスはすばやくドレスの前を開き、両の乳房をあらわにした。彼女の背中を支えてのけぞらせると、みずみずしい小さな蕾《つぼみ》の片方を口にふくみ、舌で円を描いてから、強く吸いあげた。

　彼女は体を震わせ、彼を押し戻そうと全身をこわばらせた。開いた口から小さな悲鳴が漏れる。下半身がどうしようもなくうずいている。身悶《みもだ》えして腰を振り、自分でもわからないなにかをせがんでいた。その動きを感じたルイスには、彼女の欲しがっているものがわかったが、それを与えるのはまだ早すぎる。自分を抑え、喜びのほんの一部を教えることで満足しようとした。

彼女の乳房は小ぶりで、ミルクのように白く、桜色の乳首は敏感だった。触れるたびにうち震え、始めた行為を終わらせろと誘いかけてくる。だが、意思を総動員してその誘惑をしりぞけ、やさしく抱き起こした。ドレスの胸元をかき合わせると、彼女を抱き寄せてキスし、きみが欲しい、抱きたくてたまらないとささやきかけた。ルイスも平気ではないとわかれば、少しは気が楽になるだろう。

それでも、オリビアはわれに返ると、青くなっていた顔を恥ずかしさに赤らめた。彼の手を押しのけ、ぎこちない手つきで身なりを整えた。

「恥ずかしがらなくていい。きみはきれいなんだから」

「どうしたら恥ずかしがらないでいられて?」押し殺した声で尋ねる。「あなたは知らない人なのに、わたし――」言葉に詰まった。いまの恥辱を表わす言葉が見つからなかった。

「もう知らない間柄じゃない」ルイスは穏やかに諭《さと》した。「おれを見てくれ、愛しい人」

オリビアが首を左右に振ったので、そのあごをつかんで上を向かせた。「きみを敬愛していなければ、こんなふうに触れはしない」

悲しみをたたえた目が答えだった。ルイスは顔を近づけ、そっと唇を寄せた。「きみに触れたのは、きみが欲しくて我慢できなかったから。途中でやめたのは、きみを敬愛していて、また会いたいと思ったからだ」

オリビアは顔を赤くして立ちあがり、とっさに叫んだ。「だめよ！」

ルイスは彼女が逃げ出さないように手をつかんだ。「またこういうことになるからか？」

オリビアは深い悲しみに襲われ、立っているのもやっとだった。目に涙を浮かべている。

「わたしたちは二度と――」

「おれはきみをあきらめない。あきらめられないからだ。これからも、機会があればいつでも口づけする。おれたちはいつか愛を交わす。オリビア、いつかかならず」重々しく告げると、オリビアはまた頭を振りだした。「おれがただの放浪者で、きみが銀行家の娘だということは忘れて、この口の感触を思い出してくれ。この先には、もっとずっとすばらしいことが待っている」

8

その日の午後、ディーが水を汲みあげていると、ルーカスがやってきた。彼の姿を見るなり、心臓が跳びはねた。一週間ぶりだ。意外なほど、彼の傲慢な態度が恋しかった。彼とやり合っていると、これまでになく自分が生き生きとしているのがわかる。彼と言い争っているあいだは本来の自分に戻り、なにを言っても驚かれないですむ。

彼は軽やかに馬から降りると、手綱を柵にくくりつけた。「おれはおまえを逃さないと言ったはずだ」にこりともせずに言い、近づいてきた。

ディーは脅すように目を光らせながら、水の入った手桶を持ちあげた。「あたしはピクニックに行かないと言ったはずよ。あたしにも事情があるし、あなたの思いつきを満足させるためだけに、すべてを台なしにするつもりはないの」

青い目をよこしまに輝かせながら、ルーカスはさらに距離を詰めた。「この前は手ぬるかった」

水をかけても効果はなさそうだが、木製の手桶は重かった。ディーはふたりに水が飛び散るのもかまわず、彼の頭めがけて手桶を振りまわした。ルーカスは頭をひょいと下げ、ディーはすばやく動いて次の攻撃に備えた。

「あたしにかまわないで」ルーカスに警告した。

「それはできない」彼は言い返し、ディーをつかまえにかかった。

その手をかわした瞬間、手桶が肩に当たった。ルーカスは立ち止まり、ぶつくさ言いながら肩をさすった。青い目をすがめた。「次はおれを倒したほうがいいぞ」と、ディーに飛びかかった。

彼から言われたとおり、力まかせに頭に殴りかかったが、重い手桶もこんどは狙いがはずれた。振りまわすその下をかいくぐって突っこんできた彼の背中に手桶が当たり、ディーは身をかわす間もなく、腹に押しつけられた広い肩にかかえ上げられた。ルーカスは彼女をかついだまま背を起こし、有無を言わさぬ足取りで家に向かって歩きだした。

憤慨しながらも、その姿勢ではどうしようもなかった。蹴飛ばそうにも脚は彼の左腕に押さえられ、拳を振りあげても脚や尻にしか当たらない。これしかないとみて、ディーは歯を立てた。

ルーカスは痛みと怒りにうなり、尻をバシッと平手打ちした。すごい力だった。ディーは焼けつくような衝撃に悲鳴をあげ、もう一度噛みつこうとした。身をよじって反撃をかわしたルーカスは裏のポーチに彼女を乱暴に降ろすと、すかさず襟首をつかんで、小屋のなかに引きずりこんだ。

彼の手が離れるや、ディーは起きあがって殴りかかった。「じゃじゃ馬め」感心したように感想を述べ、笑いながら彼女の拳をよけると、腕をつかんで壁に押しつけた。

ディーは勝つつもりで戦っていた。手段は選んでいられない。腕を押さえつけられて身動きがとれないので、股間を狙って足を蹴りだした。足が太腿に当たったとたん、ルーカスの笑い声が途絶えた。うかうかしていられない。全身を使って、彼女を壁に押しつけた。

「さあ、かかってこい」ルーカスはあえぎながら言った。

ディーは身をよじり、伸びあがってもがいたが、壁と彼の重い体にはさまれて、それ以上はなにもできなかった。足を蹴りだすと、その機をとらえたルーカスが脚のあいだに膝をねじ込んできて、あっという間に持ちあげられた。たくましい太腿で股を割りながら、下半身をこすりつけてくる。

ディーは悪あがきをやめた。どうせかなわないし、股間に押しつけられたものがよけいに大きくなるだけだ。壁にもたれ、息をはずませながら言った。「いいかげんにして、あたしを離して」

ルーカスは離すどころか、さらに高く持ちあげ、餓《かっ》えたように口を胸元に近づけた。湿っぽい吐息が布越しに伝わり、舌に攻めたてられて、乳首が硬くとがるのがわかる。欲望と怒りがない交ぜになって、自分でも区別がつかなくなった。

ルーカスがブラウスを脱がそうと腕を離した。体がずり落ち、股間への圧迫が増した。まぎれもない欲望の波に襲われ、身を震わせてあられもない声をあげると、自由になった手で彼の髪をつかんだ。荒々しい手がブラウスを引き裂く。続いてスリップに指がかかり、力がかかったとたん、ブラウスと同じ運命をたどった。ルーカスはむき出しの乳房を両手でつかみ、まん中に寄せてまず片方の乳房を、やがてもう一方を吸いあげた。柔肌に髭《ひげ》がこすれた。

身をよじって、また悲鳴をあげた。ルーカスはその声に酔いしれながら、乳房を揉み、荒々しく乳首を舐めつづけた。もうやめられない。彼女を抱き、ふたりを燃えあがらせている欲望の奔流を満たさなければならない。スカートのなかに手を差しこみ、ズロースの腰紐をほどいて引きずり下ろした。

ズロースがずり落ちるやディーは動きを止め、顔をそむけて目を閉じた。彼の前で素っ裸になったこともあるのに、これほど無防備でむき出しにされていると感じるのははじめてだった。ルーカスは少し下がって、彼女の両脚を揃えさせた。木綿のズロースが滑り落ち、足首にからみついた。

「脱ぐんだ」命じられるまま、ディーはぼんやりと従った。

ふたたび重い体にのしかかられ、壁に押さえつけられた。彼の手はまだスカートのなかにあった。じかに肌に触れ、お尻を揉み、太腿を撫で、最後には恥丘を包みこんだ。

　ディーは息を呑んだ。期待と欲望がこみ上げて、呼吸さえ忘れた。手はゆっくりと這い、やわらかい割れ目に中指が滑りこんできた。押し寄せる快感は苦痛にも似て、その強烈さに腕のなかでのたうった。ルーカスから押さえつけられ、容赦なく攻めたてられている。指が奥へと進む。ショックで叫び出しそうになりながらも、彼の好きなようにさせたくて、さらに脚を広げた。湿り気を帯びた指が引き出されると、身をくねらせて、肩に爪を立てた。指が先端を探り当て、転がしている。と、ついに自制の糸が切れ、悲鳴が口をついた。
「なんてきれいなんだ」バラ色に染まった肌を見て、ルーカスはつぶやいた。狂ったように取り乱す姿には、輝きがあった。頭をのけぞらせ、息をするたび裸の乳房が上下する。野火のように燃えあがって、その炎を自分ではどうにもできないでいる。想像したとおりだった。

　濡れた場所は絹のようで、触れただけで、そのやわらかさ、熱さに爆発しそうになる。彼女を固く抱きしめて、もう一度指を入れた。こんどはもっと深くまで探り、自分のものを拒否できないよう、親指を使って刺激を与えつづけた。彼女の体が痙攣《けいれん》し、鼻にかかったあえぎ声が漏れる。なかの筋肉がぎゅっと閉まり、指がくるみ込まれる感触に、ペニスを入れたときの締まり具合を思って、うめきそうになった。指は驚くほどしっかりした膜に阻まれ、その先に進めなくなった。一度めはふたりとも苦労しそうだ。

　彼の愛撫で頂点の間近まで導かれたディーは激しくのたうち、激しく獰猛《どうもう》な緊張から逃れようとあがいていた。

「力を抜いて」ルーカスは彼女の口にささやき、腿を股間に差しこんで強く突きあげた。ズボンの上からでも、彼女の熱で火傷しそうだった。「おれが教えてやる」

両手で彼女の腰をかかえ、太腿にこすりつけるように上下させた。ディーはどうしようもなく震え、あえいだ。欲望が高まるにつれて、声が大きくなった。硬い太腿が、うずきをやわらげると同時に高めている。どうしたらいいの？　すすり泣きながら、拳をふるいだした。だがルーカスは意に介さず、さらに彼女を持ちあげた。つま先が床を離れて、彼の脚にまたがった格好になった腰はあいかわらず激しいリズムを刻んで打ちつけられている。もうだめ、我慢できない。次の瞬間、下半身の筋肉という筋肉がぎゅっと締まり、痙攣が全身を駆け抜け、津波のような衝撃にありとあらゆる感覚が弾け飛んだ。大きな恍惚《こうこつ》の波が次々に押し寄せ、それが収まったときには、子猫のように弱々しく、言葉もないまま、ルーカスの手のなかでぐったりしていた。

ルーカスは彼女を床に降ろし、横たわらせた。欲望に引きつった顔で乱暴にズボンを脱いだ。寝室へ運んでいたら、力を取り戻してふたたびつかみかかってくる。そうなれば、無理やり彼女を奪うか、おかしくなるかのどちらかだ。ディーが相手だとなにをするにも苦労が多く、彼女を絶頂まで導くのがむずかしくなる。あれほどしっかりした膜だと、痛みは避けられず、痛みを与えられて黙っている女ではなかった。

彼はスカートを腰までまくり上げ、脚を広げると、そのあいだに割って入った。ディーが喉の奥にうめき声をからませ、ほっそりとした両脚を腰に巻きつけてくる。唇を重ねると、彼女の唇がじょじょに開くのがわかった。腕がゆっくりと首に巻きつけられた。愛らしい反応に酔いしれながら、手を下にやり、小さくやわらかい割れ目に自分のものを導いて、力強く、同じペースで少しずつなかに押しこんだ。内側の抵抗に屈することなく、かといって手荒な真似もしなかった。押しこまれたショックをやわらげるためか、彼女の全身に衝撃が走ったような気がした。膜に締めあげられ、それ以上奥に入るのを阻まれている。想像を絶する気持ちよさだった。熱くなめらかで、信じられないほど締まりがいい。快感が体じゅうを駆けめぐった。

そのとき、ディーが絶叫した。思っていたとおり、痛みと怒りの交じり合った声だった。男に組み敷かれて、おとなしく従う女ではない。全身をばたつかせて、彼を追い出そうと暴れた。すべてが彼女には腹立たしかった。無理やり押し入られる焼けつくような痛み、重くのしかかる体、そして深く貫かれる感覚。受け入れがたいものだった。無意識のうちに支配されることを拒み、侵略されまいともがいた。

ルーカスは全体重と、鉄のような腕や脚の力で押さえこんだ。彼女が自分のものに慣れるまでとことん戦わせるつもりだったが、あんまり激しく抵抗するので、彼が突いているのと同じことになる。歯を食いしばって必死に姿勢を保った。汗を光らせながら、彼女が疲れて痛みがやわらぎ、男のものを包みこみ、奥深くを探られる喜びを感じはじめるのを待った。彼女は肉の喜びに敏感なはずだ。絶頂の快感はもう教えてある。彼女自身、そう長くは拒めないだろう。ルーカスはそう信じていた。

そのときはゆっくりと近づいてきた。ディーはこの間の抵抗と絶頂感ですでに体力を使っていた。自分の思いとは裏腹に、力が抜けてきたのがわかる。抵抗しようとするたび筋肉は収縮したが、間隔はしだいに遠くなり、ついには動けなくなって、彼に組み敷かれたままじっと横たわった。呼吸は荒く、勝利をたたえた彼のまなざしに耐えかねて目を閉じた。

ルーカスは彼女の額にキスして、もつれた髪を顔から払った。「まだ痛むか?」こめかみにささやいた。

ディーはもぞもぞと動いて、両手を脇腹に添えた。彼を抱きしめるか、押しのけるか迷っているようだった。

「ええ、こんなの嫌い」そして、彼女はつい本音を漏らした。「でも、さっきよりは痛くないみたい」

「もう少しじっとしてろ。それでも痛いようだったらやめる」

答えはなかったが、息遣いは鎮まってきている。ルーカスは締めつけられる感触を堪能しながら、彼女におおいかぶさった。汗が背中をしたたった。

「こうなるってこと、わかってたのね?」試すように侵入してくる熱いペニスのまわりの筋肉を収縮させ、痛くないとわかると少し力を抜いた。

ルーカスは身をこわばらせてうめいた。「頼むから、動くな」

「押しつぶされそう」低い声で言う。「せめてベッドまで運んでくれればよかったのに」

「あとでベッドに行こう」そう約束して軽くキスした。いまは床がいい。

彼女が目を開けた。きまじめで、もの問いたげな目つきだった。「さっきの感覚——こうしてれば、また感じられるの?」

「おれがちゃんとできて、おまえがたくさん望めば」

彼女は短く笑って、膝を立てた。「ええ、あなたが欲しいわ」

「たくさんか?」

ディーにはなにを尋ねられているのかわかっていた。真剣なまなざしで、熱っぽい青い瞳を見つめた。「ええ、たくさん」

ゆっくりと根本まで沈めると、ディーは体を弓なりにさせてあえいだ。彼はまたゆっくりと引き出した。「やめたいか?」念のために尋ねた。

ディーが脇腹を両手でつかむ。「いや」喉にからまった声だった。「やめないで」

「おまえを満足させられるまで我慢できるかどうか、わからないぞ」正直に打ち明けてから、力強いリズムを刻みだした。

ディーは答えるかわりに腰に脚をからませ、体を持ちあげて、自分を差し出した。はじめて介抱したときと同じだ。それで充分だった。激しく腰を動かした。ディーが応え、嬉々として迎え入れてくれる。ルーカスは荒くしわがれた雄叫びとともに身をこわばらせ、ブルッと震えるや、痙攣しながら精を放った。

一時間後、ふたりは裸でベッドに横たわり、疲れ果ててまどろんでいた。一度めの余韻も覚めないうちに、一物はふたたび欲望に張りつめた。こんどは彼女をベッドに運び、素っ裸になって愛し合った。セックスとは時間をかけてたがいの体をからめ合い、熱さとけだるさのうちに、ふたりで同じ境地に至るもの。ディーはセックスをそう理解した。

時間をかけて彼女の興奮を煽りたてたので、頂点に達したときはわれを忘れて取り乱し、そのせいで彼も否応なく同じ高さまで引きあげられた。これまで数々の女と寝てきたが、ディーほど熱中できる女はいなかった。欲望の高まりとともに変化する肉体――硬くなる乳首から、湿り気を帯びてくる愛らしい割れ目まで――に魅了された。彼女はベッドのなかでも、外と同じように、やられると、それと同じだけの激しさでやり返した。彼女との交わりが大変なものになるのはわかっていたが、体力の消耗と気分の高揚を同時に味わえるとは思っていなかった。沖の高波に乗り、その波を乗りこなして、最後には砕け散って海岸に打ち寄せるような体験だった。

横たわっているうちに、ルーカスはふと背筋に寒いものを覚えた。ディーを抱いたあとで他の女と寝るのは、ウィスキーをあきらめて温かいミルクで心を鎮めるようなものだ。彼女のせいで自分の望む女を手に入れられないとは思いたくなかったので、その考えや恐怖を追い払ってはみたものの、何度追い払っても、繰り返し戻ってきた。

もうオリビアでは満足できない。ディーに出会うまでは、オリビアこそ理想の妻だと信じていた。盛大な晩餐会《ばんさんかい》を切り盛りできる家柄のよさがあり、政治家や金持ちたちとも無理なくつき合える。そんな彼女を土地と同じように手に入れるつもりでいたが、たった一日の短い午後のあいだに、計画そのものが消えてなくなった。早まって結婚を申し込まなくてよかった。他の女を忘れられないような男は、オリビアの夫にはふさわしくない。

デンバーでの生活と、自分に有利な決定を引き出すための権力基盤を築くために、どう動いたらいいのか考えた。接待や夕食会など、社交生活を通じた駆け引きの連続になるだろう。すべては〈ダブルC〉を帝国にして、ゆくゆくは息子のひとりを知事にする道を敷くためだ。これまで、絶え間なく繰り返される社交行事を想像したとき、隣にいるのはオリビアだった。彼女のしっとりと洗練された物腰は、そうした状況にうってつけのものだ。だがいま、あらためてその場面を思い描いてみると、隣の女には顔がなかった。どんなにがんばっても、ディーの顔は浮かんでこなかった。彼女が偉そうな政治家相手にご機嫌をうかがっている姿など考えられなかった。鋭い毒舌でめった刺しにしているほうが、よほど彼女らしい。そう、ディーは彼の考える生活には適していない。彼女がその気になったとしてもむずかしいが、そもそもそんなことはありえない。ディーの言動の端々には、いまと同じようにだれにも指図されずに暮らしたいという願いがはっきり出ている。そんな彼女といると、たまに——ほぼいつも——つかまえて常識を叩きこんでやりたくなる。反面、認めるのは癪《しゃく》だが、彼女への敬意を感じることもあった。彼女はよほど意志の強い女でないと無理なことを成し遂げ、その意志を他の男に委ねるとはとうてい思えなかった。

となると、おれの居場所はどこだ？　いまいるところ、と思ったものの、それはいやだった。なにごとにつけ、ディーには決めてかかれないところがある。二度のセックスでルーカスを恋人と見なすとはかぎらず、次のときに歯向かってこない保証もなかった。歯向かってこないにしても、彼が生活に立ち入るのは、断固として拒否するだろう。

ただ、とりあえずディーは自分の腕で眠り、ルーカスも深い達成感で体の芯までへとへとになっている。彼女を抱き寄せた。自分に寄り添う温かくなめらかな裸体に言いようのない安らぎを覚えて、いつしか眠りに落ちた。

ディーは夕暮れどきに目覚めた。しばらくは時間や曜日さえわからず、茫然としていた。昼寝の経験はなかったが、太陽の傾き具合から夜明けでないのはわかった。頭に霞《かすみ》がかかっていて、完全に目が覚めるまで、ベッドにひとりでないのに気づかなかった。他人と寝たことはなかったので、それ自体にも驚いたが、続いてまぎれもない現実が押し寄せてきて、愕然《がくぜん》とした。ルーカスと同じベッドに、ふたりとも裸でいる。交わったからだ。

恥ずかしさはなかった。素朴な性格なので、自然な行為であることは理解していた。けれども、後先考えずに体を与えてしまったいま、もう一度本来の自分を取り戻したいと切望していた。太いものに貫かれたときは、彼に肉体の支配権を奪われたようで、そんな気持ちとは裏腹に肉体が彼を包みこむ喜びに震えはじめたときも、自然界の支配に屈しまいと闘った。

おそるおそる動いてみると、太腿とその間にいつにない痛みがあり、ねばついていた。ふいに、もうひとつの現実が襲いかかってきた。ルーカスは二度とも奥深くに子種を放った。子どもができるかもしれないのだ。

女が千年の昔からしてきたように、次の月経までの日数を数えた。あと二週間と少しある。不安と心配にさいなまれる二週間になるだろう。子どもが生まれたら、いまの生活は続けられない。

ルーカスが彼女を抱き寄せ、ゆっくりと、自分のもののようにその乳房をつかんだ。それではじめて、彼が目覚めているのに気づいて顔を上げたが、険しい目に勝利のきらめきを見て、すぐにうつむいた。

「なにを考えてる?」低くもの憂げな声が耳に響いた。

「これっきりにしましょう」少し不安げな表情でふたたび彼を見あげた。

ルーカスは一瞬ムッとしたが、ディーの表情を見てやわらいだ。「どうしてだ?　気持ちよかったろう?」彼女の顔にかかった髪を払った。

「訊かなくてもわかってるでしょう」彼女は先を続けた。「でも、赤ん坊を宿したかもしれない」

ルーカスは黙りこみ、軽く眉をひそめた。赤ん坊。彼女をものにした原始的な喜びで、先のことをまったく考えていなかった。

「いつわかる?」

「二週間くらいしたら。もう少しかかるかも」

彼は乳房を撫で、そのなめらかな肌ざわりに心を奪われた。ディーはおれのものだ。手放すつもりはない。「妊娠を避ける方法がある」

「知ってる」彼女は取りつく島のない口調で答えた。「あなたに近づかなきゃいいのよ」

彼はにやりとして、荒っぽくキスした。「それ以外だ。おれがスポンジを手に入れてくる」

たちまちディーの興味を惹《ひ》いた。「どういうこと?　スポンジでどうやって妊娠を避けるの?」

「仕組みは知らないが効果はある。小さなスポンジを酢にひたして、なかに入れるんだ」

ディーは顔を赤く染め、ぱっと起きあがって、まさぐる手から逃れた。ルーカスは笑いながら彼女をつかみ、ふたたび寝床に組み敷いた。本気で抗っているわけではなく、彼の発言に怒りと当惑を感じただけだ。ルーカスは彼女を押さえつけながらにやりとした。

「そんなことなんで知ってるの?」詰問して、彼をにらみつけた。「売春婦が使う方法でしょう?」

「売春婦も知ってるだろうが、他の女も使ってるんだろうな」なぜ知っているのかについては答えなかった。ニューオーリンズやその他の場所で、放蕩のかぎりをつくしていた時期があった。彼女には語る必要のない話だ。

ディーは顔をそむけた。他の女から教わったのは明らかだった。解決方法があると知ってホッとする一方で、子どものように、今日の午後より前に戻りたかった。体が彼に反応できるのを知らず、硬いペニスに貫かれる感覚を経験する前の自分に。なにかが変わってしまった。そしてもう元には戻れなかった。

問題は、自分がその変化を望んでいるかどうか。暗い谷間に向かって、崖からまっさかさまに飛びこんだような気分だった。未知の世界に足を踏み出した恐怖がある。本気で変化を拒みたければ、ルーカスが自分の生活から出ていって、二度とドアに近づかないよう願うはずだが、それはできなかった。ひどく腹立たしい男だし、身勝手でもあるけれど、彼はこれまで想像できなかったような感覚を味わわせてくれる。
彼を愛したのではないといいのだけれど。なにより、それが怖かった。

9

その晩、オリビアは無理してダンスパーティに出かけた。ルーカスはいなかった。それを噂する声は耳に入ったが、彼がいないのが唯一の慰めだった。彼とはディーをめぐって奇妙な会話を交わしていたので、農場に行ったのだと思っていた。ひそかに、ディーの幸福を願った。ディーが結婚するなら、ルーカスのように、彼女と同じくらい強い男でなければだめだ。ディーはたいていの男をものともせず、互角の力がない男とでは、けっして幸せになれない。ひょっとすると、自分が結婚する最後のチャンスがなくなるのを望んでいたのかもしれない。だがこれで、ルーカスから求婚されたときに、受け入れるかどうか悩まずにすむ。彼にその気がなさそうなのがわかって、オリビアは嬉しかった。

けれど、ルーカスのことはささやかな問題だった。頭のなかは、森でのできごとでいっぱいになっている。あのあとどうしたか、よく憶えていない。過敏になっているので、笑顔を浮かべるのさえ苦痛だし、いまにも悲鳴をあげそうで、母の顔もまともに見られない。母から立派で慎み深い女性に育てられたはずなのに、はじめてよく知らない男に森に連れていかれるという機会に恵まれたとたん、男のなすがままになってしまった。しかもただの口づけではすまなかった。キスは大胆な行為だと思っていたけれど、いまとなってみると、これまで経験した遠慮がちなキスなど、おままごと同然の無垢なものだったのがわかる。ルイスの舌が入ってきたとき、ただ受け入れたのではなく、嬉々として応じた。あれでは、この女なら胸をさわれると思われて当然だ！　酒場の女のようにふしだらだと思われただろう。レディらしいところなど、まったくなかったのだから。

周囲の会話にも入っていけなかった。いつもより無口になり、思い悩むあまり青ざめていた。楽しんでいる周囲の人々は気づかなかったが、人込みを遠巻きにして、彼女のようすを見ていたルイスだけはべつだった。

茫然《ぼうぜん》としていたために、近づいてきたカイル・ベラミーからダンスを申し込まれたとき、気がつくと彼に手をあずけていた。

オリビアの腰に手がまわされ、いやになるほど近くに引き寄せられた。午後の一件以来、男性の体を意識してしかたがない。と、背筋が凍った。ルイスがうまくやったと主人に自慢したのかもしれない。カイルがずうずうしく体をくっつけてくるのはそのせいなの？

オリビアは彼の腕のなかでこわばった。「ミスター・ベラミー、お願いです」

「あなたのお願いなら、なんなりと」

彼が例のことをほのめかしているのか、ただのお愛想なのかわからなかったが、とりあえず気にしないことにした。「もう少し離れてくださらない？」

彼はすぐに手をゆるめ、オリビアを下がらせた。「失礼しました」小声で謝ったが、その笑顔を見て、本心はわかったものではないと思った。

カイルはダンスがうまかった。力強く、迷いのないステップを踏んだ。こんな状況でなければ、とりあえず彼にたいする本能的な不安感を忘れて、ダンスを楽しんでいただろうが、今夜は無理だった。早く終わるのをひたすら祈った。

「散歩しませんか？」カイルは誘った。「気持ちのいい夜だし、ここは空気がよどんでいます。じつは、あなたとお話をして、もっと深く知り合いたいと思っていたんです」

「誘ってくださってありがとう、ミスター・ベラミー。ですが、今日は午後から疲れているので、失礼して、ここに坐っております」

「でしたら、隣に坐ってもかまいませんか？」

どう答えたらいいの？　無礼な態度には出られないが、彼と一緒にいるのはうんざりだった。

「すぐに自宅に帰りますので」苦しまぎれに、口からでまかせを言った。

「では、お帰りになるまで、よろしいですか？」

なんてしつこい人なの！　イエスと言う以外になにができるだろう。

坐っているあいだ、彼は絶えず脚を寄せてきたが、逆側に身をよじって、触れないようにした。

「明日、お宅をお訪ねしたいのですが」カイルが言った。

良心のとがめを感じていたオリビアは、この発言で、ルイスが告げ口したのだと思いこんだ。この男まで、わたしをもてあそぼうというの！　ひとつだけ思い浮かんだ言い訳を、とっさに口にしていた。「それはどうでしょうか、ミスター・ベラミー。じつは、ミスター・コクランとそれとなく約束をしておりますの。わかっていただけますね？」

「それとない約束なら、あなたはまだ自由だ」カイルはしゃあしゃあと食いさがった。

「それに、今夜はコクランを見かけていない」

「ええ、ほかに用事があるようで」

「あなたのような美女をほうっておくなんて。それでは、とてもあなたとおつき合いする資格があるとは思えません」

ルイスは部屋の反対側から一部始終を見ていた。声は聞こえなかったが、話の内容は容易に察しがついた。気に入らないことに、ベラミーはオリビアにべったり寄りかかり、彼女の凍りついたような表情から見てとるに、迷惑しつつどうやって押しとどめていいかわからないでいるのだろう。

オリビアはふと視線の先にルイスをとらえ、血の気が引いた。ちらっと彼のほうを見るたび、向こうもオリビアを見ていた。彼の黒い目に軽蔑の色が表われているようで、暗い気持ちになった。あんなことがあったあとなので、ほかに考えようがなかった。

一方ルイスのほうは、彼女が罪の意識にさいなまれるのを考慮しておくべきだった、と反省していた。彼女を慰めたくてたまらなかった。かわいそうに、性の喜びをまるで知らない。しきたりどおりに育てられ、生来が上品な性格だったために、敷かれた道のとおりに成長してきた。ベラミーの迷惑な求愛から逃れる方法さえ知らない。

あたりを見まわすと、〈バーB〉のふたりのカウボーイが目に入った。ふたりとも血気が多く、競い合ってばかりで、今日もやはりそうだった。今夜の獲得品は、たくさんの男から言い寄られて、喜びに頬を赤らめている、小柄でかわいらしい農場の娘だった。

ルイスは人込みをかき分けて進んだ。ふたりとも手にカップを持っている。パンチだろうが、ウィスキーがたっぷり入っているのはまちがいない。あたりは込み合っていたので、こっそり片方の男の腕を払って、カップの中身を娘の晴れ着にぶちまけさせるのはわけなかった。

目的を達成すると、すばやくその場を離れて人込みにまぎれ、激しくなってゆく諍《いさか》いの声を背後に聞いた。パンチをこぼした男は、わざと腕を押したと言って相棒を責め、ルイスが部屋の反対側に戻らないうちに、口論は派手な殴り合いになっていた。

喧嘩《けんか》をしているのが自分の牧場のカウボーイだと知って、カイルは不機嫌に顔をしかめた。オリビアに言葉をかけて立ちあがり、足早に部屋を横切った。雇っている男たちが乱暴者だとわかれば、体面に傷がつく。ベラミーが自分の社会的な地位を自慢にしているのはわかっていた。

げっそりしたオリビアの顔を見て、ルイスは自分を責めた。今日の午後は少し強引にやりすぎた。彼女は口づけの喜びよりも、恥ずかしさを思い出している。それを埋め合わせるには、こちらの思いをできるかぎり伝えるしかない。

人込みを縫ってオリビアに近づいた。だが彼女は近づいてくる彼に気づくや、くるっと向きを変えて、反対方向に歩きだした。

おれを怖がっている！　ルイスは脳天を一発やられたような衝撃を受けた。女に怖がられたことなどなかった。それがなぜ、よりによって彼女に、他のだれよりも欲しいと思った女に怖がられなければならないんだ？

オリビアの態度に腹が立った。ルイスは本能として女を求め、手に入れたいと願うひとりの男だった。理由もなにも考えず、とにかくオリビアを自分のものにしたかった。足を速めて母親の元に逃げこむ前に追いつき、ブーツでスカートを踏むという単純な方法で引き止めた。彼女はがくんと立ち止まり、訴えるような顔で肩越しに振り返ったが、そのままとどまるか、スカートをむしり取られるかのどちらかだった。

「踊ってくれないか」ルイスは彼女だけに聞こえる小声で言った。「頼む」

「いや！」オリビアは短く叫んだ。取り乱したいまの状態で、彼の腕に抱かれたら、なにをしでかすかわからない。

「じゃあ、外を歩こう」

「いや！」こんどはわずかに怯えも加わった。また淫らなことをしようと誘うなんて！午後にあんなことがあったのに、どうしてまた一緒に歩こうなんて誘えるの？　でも、きっとそれが理由なのだろう。またふしだらなことをできると思っているんだわ。

ルイスは力強い手を腕にかけて、彼女を振り向かせた。「外に出よう、オリビア。さあ」

彼がそれほど強く、命令するような口調で言ったのははじめてだったので、オリビアは押し黙った。連れられるままぼんやりと毎年ダンスパーティが開かれている集会所を出ると、ステップを下りた。

ほてった顔に冷えた外気が心地いい。ルイスは通りを渡り、大きな木の陰に彼女を導いた。音楽と、笑い声と、いちどきにおおぜいの人の口から発される会話のざわめきは聞こえるものの、夜の音にまぎれて遠のいていた。

「どうしたいんですか？」オリビアは恐れるように小声で尋ねて腕を振りほどこうとしたが、彼は強く握って放さなかった。

「罪人のような顔をするのはやめてくれ」彼はぴしっと言い返した。

オリビアは彼の口調に肩を怒らせた。めったに腹を立てないが、不当に責められたときは、自分を守らねばならない。「自分の顔つきは自分で決めます」切り返してはみたもののの、子どもっぽい反論しかできない自分が情けなかった。人と言い争ったことがほとんどないのだから、どうしたって分が悪い。

彼もそれに気づいたらしく、手をゆるめ、口の端にかすかな笑みを浮かべた。「こんど、喧嘩のしかたを教えてやろう。おれも気がとがめるようなことを言えばよかったんだ」

オリビアは唇を噛んだが、すぐにお行儀が悪いのに気づいた。「どうして？」不安そうに尋ねた。「わたしが悪かったのよ。あなたと出かけた、わたしが悪いの」

「きみって人は」ルイスはやさしく笑い、オリビアの手を包んで口元に運んだ。関節をそっと舐められ、身震いが走った。「おれの肩がこんなに広いのに、ひとりでなにもかも背負わないでくれ。少なくとも、おれには自分がなにをしているかわかっていた」

「わたしだって子どもじゃないのよ、ミスター・フロンテラス」ふたりで出かけた不謹慎さに気づかない愚かな娘扱いされたことに、腹が立った。「もちろん、わたしも自分のしたことはわかっています」

それでも、ルイスは面白そうに微笑んでいた。「わかってる？　そうだろうか。少しでも経験があったら、そんなに動揺しないはずだ。口づけされたことはあるのかい？」

オリビアは手を拳に握った。「もちろんよ」憤って答える。

「本当に？　どんな？」疑っている。「口を閉じて軽く触れるだけの、味気ない口づけ？」

そのとき急に、いま自分のしていることの馬鹿ばかしさに気づいた。経験があると思われるのを心配していたのに、ない経験をあると信じこませようとしている。口に手を当てて笑いを押さえると、ルイスもにっこりした。

「そのほうがいい」そっとオリビアの頬を撫でた。「今日起こったことは、惹かれ合う男女のあいだでは、ごく当たり前に行なわれることだ。人目をはばかることはあっても、恥じる必要はない。きみの友だちたちが、男に胸をさわられたことがないと思ってるのかい？　ほとんどはそんな経験があるはずだ」

「友だちのほとんどは結婚しています」彼女は指摘した。「夫婦なら――もっと自由なはずだし」慎重に言葉を選ぶ。彼の率直なもの言いに、頬が熱くなるのを感じた。

「なかにはそういう人たちもいるだろう」ゆっくりと話しながら、寝間着をわずかに皺にするだけで、五分とかからずに終えてしまう哀れな人々を思った。哀れな男？　哀れなのは女のほうだ！「だが、そういう連中にしろ、一緒になる少し前から愛を交わし合っているものだ」

「そうかしら」彼の考えにどぎまぎした。

そのとき、カウボーイが何人か、どやどやと集会所から出てきて、そのざわめきで静かな夜の空気を震わせた。ルイスは彼女の腰に腕をまわし、彼らからは陰になる木の反対側に引っ張った。背中にざらざらした木の皮が当たる。オリビアはどっしりした支えに喜んでもたれた。

「もちろんそうさ。なにしろ、楽しいものだからね」

話の道筋を追えなくなってきた。「楽しいかどうかはべつにして、ミスター・フロンテラス――」

「ルイス」

「今日、あなたに好き勝手にさせたのはまちがっていたし、そんなことをした自分が恥ずかしいわ」

「品行方正な恋人だ」ルイスはやさしく言った。

「わたし、あなたの恋人じゃないわ！　お願いだから、そんなふうに呼ばないで！」

「いや、そうだよ。まだきみが認めていないだけで」

深呼吸して気持ちを鎮め、頭を整理しようとした。「わたしたちはなんでもない間柄だから、あんなことは許されません。もう二度と起こらないように――」

ルイスは彼女の胸を避けて両手を木につき、腕のあいだに囲いこんだ。「そこまで」静かな声でさえぎった。「自分を縛るようなことを言うのはやめたほうがいい」

「でも、そうしなければ」同じように静かに応じた。

ルイスは大きく息を吸った。彼女から拒絶されるわけにはいかない。彼女に呼び覚まされたのは、守ってやりたいという気持ちや、肉欲だけではなかった。自分のものにしたいという、抗しがたい欲求だった。ここでやみくもに誘惑してはならない。そんなことをすれば、オリビアは〝辱められた〟と思い、けがれた秘密を胸にしまって、一生独身で通すだろう。愛らしく誉れ高い彼女は、もっと幸せになってしかるべき人だ。

たぐり寄せるように、自分の気持ちがわかりだしていると感じていたら、突然、なにが欲しいかわかった。オリビアだ。彼女を手に入れるためなら、なんだってする。

オリビアに体を近づけた。「いや、その必要はない。おれは真剣だ。きみがおれを嫌って、追いやりたいのでないかぎり、おれは引かない。きみがそう思っているとは思えないし、たとえそうだとしても、おれは離れない」言葉尻に決意が滲んだ。

オリビアは息を呑んだ。頭を木にもたせ、細い顔を見あげた。そよぐ木の葉の合間から差しこんだ月光が、その顔を照らしている。虚をつかれ、考えをまとめようと頭は必死だった。

ほとんど理解を超えていた。わたしと結婚したいの？　〝真剣〟とはそういうことだ。でも、どうしてそんなことを言えるの？　本人の弁によれば、家さえない放浪者だ。旅への憧れはあっても、オリビアの心の奥底には、つねに帰るべき場所としてのうちのイメージがあった。想像のなかの〝うち〟は両親のうちではなく、愛する人とともに築きあげる、温かくてくつろげる場所だった。子どもも生まれるだろうから、当然うちは必要になる。それを用意できないような男との結婚なんて、どうしたら考えられて？

「なにも言うことはないのか？」ルイスは苦笑いしながら尋ねた。「いまはおれを愛していない、オリビア・ミリカン。だが、そのうち愛するようになる。おれはあきらめないよ」

そして頭をかがめ、唇を重ねた。オリビアはこんども息を呑んだ。午後の口づけが興奮を呼び覚ますものだったとしたら、なにが起こるか知ったいまは、もっと興奮してしまうにちがいなかった。やめさせなければ、と一瞬思ったが、気づかないふりをした。やめたくなかった。道徳に照らして考えるのはいやだった。ただ楽しみたい。純粋な喜びのときを逃したくなかった。

一度、足を踏み出せば、二度めを抑えるのはむずかしくなる。この経験を通じて、オリビアが学んだことだ。彼の大胆な手は乳房をまさぐり、その熱さで体が燃えあがった。拒む気にはなれなかった。それどころか、彼のたくましい背中に手を這わせ、自分とは異なる引き締まった体を愛撫し、ちがいを知った喜びに溺れた。首筋に手をまわし、ふさふさとした絹糸のような黒髪に触れると、彼が小さく身震いした。わたしの手で興奮させたんだわ。喜びに胸が躍った。

彼の喉からかすれたうめき声が漏れ、彼は体を離した。息が大きく、荒くなっている。

「なかに戻ろう。このままじゃ、口づけだけじゃすまなくなるが、ここでそんな真似をするわけにはいかない。明日は日曜日で、仕事がない。一緒に遠乗りに行かないか？」

オリビアには考えられなかった。両親になんと言えばいいの？　相手はよく知らない男性だ。しかも、旅暮らしのメキシコ人ときている。

なにも言わなくても、ルイスはすべてを察したようだった。苦々しげに微笑んで言った。

「もちろんだめだろうな。わかってる。誘う前に考えるべきだった」

「ルイス」ためらいがちに言った。「そういうわけじゃ――」けれども、明らかにそうだったので、言葉に詰まった。

「そうだ。だが、おれを愛するようになれば、そんなことは問題じゃなくなる」ルイスは名残惜しそうにもう一度キスをすると、オリビアの肩をつかんで、集会所のほうへ、音楽と明かりと笑い声のするほうへ向けた。「さあ、行って。そのきれいなドレスが皺だらけにならないうちに戻るといい。だが、もし明日馬に乗る気になったら、北の道に来てくれないか。二時ごろそこで待っている」

軽く背中を押されて、足のおもむくまま、集会所に向かった。一歩なかに入るなり、暖かな空気と騒音に呑みこまれた。まだぼんやりしていて集中できないが、重くのしかかっていた罪の意識は消え去ったようだ。どう考えたらいいの？　わずか数時間のうちに、人生の進むべき方向がすっかり変わってしまい、自分がどこへ向かっているのかまるでわからなくなった。

ルーカスからの求婚を思って、捨て鉢になっていた自分がおかしかった。彼は物質の面では、なんでも与えてくれただろう。ルイスが与えてくれるのは冒険だけなのに、恐ろしいほどの興奮にぞくぞくしていて、けっして捨て鉢な気分にはなっていない。オリビアが彼を愛していない、と言ったルイスの言葉は正しい。彼のことはほとんど知らず、慎重なたちなので、なにごとにつけ、向こう見ずに飛びこむことはできない――そうでしょう？けれど、ルイスを拒まなかった。そうするべきだとわかっていたのに、きっぱりはねつけなかった。それどころか、二度としないと誓ったにもかかわらず、接吻を許し、愛撫させた。彼の求婚が頭から離れなかった。

正式に結婚を申し込まれたわけではない。ただ、真剣だ、と言われただけだ。そのとき、カイル・ベラミーが近づいてくるのに気づき、あわててホノラの元に駆け寄った。母は〝自分の〟年がすべて順調に運んで、得意げに顔を紅潮させていた。

「お母さま、ひと足先に帰ります」小声で告げた。

とたんにホノラは目をしばたたいて眉をひそめ、ダンスからひとり娘に関心を移した。母の心配が一身にそそがれているのを感じた。

「具合でも悪いの？」

「頭が痛くて。こんなにうるさいと、ますますひどくなりそうだから」ありふれた言い訳だが、母に嘘をつくのに慣れていないので、それくらいしか思いつかなかった。

「いまお父さまを呼んでくるから、家まで送ってもらいなさい」ウィルソンを探しにいく直前、ホノラは同情するような顔つきで娘を見て、オリビアの溜息《ためいき》を誘った。母もまた、みんなと同じことを考えている。明日には、ふたりが喧嘩したとかなんとか、彼がダンスパーティに参加せず、彼女が頭痛で早々に帰った理由を説明する噂が、町じゅうに広まっているだろう。

ルーカスの気持ちを誤解していたと、両親に伝えねばならない。彼はただのよい友人でしかなかった。ふたりともがっかりするだろうが、彼を求婚者だと思わせておくわけにはいかない。けれど、今晩はよそう。頭は他のことでいっぱいだった。

ウィルソンは父親として責任をもって娘を家まで送り、オリビアは二階のベッドに直行した。暗闇のなかに横たわり、今日のできごとを思い返した。ルイスの口がやわらかい乳房に吸いつくさまを思い出して顔を赤らめ、突然うずきだした股間を手で押さえた。あんなことをさせてはいけなかった――。

でも、させてしまった。

明日の遠乗りには出かけられない。なにがあっても、北の道に近づいてはならない。そう言い聞かせながら、自分がその忠告に耳を傾けないだろうことに気づいていた。

10

翌日の午後、ルーカスは町に出た。前日のピクニックとダンスパーティのせいで、まだひっそりと静まり返っていた。教会からは人が引け、みなうちに戻って前日の疲れを休めている。日曜日で、酒を飲みに立ち寄るもっともな理由のある男はほとんどおらず、酒場には仕事が休みのカウボーイがちらほらいるだけだった。

ふたりの女は坐って接客していたので、客の酒も進んでいた。ルーカスが入ってゆくと、顔を上げたティリーがゆったり微笑んでよこした。わずかに首を動かして合図すると、彼女は眉を上げ、テーブルのカウボーイにひと言ふた言つぶやいて、席を立った。

彼女が滑るように近づいてくると、ルーカスは小声で言った。「階上《うえ》に行こう」

ティリーはおかしそうな顔をした。「まだ女のことで揉めてんの？」

「階上だ」繰り返した。人に聞かれるところでは、それ以上話したくない。

彼女のあとについて、狭い階段をのぼった。背中にひしひしと視線を感じ、口元をゆがめた。おれの目的を知ったらなんと言うか！

ティリーの部屋は狭く、ダブルベッドでほぼいっぱいだが、洗面台と鏡台が片隅に押しこまれている。意外なほどこざっぱりとして、甘い香りがした。

彼女はベッドに腰かけ、形のいい脚を組んだ。「特別なのをお望み？」いつものゆったりとしたやさしい声で尋ねた。彼女の〝特別〟は男を悩殺するほどの威力があるんだろうな、という思いが頭をかすめた。

「頼みがある」

ティリーは笑い声をあげた。「今日はついてないみたい。わかった、またこんどね。で、頼みってなによ？」

「女が孕《はら》まないために使う小さなスポンジを持ってるか？」

ティリーは大きな茶色の目をきらめかせ、そんな彼女に頼む気安さに、ルーカスもにやりとした。ティリーなら問いただしたり言いふらしたりしないし、面白がりはしても、悪意はない。

ティリーは立ちあがってドレッサーに向かった。「じゃあ、揉めごとは解決したのね。どっちにしろ、あんたはいつまでも揉めてるタイプじゃないけど」小さく鼻歌を口ずさみながら扉を開け、手塗りの陶磁器の箱を取り出した。「で、いくついるの？」

こんどは彼が笑う番だった。「どうかな。いくついると思う？　ひとつじゃ足りないのか？」

彼女はよく響くきれいな声で笑った。「さあ、三つ持ってって。念のために、ね」

鼻を鳴らして小さな丸いスポンジを三つ受け取ったが、険しい口元にはまだ笑みが残っていた。

「お酢にひたせばいいんだけど」ティリーは説明した。「使い方はあんたが知ってるわよね？　あんたの幸運な彼女は知らないだろうから」

ルーカスはおかしそうに頭を振った。ディーにこれを使わせるには、またひと悶着ありそうだ。だが考えてみると、ディーには驚かされてばかりいる。みょうなところで怒りだし、ここはと思うときに無視する。だから、黙って使うかもしれなかった。

ティリーの茶色の瞳にふとまじめな表情が浮かんだ。「あの人を守るんだよ、ルーカス・コクラン」厳しい口調だった。「あんたとのことがばれたら、ただじゃすまない。彼女はこのあたりの男たちから、いやがらせを受けてるんだからね」

ルーカスがさっと頭を上げて警戒に目を細めると、ティリーはなだめるように手を上げた。「あたしはしゃべらないって」

「なぜわかった？」危険な猫撫で声だった。「だれかがおれたちを見たのか？」

「そうかっかしないで、知ってるのはあたしだけなんだから。たまたま、だれが昨日のピクニックに行かなかったかを知って、あなたが早く帰ったって話を小耳にはさんだだけ。

彼女は昨日の午前中、町に来てた。雑貨屋に用事があったらしいんだけど、店は閉まってた。で、外に坐ってたあたしと会ったってわけ。手を振ってくれたよ。前に会ったことがあるけれど、けっして人を見くださない、まっすぐな女性で、男ふたりを合わせたよりも根性がある」

「たしかに根性はあるな」

「あんたと銀行家の娘のあいだに、いろいろ噂があったようだけど」ルーカスをつま先から頭のてっぺんまで見て、かぶりを振った。「あたしには想像つかなかった。あんたには、もっと気の強い人がお似合いよ。まばたきひとつしないで、あんたと立ち向かえるような女がね」

ルーカスは微笑んだ。「ティリー、きみの人を見る目は鋭すぎる」

「いままでずいぶん見てきたからね」

彼はスポンジをポケットに入れた。「いくらだ?」

「とっといて。こんどニューオーリンズから取り寄せるときには、連絡したげる。あんたの分も追加できるようにね」

ルーカスはかがみ込んで、絶品の唇にキスをした。あんまり彼女がきれいなので、ゆっくりと時間をかけた。顔を上げると、ティリーは目をぱちくりさせた。「あら、やだ。こんなふうにキスされたのは、チャールズ・デュプレ以来だわ——気にしないで。ほんとにスポンジだけでいいんだね?」

彼はティリーのあごをつかみ、もう一度キスした。「ああ、力を蓄えておかないと」

ティリーの朗らかな大笑いが響いた。「それもそうね。でも、あたしの評判は台なしよ。二階に上がって、馬鹿みたいに大笑いしたと思ったら、五分もしないうちにあんたが下りてくんだから」

にやりとしながらルーカスはドアを開けた。「いや、五分ともたなかったら、台なしになるのはおれの評判さ」

彼女は目をぱちぱちさせながら、彼の脇をすり抜けた。「あたしの手にかかれば、実際もたないけどね」

ルーカスは上機嫌で〈ダブルC〉に戻った。ポケットにスポンジが入っているので、本当はすぐにでも東に向きを変え、ディーに会いに行きたかった。だが彼女は痛みがひどくてセックスできないだろうし、自分を抑えられる自信はまったくなかった。

遠くに雷鳴を聞いて、家に帰る腹が決まった。見あげると、澄みきった青い空しかない。嵐雲はまだ地平線のかなたなのだろう。山に積もった雪は例年に比べると少ないから、たっぷりお湿りが欲しいところだが、牧場に着くまでは、嵐にも待っていてもらいたかった。

ルイスは同じ雷鳴で空をあおぎ見た。オリビアは目の前の地面を注視しながら、慎重に地面のでこぼこを避けて雌馬を歩かせていた。「雨が降って、砂埃が収まるといいんだけれど」

ルイスはより生活に根ざした理由で雨を待ち望んでいた。最後に雨が降ったのは春先のこと。それから、もうずいぶんになる。まだ五月になったばかりだというのに、貯水池の水は少しずつ減っていた。だが雨を待ち焦がれながらも、あと二、三時間は持ちこたえてもらいたかった。雨が降れば、オリビアと過ごす時間が短くなってしまうからだ。

彼が馬を横につけたとたん、オリビアが緊張するのがわかったので、今日のところはおしゃべりと、ともにいられる静かな喜び以上のものを要求しないと決めていた。その甲斐あって、彼女もだんだんにくつろぎ、顔のこわばりもきれいに取れた。彼女を抱きしめたいのはやまやまだが、気を許してもらいたいという思いも一方にある。自分のことをよく知ってもらうときが来ていた。それに、ルイスのほうにも、訊きたいことがあった。

「ルーカス・コクランと約束があるのか?」彼女の顔を見つめながら、穏やかに尋ねた。

「いいえ。どちらも結婚を口にしたことはないの。みんなは求婚されると思っているみたいだけれど」

「求婚されたくないのか?　彼には力がある。さらに手を広げるつもりだと聞いてるが」

「ルーカスは好きよ。でもただの友だちなの」そう言うと、胸がすっとした。昨日のようすから言って、彼がディーに惚れこんでいるのはまちがいなかった。「でも、求婚されていたら、どう答えてたかわからないわ」

「彼が金持ちだからか?」

「いいえ。わたしは贅沢に育ったけれど、それを当然だと思ったことはない。でも、もう二十五だし、そろそろ結婚しないと、一生できそうにないから。そうしたら自分の家族も持てないもの」

「おれは三十二だ。おれも家族が欲しいと思うようになってきた」

オリビアはルイスをちらっと見て、頬を染めた。

「どうしていままで結婚しなかった?」馬が目の前に飛び出した花に驚いて、後ずさりした。やんわりとなだめてやる。「縁談はいくつもあったろうに」

「いいえ、縁談なんて、一度も。どうしてだかわからないけど、男の人を愛したことがないの。わたしを愛してくれる人もいなかったし」

「おれの気持ちは、このあいだ言ったとおりだ。嘘はない」

「わかってるわ」小声で言い、溜息をついた。「どうして放浪してるの?」

「そうするのがいつも自然に思えた」ふたたび空を見あげたが、まだ晴れていた。彼女にわかるように説明できるだろうか。「銃は昔から得意だった。それで雇われたことはないが、六連発銃を早く撃つ男がいると、まわりの人間は不安になるものだ。遅かれ早かれ、おれならもっと早く撃てる、と思うやつが出てきて、それを証明しようとする。だからさ、どんな町でも早撃ち名人が嫌われるのは。銃は銃を呼ぶ。しばらくは、ある町に落ち着いていて、そこに残ることもできたが、愛する女を失って、残る理由がなくなった。

そのうちに、さまようのが日常になった。旅にはそれ自体の魅力がある。山脈の向こうにあるものを見にいくと、次が見たくなる。すると、また次がある。つねに新しい場所と新しい人々、ときには広大な世界のまっただ中に、自分と馬と空だけが取り残されることもある。そうなると何週間も人に会わない日が続く。町にいても、そんな生活が恋しくなることがあるよ」

「でも、いまはミスター・ベラミーに雇われてるわ。ずっといるつもりなの？」

「しばらく休んで、いくらか金を稼ぐためだ。ここに来て二カ月になるが、いまのところは満足している。ここは好きだ。おれの好きな、静かで健全な町だからね」

オリビアは彼が質問に答えていないことに気づいたが、それ以上突っこんで訊く権利はないように思えた。どうしたら落ち着く気になるのかしら？　結婚？　彼はそうは言わなかった。勝手にそう思いこむのは馬鹿げている。彼との結婚を考えるのと同じくらいに。

けれど、彼はいままでだれにも惹かれたことのないわたしを魅了した。そう思いながら、オリビアは色の黒い痩せた顔に目をやり、端正な顔立ちに見とれた。危険な雰囲気があるのに、脅かされる感覚はなかった。それどころか、温かい黒い瞳で見つめられると、心から崇められ、そして……安心できる。オリビアを傷つけるものを永遠に押しとどめてくれそうだった。

また雷鳴が轟《とどろ》いた。さっきよりも近い。彼は残念そうに言った。「戻ったほうがいい」

良識は彼に賛成したが、空に拳を振りあげたくなった。どうしてあと一、二時間待てないの？　嵐が迂回《うかい》する可能性もあるが、当てにはできない。

ルイスは彼女の顔に浮かんだ落胆の表情に微笑むと、馬を寄せ、身を乗り出して名残惜しそうにキスをした。唇はためらいなく開いた。あんまり愛らしかったので、離れるのに苦労した。馬が彼女の馬と触れそうになるのをいやがって横へ踏み出さなければ、離れていなかったかもしれない。

一度の口づけで満足しなければ、とルイスは思った。さもないと嵐につかまる。ふたりして馬の向きを変え、来た道を引き返した。

「いつ町に出られるかわからない」しばらくしてルイスは言った。「だが、戻ったときには会おう」

どうやって連絡をくれるの、とオリビアは尋ねようとしたが、その質問の無礼さに気づいて、口をつぐんだ。自分の家を訪ねて面会を求める資格がないと言っているようなものだ。けれども、両親が反対するからといって、ふたりでいるのを隠そうとするのはまちがっているような気がする。

両親に話さなければ。そして知らせるよう……なにを？　ルイスとの結婚を考えていると？　どこで、どうやって暮らすのかもわからないのに？　母は気苦労のあまり寝こむだろう。両親はうるさいことは言わず、娘には甘かった。だから、ルイスに会うのを禁じられる心配はない。彼女は部屋に閉じこめられなければならない浮ついた十七歳ではなく、二十五歳なのだ。けれどふたりは悲しむ。それがいやだった。

両親を動揺させるか、悪さでもしているかのようにこそこそするかのどちらかしかないが、どちらも気が進まなかった。唯一の解決策はルイスに会うのをきっぱりやめることだ。無理だわ、とすぐにその選択肢をしりぞけた。彼はたった一日で、長いあいだ彼女を包んでいた憂鬱な寂しさを吹き飛ばしてくれた。彼のそばにいると、体じゅうに力がみなぎり、気分が浮き立つのがわかった。

これまではレディとしてのたしなみを忘れず、しきたりの世界に甘んじてきた。外に足を踏み出したのははじめてで、それは心躍る経験だった。そのことで責められても耐えなければならない。ルイスが放浪せずにいられないように、オリビアは彼のそばから離れられなかった。

ブリキの屋根を雨が叩く音がして、ディーは顔を上げた。たちまち眠気を誘う激しさで降りだし、まわりの音をすべて呑みこんだ、雨は寒さを運んできたが、火をおこしたくなかったので、ベッドから持ってきたキルトにくるまり、大きな椅子に腰かけた。キルトの暖かさが心地よかった。

本を読んでいたが、もう興味を失っていた。椅子の背にもたれて目を閉じ、雨音がもたらすもの憂げな気分にひたった。

今日、ルーカスは来なかった。一日じゅうじりじりしながら、いまでは欲望とわかる張りつめた目をして、彼の訪れを待っていた。傲慢なルーカスは好きなときにディーを抱けると思っているが、その状況を受け入れる準備はできていない。

彼を愛していた。彼といて動揺する原因をしぶしぶ認めてからというもの、自分の置かれた状況をあらゆる角度から考え、簡単には解決できないという結論に達した。ルーカスを愛することで無防備になり、いつかは傷つくだろう。彼はディーを愛していない。彼が同じように無防備になって、ふたりの関係を対等にするには、彼がディーを愛するしかなかった。ディーはルーカスを愛しつつ、現実を見失っていなかった。ルーカスは厳しい男だ。自分の道を進むためには無情にもなる。彼女の体を欲し、ある程度は気遣ってくれるが、それは愛とはまったく別のものだ。

きっぱり関係を絶つのが自分のためだが、できるかどうかわからなかった。ルーカスが黙って引きさがるはずはなく、抵抗できる自信もなかった。自分でもそら恐ろしくなるほど、心の底から彼を欲していて、どうすることもできなかった。

つき合いが深くなれば、気持ちが冷める可能性もあるが、そうなるとは思えなかった。彼はつねに挑みかかってきて、怒ったり元気づけられたりすることはあっても、退屈させられたことはない。ディーはずっと愛から身を守ってきた。ルーカスに出会うまでは、自分と互角の強さを持つ男がいなかったからだ。彼となら闘い、笑い、愛し合える。そして、そんな彼にますます惹かれていくのだろう。

妊娠を防ぐ方法があると言っていたが、交わるたびに危険にさらされるのはたしかだった。結婚もせずに子を産めば、ディーがどんなにかわいがろうと、町の人々からは白い目を向けられる。いま受けている尊敬はかけがえのないものだ。そのために、人知れず苦労してきた。なかには自分を嫌っている人もいるだろうし、だいたいの人は変わり者だと思っているだろうが、尊敬に値しないと言う者はいないはずだ。

だからこそ、妊娠の可能性を考えないわけにはいかなかった。経験したことのない痛みが体の奥にあった。ディーは心身ともにまぎれもなく女であり、彼の子どものことを考えると、それまでの自己満足が打ち砕かれ、人生にはほかにも必要なものがあるのを認めざるをえなかった。それが自分にとってあまりに大きいので、どうしていままで気づかなかったのだろうか、とぼんやり思った。子どもが欲しい。体のなかで育つのを感じ、胸に抱いて乳をふくませる。子どもは成長し、独立して、やがては孫を連れてくるだろう。ルーカスの子どもが欲しかった。

もし子どもを宿せば、ルーカスは結婚したがる。

そう思ったとたん、その考えから目をそむけた。たとえルーカスとでも、結婚はしたくなかった。結婚すると、女は男の持ち物になる。ルーカスからひどい扱いを受けるとは思わないが、一個の人間としての尊厳、対等に渡り合える人間という評判を失うのは耐えられなかった。必死で手に入れたものだ。そして、この土地は、ただで彼のものになってしまう。

考えれば考えるほど、妊娠したらルーカスが結婚したがるのがはっきりわかった。彼は自分の子どもを望み、その子どもに自分の姓を名乗らせるためなら、なんだってするだろう。必要とあらば、エンジェル・クリークを手に入れるためだけに、結婚を考えるような男だ。ディーにはどちらも耐えがたかった。お腹の子どもや土地とは関係なく、自分自身を愛し、求めてもらいたかった。

雨がやみ、日が沈んでからも、キルトにくるまり、虚空を見つめて今後の道を探っていた。どの道を選んでも苦痛はまぬがれなかった。それでも彼を愛しているので、どんな時間であれ、彼と過ごすためには、苦痛をも受け入れるしかない。

11

前日の雨は、川や貯水池の水位を上げるには足りなかったが、あたりは鮮やかな緑を取り戻した若草におおわれ、空気中の埃はきれいに洗い流された。今日、ルーカスは一日がかりで子牛に焼き印を押していた。そのせいで、疲れて筋肉が痛むが、顔を上げてあたりを見まわすと、深い安らぎに包まれた。見わたすかぎり自分の土地で、ここそが自分の居場所だった。全身でこの土地を愛していた。牧場を守るためなら、かつてのように人を殺すのも、力尽きて死ぬのも平気だった。ここが繁栄するのなら、血だろうと汗だろうと、喜んで大地に吸わせてやろう。

最後の一頭に焼き印を押した。子牛が鳴き声をあげながら母牛のもとへ駆けていくのを見ながら、ルーカスは立ちあがって腰を伸ばし、体を左右にひねって背中の凝りをほぐした。太陽に目をやると、日没まで一時間ほどしかなかった。これでは家に戻って汚れた服を着替え、エンジェル・クリークに通じる細い山道を越えているうちに、暗くなってしまう。遠回りをして、プロスパーへの道から山に入る手もあるが、馬でも二時間以上かかるし、ディーの家に向かうのをだれかに見られる恐れもある。彼女の評判を傷つけたくないので、この方法も却下した。それでも、彼女が欲しかった。時間がたつにつれて焼けつくようなうずきはひどくなり、ふたたび彼女に会って、なめらかな体の奥深くに入り、しなやかで優雅な脚がからみつくのを感じるまで、やみそうになかった。山道を越えられるだろうか？　もう一度太陽をあおぎ見たが、どう考えても無茶だった。もうひと晩、彼女なしで我慢するしかないらしい。

彼女と過ごしたのはわずか半日なのに、サンフランシスコのアヘン窟でパイプにすがる者のように、猛烈に彼女を求めていた。兄のマットを失うという悲痛な経験以来、気持ちのうえではつねにひとりだった。他人は必要ない、ひとりで充分だと言い聞かせてきた。それがいまは、なにかが欠けているような気がしてならない。自分の一部をエンジェル・クリークに置いてきたみたいだ。馬鹿ばかしい。内心、そんな自分をあざ笑った。他人の存在がそんなに大きくなるはずがない。ディーが変わった女で、その変わったところに惹かれているだけだ。欲しい、というひと言に尽きる。茨《いばら》の道をかき分けて、彼女のかぐわしい蜜を手に入れるのがチャレンジだからだ。

おまえはいつから嘘つきになったんだ？　そんな自分にむかむかした。

雷鳴が聞こえて、また空を見あげた。牧場頭のウィリアム・トバイアスには雨の兆しを探しているように見えたのだろう。「こっちには来そうにないですね。山に向かってるようだ」日焼けしたのっぽの男は、下を向いて唾を吐いた。「まったく、ざっとひと雨降ってくれると助かるんですがね。干あがりゃしないでしょうが、夏前にため池の水が増えてくれないとな」

とうとうと流れるエンジェル・クリークの澄んだ水を思い浮かべ、ルーカスは父にたいする苛立ちを新たにした。あの土地はとっくに〈ダブルC〉のものだったはずなのに、父が判断を誤ったために、頑固な女の持ち物になってしまった。他人の話に耳を傾けるくらいなら、命を削って働くのを選ぶ女のものにだ。

だが、あのとき父がエンジェル・クリークを買っていたら、ディーの父親はあの地に住みついておらず、ディーにも出会えなかった。ルーカスは眉をひそめ、エンジェル・クリークを手に入れる喜びと、ディーを抱く興奮を秤《はかり》にかけようとした。しかめ面はゆがんだ笑みになった。エンジェル・クリークはどこへも行かない。いずれは手に入るだろう。ジョージ・スワンが家族を西部に連れてきたときに、あそこにだれも住んでいなかったのを喜ぶべきかもしれない。

ルーカスと牧場頭は、地平線に垂れこめた嵐雲が山へと流れるのを見ていた。春から初夏にかけては夕方によく雷雨があるので、ふたりとも雨の恵みを期待していた。

ディーのところへは行けないと納得して、ルーカスは馬に乗って家に向かった。彼女のことだ。ルーカスはセックスしたいときだけ訪れると決めつけ、次に顔を見せたときには、散弾銃を手にしているだろう。

気がつくと、馬を家に走らせながらにやついていた。彼女を手に入れるためなら、鹿弾を尻に撃ちこまれるくらい屁でもない！

翌朝ディーが外に出たのは、霞のかかった夜明けの空がバラ色に燃えたつ時刻だった。ポーチに上がるなり餌入れに手を伸ばしたが、そのまま手を引っこめてあたりを見まわした。頭上にも、周囲にも、輝くばかりの美しい空が広がっている。

朝の安らぎが体を包んだ。日々の仕事に背を向けて、静かに牧草地へと歩きだした。新しい一日の色や香りに、五感が反応していた。

細長い牧草地は美しい春の草におおわれ、それを包む朝露がダイヤモンドのようにきらめいている。見わたすかぎり、野の花畑だった。青に、ピンクに、紫。ところどころ鮮やかな黄色が混じり、ベニハナツメクサは甘い香りでミツバチたちを誘うように、濃い紅色の頭を揺らしていた。ディーはそのなかを歩いた。色褪《いろあ》せたスカートが膝まで朝露に濡れても、気づかなかった。気づいたとしても気にしなかったろう。奇跡のような日を、心から楽しむことがあったっていい。仕事はいつでもできるが、この夜明けはすぐに消えて二度と戻らない。

頭上の空は桜色をした真珠から乳白色へと変わり、やがて太陽が顔を出して牧草地に陽射しを投げかけると、まばゆいばかりの金色のドームになった。鳥たちはしきりにさえずり、川を流れる銀色の水は無数の鈴のような音を奏でていた。

川辺まで歩き、石に当たって跳ねあげられる澄んだ水の輝きをながめた。体じゅうの血が音をたてて流れ、胸がいっぱいになった。ここが自分のうち、あたしの楽園だ。

「ディー」

大声ではなかったが、自分の名が呼ばれるのを聞いて、振り返った。六メートルほど先にルーカスがいた。細めた目になんとも言えない表情を浮かべ、顔を険しくこわばらせている。たくましい巨体は微動だにせず、まなざしはディーにすえられていた。と、彼の欲望が津波のように襲いかかってきて、体が自然と反応した。たちまち熱く張りつめ、服に触れる肌が急に敏感になる。乳首は痛いほどふくらみ、下腹部はきゅっと引き締まった。

太古の女神のようなディーを見て、ルーカスは息が止まりそうになった。川辺で野の花に囲まれてたたずむ姿、そしてこちらに向けられた魅惑的な顔立ちは、夜明けと同じように、穏やかで幻想的なものだった。こんな彼女を見るのははじめてだった。そこには、鎧《よろい》を取り払って、夜明けに彩られたひとりの女がいた。

肌がはちきれそうなほど全身が膨張し、血流が早くなって、目がくらんだ。性器は激しく脈動し、彼女を奪うしかなくなった。

ふたりのあいだに横たわる牧草地を突っ切ったのは憶えていない。ただ、彼女は動かなかった。気がつくと、その引き締まって豊かな体を抱きしめ、なぜか恥じらっているような唇にむさぼるように唇を重ねていた。彼女を花のなかに横たえ、スカートを腰までたくし上げた。邪魔なズロースに腹が立って乱暴にはぎ取ると、朝日にさらされた太腿が痛々しいほどに青白かった。激しい欲望に突き動かされ、悪態をつきながら苛々とズボンのボタンをはずした。やっと自由になった。片手でやわらかな襞《ひだ》を開き、小さな入口をあらわにして、もう一方の手で自分のものを導いた。ふくれ上がった先端が、壊れそうな入口にあてがわれたさまを見おろし、痛いほど陰嚢《いんのう》が縮んだ。そして彼女のなかに押し入った。濡れてなめらかな襞がうずくペニスをぎゅっと締めつける。その快感とさらなる期待に緊張がほぐれ、うめき声が漏れた。

ディーはたくましい肩に細い腕をまわし、狂ったように打ちつけられる腰と、男の本能と、その欲望とを受け止め、そのすべてを喜びとした。耐えがたいほどに押し広げられ、貫かれているのに、そこに存在する神々しさに酔いしれた。全身を彼に委ねながら、露に濡れた草のなかで頭をゆっくりと左右に動かした。

その瞬間は突然にやってきた。快感が砕け散り、彼に巻きつけた脚に震えが走った。喜悦の声が澄んだ空気を震わせ、彼がうめきながら上体を起こすと、背中が弓なりになった。続いてルーカスがそのときを迎え、頭はのけぞり、痙攣で首の血管は浮きあがった。華奢《きゃしゃ》な腰をつかみ、痙攣が収まって、最後の一滴をしぼり出すまで、しっかりと自分につなぎ止めた。

あとには沈黙が続いた。ディーも無言だった。ルーカスは立ちあがり、ズボンのボタンをかけた。かがんで放り出されたズロースを拾い、彼女をかかえて小屋に向かった。ディーは目を閉じて、肩に頭をあずけていた。まだ、なにも言うことはなさそうだった。

突然に自分を襲った欲望のうねりがルーカスにはショックだった。愛撫をして、彼女の体を目覚めさせようともせずに、いきなり奪った。押しとどめられなかったのだ。その瞬間、ディーと自分と、彼女を抱きたいという激しい欲望以外が消え失せた。相手はディーなのだから、こうして腕のなかでおとなしく抱かれていないで、散弾銃を取りに走っていてもおかしくなかった。

ルーカスは台所の椅子に腰を下ろした。先ほどの行為の埋め合わせをするように、膝にかかえた彼女をそっと撫でた。ディーはゆっくりと広がる喜びに溜息をつき、鼻を彼に向けて、すがすがしく温かな体臭を吸いこんだ。

「痛かったか?」ルーカスはかすれ声で尋ねた。

ディーは少し動いて、腕のなかに収まりなおした。「ううん」いきなり入ってきたものに体はびっくりしたが、痛みはなく、本能の喜びだけがあった。

彼女は怒ってもいないようだった。心ゆくまで愛され、官能的なけだるさを漂わせながら、腕のなかに横たわっているひとりの女だった。こんなふうに、なまめかしく従う姿は、予想もしていなかった。意外だっただけに、狐《きつね》につままれた気分になる。こんな反応なら、何度だってしてもらいたいものだ。

「スポンジを持ってきた」口元を皮肉っぽくゆがめながら、ルーカスは言った。すっかり忘れていたが、なんにしろ自分を抑えることはできなかったろう。

ディーは目を開け、もの憂げな表情で彼を見た。「ポケットに入ってても効きめがあると思ってたわけ?」詰問し、好奇心をのぞかせながら身を起こした。「どんなもの?」

彼はディーを動かし、脚を伸ばしてポケットに手を入れ、小さなスポンジを取り出した。ディーは分厚い掌にのったものを見つめていたが、そのうちひとつを取って指で押してから、彼に返した。「ただのスポンジね」明らかにがっかりしていた。もっと変なもの、見るからに邪悪なものを期待していたのだろう。ルーカスはわずかに口の端を持ちあげた。

「そうさ。たぶん、酢が作用するんだろう」

「でも、もう遅いわ」

「次のときに使えばいい」

ふたたび彼女は、緑の目でもの憂げに彼を見た。「あなたが、雌牛に突進する雄牛のように襲いかかってこなければね」

「次はそう遠いことじゃない。約束する」

「仕事があるんだけど」

「手伝うよ」

一時間もしないうちにふたりはベッドに戻った。全裸になって抱き合い、じょじょに興奮を高めていく。ベッドの脇の皿には、酢につかった小さなスポンジがあった。ふたりが限界に達すると、彼はスポンジを入れてみせた。長い指が奥のほうまで入り、それだけでいきそうになった。くたくたになるまで愛し合い、寝入る前にルーカスがシーツを引っ張りあげ、ほっそりとした体を守るように腕をまわした。体の芯まで満ち足りていた。

目を覚ますと、ルーカスはまたディーを抱きたくなった。彼女が身をよじって逃れようとしたときは驚いた。「したくない」彼女はぶすっと言った。

「おまえみたいに天《あま》の邪鬼《じゃく》な女ははじめてだ」彼はつぶやいた。「なぜいやなんだ?」

ディーは口をとがらせ、肩をすくめた。「押さえつけられるのはまっぴら」

彼は髪に手を走らせた。驚くことじゃないだろう? 彼女にそんな経験がないなんて不思議なようだが、そちらの方面ではうぶなのだ。

「だったら、おまえが上になればいい」

緑色の目が好奇心できらめき、愛の行為を、そしてルーカスを思うままにする、という考えに、そそられているのがわかった。ルーカスは笑い声をあげたくなったが、それでつむじを曲げられたらまずい。彼個人としては、あお向けになって女を上に乗せるのは好きだった。目の前でディーの豊かな乳房が揺れ動くさまを思い浮かべ、体が熱くなった。

「どうすればいいの？」

たしかな手つきで彼女を抱き寄せた。「教えてやるよ」想像しただけであそこが硬くなり、期待に脈打った。

ディーもこの体位が気に入った。彼にまたがり、腰を沈めて竿《さお》を呑みこんだとき、ルーカスは両手でベッドの頭板をつかんでこらえていた。あえぎながら、彼女からもたらされる快感に目を閉じた。こんどはディーのほうが攻めにまわり、やわらかい唇を彼の口や胸に這わせ、動くたびに乳房が腹や股間をかすめた。他のことも教えてやろう、とルーカスは思った。けれどいまは精いっぱいだ。ディーがこの体位を気に入るのは当然だった。彼を意のままに扱うことに魅了されていると言ってもいい。ほとんど拷問《ごうもん》、じつに甘美な、焼けつくような快感を呼び起こす拷問だった。

ディーはゆっくりとリズミカルに動いた。目を閉じてみずからの欲望をかきたてた。これこそ快感だわ、と彼女は思った。たとえなにが起きても、この瞬間を悔やむことはないだろう。大切なのは肉の喜びではなく、その喜びによって築かれるふたりの絆だった。全身がばらけるような感覚に襲われて叫んだ。ひと足先に彼が果てていたのには気づかなかった。そして、ぐったりと彼の胸に倒れこんだ。

夕方、彼が帰るころには悟った。少なくとも、あたしにとっては、けっして切れることのない絆のようだ、と。

12

六月になると、暑さと日照りが続いた。ほとんど毎夕、山から雷鳴が轟き、いまにもひと雨降らせそうな暗雲が空をおおったので、苛立《いらだ》ちはよけいにつのった。しかし雲はきまって通り過ぎ、雨粒を落とすことがあっても山並みの向こう側で、プロスパーには恵みをもたらさなかった。

来る日も来る日も、夜明けとともに暑く晴れわたった一日が始まり、〈ダブルC〉にはまだ充分な水があるものの、ルーカスも気を揉みだしていた。どれだけ乾期が続くかわからず、干あがるのは貯水池だけではなかった。草も干からびて枯れはじめ、放牧地を移そうにも新しい草は生えてこなかった。日ごとに牛を遠い牧草地へやり、川や貯水池まで戻しては水を飲ませた。牛たちは日増しに痩せてくるのに、移動する距離は長くなる一方だ。気に入らない状況だったが、どうすることもできず、そう認めたところで、苛立ちは収まらなかった。

ディーと会わずに二週間が過ぎたある日、ルーカスは仕事を放り出してエンジェル・クリークに向かった。これ以上、一分一秒も会わずにいられなかった。落ち着きを失い、苛立っていたのは、性欲のせいだけではなく、彼女のことが頭から離れなかったからだ。こんなふうに彼を虜《とりこ》にした女ははじめてだった。仕事の最中もちらつき、眠りまで妨げた。彼女への欲望は冷めるどころか、つのる一方だった。牧場の者にさえ隠しておかねばならないせいで、ますます欲求不満になった。彼らは主人の行き先を不審に思っていたとしても、けっして尋ねなかった。たぶん、ひとり残らず、逢瀬の相手はオリビアだと思っているのだろう。そして、当然のことながら、ふつうの女の場合とちがって、レディにたいしては不謹慎な冗談を慎んでいた。ディーがオリビアより尊敬に値しないと考える者がいると思うだけでルーカスはむしゃくしゃしたが、なにかを言えばディーに疑いの目が向くので、黙っているほかなかった。

行ってみると、ディーは正面のポーチで静かに揺り椅子を揺らしていた。立ちあがって、出迎えるようすさえなかった。怒っているんだろう、と思うと溜息が出たが、そうではないらしい。怒っていたら、彼女はそれをぶつけてくる。ただ日陰でくつろいでいるだけのようだ。

外よりも涼しい納屋に馬を入れた。小屋に戻りながら、すべてが青々としているのに気づいた。草が茶色に変色し、木の葉がぐったりとしている外の世界に比べると、エンジェル・クリークは緑あふれる楽園だった。立ち止まって、あたりを見まわした。菜園では野菜が元気に育ち、谷間には見わたすかぎり青く生き生きとした牧草地が広がって、川を流れる静かな水音が聞こえる。冷たく澄んだ山水が、この小さな谷に命を与えていた。谷は彼の牛をすべて放牧できるほど広くはないものの、ここがあれば日照りの時期も心配しないですむ。破産をまぬがれるだけの牛は生き残れるだろう。実際、ここで一部を飼えれば、〈ダブルC〉に残った牛のためにもなる。必要なだけの草や水を確保できるからだ。

ルーカスがポーチに上がって隣に腰かけても、ディーはまだ揺り椅子に坐っていた。目は閉じているが、足は一定のリズムでゆっくりと椅子を揺らしていた。

「エンジェル・クリークに五千ドル払おう」ルーカスは言った。

目が開いて、謎めいた緑色の瞳がしばらく彼を見つめていたが、ふたたび黒く濃い睫毛が下がった。「売るつもりはないわ」

「なぜだ」苛立たしげに尋ねた。「実際の倍の値段だぞ」

「そんなはずないわ。あなたが五千ドルと言ったら、五千ドルの価値があるのよ」

「七千」

「売るつもりはない」

「冷静に考えてみたのか？」

「あたしは冷静よ」彼女は引きさがらなかった。「ここはあたしのうちなの。売りたくない」

「一万」

「やめて」

「歳をとって働けなくなったら、どうするつもりだ？　きつい仕事だ。いつまでも続けられない。いまは若くて力もあるが、十年後はどうなる？」

「十年後に答えるわ」言い返した。

「なんでもいいから、やりたい仕事を挙げてみろ。おれが世話してやる。こんなうまい話はもう二度とないぞ」

ディーは椅子を動かすのをやめて、目を開けた。彼女をじっと見ていたルーカスは、脈拍が速くなった。落ち着きはらっていたディーをついに怒らせたのがわかった。眠っていた雌トラをつついて起こすようなものだが、エンジェル・クリークの売却を話し合うことさえ拒まれるのには、もううんざりだった。勝ち目はないにしても、これで耳ぐらいは貸すだろう。

「くだらなさでは、カイル・ベラミーの申し出と似たり寄ったりね」と、ディーはせせら笑った。

ルーカスは怒りが頭をもたげるのを感じた。ベラミーの申し出なら想像がつく。はじめてディーに会ったとき、ベラミーもこの土地を買うことに関心があると知って気に入らなかったが、あの男がディーを手に入れようとしていたかと思うと、ますます不愉快になった。

「あいつが言いそうなことくらい、おれにだって想像がつく」ルーカスはいやみを込めて言った。

「そうかしら」ディーが甘い微笑みを浮かべたので、たちまち警戒した。「結婚を申し込まれたのよ」

こんどは怒りが津波のように襲いかかり、あまりの激しさに全身がふくれ上がって爆発しそうだった。瞳孔が小さな黒い点になった。「そうはさせない」単調で抑揚がなかったので、ディーの耳にはただの音のように響いた。

「それはあなたじゃなくて、あたしが決めることよ。もちろん断わったけど」

「いつ来た?」まだ目つきが険しい。ディーは肩をすくめた。「あなたが町に戻る前」

最近でないとわかって、いくらか怒りが鎮まったが、ベラミーにはエンジェル・クリークに寄りつかせたくないものだ。

「やつには二度とここに来てもらいたくない」念のために、きっぱりと言った。

「彼は招かれざる客よ」彼女は思案ありげにつけ加えた。「あなたもね。当然でしょう?土地を欲しがっていたはずの哀れな男が、抱くためにあたしを欲しがる。あなたにもベラミーにも広い土地がある。なのに、もっと欲しがる。あたしから見れば、結婚を申し込んだくらいだから、ベラミーのほうがより欲しがってたんでしょうね」

ルーカスは全神経をとぎすませた。「それが条件か?」慎重に言葉を選びながら尋ねた。まるで流砂の上を歩いているようだ。一歩踏み誤れば大変なことになる。気がつくと、息を凝らして彼女の答えを待っていた。

ディーは彼を見ず、土地を見わたした。「結婚なんて、土地を売るより始末が悪いわ。土地も自由も失ってしまう。どちらかと言ったら、売ったほうがまだましね。あたしの自由だけは確保できるから」

失望が容赦なく胸を突いた。その痛みで、はじめて彼女にイエスと言ってもらいたかったのに気づいた。彼からの求婚をまんざらでもないと思ってほしかった。ショックで椅子から動けなかった。はじめて彼女を抱いたときから、オリビアとの結婚が消えてなくなったのがわかった。熱烈にディーを求めているのに、オリビアと結婚できるわけがない。ディーが妻のある男の愛人になるとは思えないし、オリビアへの裏切りでもある。そしていま、ディーははじめて結婚にたいする考えを明らかにした。いままで彼女との結婚を真剣に考えたことはなかった。将来設計にそぐわない女だからだ。子種を宿せば結婚する覚悟ではいたが、ふたりで話し合ったことはなく、そうなったとき彼女が自分と結婚するというのは彼の側の勝手な思惑だった。それが、やっと口に出したと思ったら、断わられて眉間に一発撃ちこまれた気分になっている。ディーを娶《めと》りたかった。自分の計画にふさわしいからではない。どちらかというと、彼女のような女を妻にすれば厄介が増える。けれど彼女とならば声をあげて笑い、やり合い、怒鳴り散らしても相手の気持ちを斟《しん》酌《しゃく》する必要がなかった。ディーはやられたら、やり返す女だ。ベッドでは欲望のままに乱れ、恥じらうことなく身を投げ出して、同じように彼の体を隅々まで愛した。だが、そのうち彼女を鋳型にはめる方法が見つかるだろう。

ディーさえよければ、すぐにでも結婚するつもりでいたが、彼女は結婚そのものを望んでいなかった。結婚すれば檻《おり》に閉じこめられたと感じ、それに耐えられる女ではない。「それなら金を受け取れ」彼女から目をそらしたまま言った。目から心を読みとられるのが怖かった。「充分な額だから、暮らすには困らないだろう。それなら自由なままでいられるし、この土地であくせく働く必要もない。それに、欲しければもっと土地を買うこともできる」

「でもそれはエンジェル・クリークじゃない」ディーは静かに言った。「あたしはここを愛しているの。はじめて見た日から夢中だった」それに、この土地は生きる理由を与えてくれた。心を癒してもらうかわりに、自分が手入れして守らなければ。たまに、自分がこの小さな谷から引っこ抜かれたら枯れてしまう植物のように思えて、不安になることがあった。

彼女がこの土地と同じくらい男を愛することはないのだろう、とルーカスは怒りに駆ら

ベラミーがライバルならよかった。ベラ
ミーなら闘えるが、土地では相手にならない。夜明けに訪れたときの彼女を思い出した。
牧草地にたたずみ、夢見るような表情を浮かべていた。その顔が自分にではなく、土地と、
まばゆいばかりに降りそそぐ太陽と、透きとおった水の流れに向けられていたのに気づき、
激しい嫉妬に胸を貫かれた。

悪いことに、彼も同じように〈ダブルC〉を愛していた。自分とそっくりだからと、彼
女を非難するわけにはいかなかった。彼女といてくつろげるのはそのため、対等の力で向
かってくるからだ。それにしても、まさか別の国に行けと頼んでいるわけでもないのに。

ルーカスは立ちあがって手を差し出した。「なかに行こう」ぶっきらぼうに言った。彼
女がたまらなく欲しかった。

しかしディーは手を取らず、またもや猫のような目で彼を見た。「そのために来たんな
ら、がっかりさせて悪いけど、いま月のものの最中なの」

たしかにがっかりだったが、帰る気にはなれなかった。行為はできなくても、他の意味
で彼女が必要だった。ルーカスは手を引っこめなかった。「それなら、膝に乗っておれを
狂わせてくれ」

ディーは好奇心に顔を輝かせて、手を彼にあずけた。彼を狂わせるのなら、いつだって
大歓迎だ。

ところが、実際は触れ合うよりも、話をする時間のほうが長かった。彼が本気で膝に坐らせたがったので、そのとおりにして、ふたりで暖炉の前の大きな椅子に収まった。ルーカスは牛の交配や、牧場の規模拡張の計画、大きな目的をかなえるためにデンバーの政治家を利用するつもりでいることなどを語った。コロラドの住民は、七月一日の投票で州法を批准するだろう。その後、州法は連邦政府に提出され、投票によってコロラド州の合衆国への加入が認められる。州への昇格がなにを意味するか知ると、ディーは体を起こして眉をひそめた。

「おおぜいの人が移住してくるのがいいこと？　あたしはいまのままが好きだけど」

「それが進化というものだ。人口が増えれば仕事も増え、鉄道も増える。鉄道は鍵だ。鉄道ができないことには、コロラドも文明化されない」

「なにが変わるの？」

「金だ」あっさり言った。「金がなくてはなにもできない」

「でも、あたしは変わってほしくない」ふたたび彼の肩に顔をうずめて、悲しそうにつぶやいた。「変化は嫌い」

「なにごとも変わる」ディーの長い髪に指を通し、こめかみに唇を押しつけた。首もとに顔を向けたディーを、ふたりにとって避けられない変化から守るように、しっかりと抱きしめた。

日曜の午後に遠乗りに出るのが、オリビアの習慣になった。ルイスに会わずに帰る日もあったが、がっかりした顔は穏やかな物腰の裏に注意深く隠した。だが、たいていはどこかの地点で彼と合流した。牧場の仕事が忙しいので、それ以外にはまず会えなかった。秘密にされた日曜の午後が来るまでの日々は、カタツムリのようにのろのろと進むのに、彼との数時間はまたたく間に過ぎてしまう。彼との逢瀬に夢中で、ディーの家からも足が遠のき、話すことが山のようにたまっているせいで、なんだか後ろめたかった。

ルイスのこと以外はなにも考えられなかった。彼が横に並ぶと、たちまち心臓が早鐘を打ち、その熱で息が苦しくなるような気がした。遠乗りにぴったりした乗馬用の上着はもう着ていないが、マナーをないがしろにはできないので、ブラウスのボタンは喉元まできちゃんとかけ、袖口は手首で留めていた。例年になく暑く、不快な天気が続いているうえに、体がルイスに反応するせいで、よけいにつらかった。

たまにルイスのシャツの開いた襟元を見ては、好きな格好ができる男性が羨ましくなり、次の瞬間には、襟元からのぞくなめらかな茶色い肌に魅せられて、ますます熱くなった。ルイスは彼女の視線が胸元に留まり、やがて頬を染めるさまを見のがしていなかった。本人は気づいていないが、オリビアはふたりのあいだにある肉体的な欲望に慣れてきている。そして、どの日曜日もキスだけで過ぎていくので、しだいに貪欲になりつつあった。

無垢ではあっても、ひとりの女として、女の欲求を秘めている。欲望と好奇心が強まって、向こうから触れ合いを求めてくる日も近いだろう。欲求不満で頭がおかしくなりそうなルイスには、その日が待ち遠しかった。これほど長く女を待ったことはないが、オリビアのような女もいなかった。

六月に入ると、暑さはいっそう厳しくなり、乗り手にも馬にも午後の遠出は苦痛なものになった。六月末のある日曜の午後、ルイスは大木の元に格好の木陰を見つけて馬を止めた。猫のように優雅な身のこなしで馬を降りる彼を見て、オリビアはうっとりした。

「馬を休ませよう」彼は手を差し伸べた。「もう少し涼しくなってからまた出発だ」

オリビアは木陰で休めてホッとした。彼女がハンカチを顔に当てて木の根本に腰を下ろしているあいだに、ルイスは馬に水をやり、草を食べられるように長い綱でつないだ。それがすむと、彼女の隣に坐って帽子を地面に置き、袖で顔をぬぐった。

「水を飲むかい?」ルイスが尋ねた。

オリビアは笑った。自分に水をくれる前に馬にやったのがおかしかった。「まだ残っているの?」

「水筒にたっぷり入れてきた」草を一本引き抜き、彼女の鼻をくすぐる。「動物の世話が先だよ。彼らのおかげできみは生きていられるんだからね」

「町から一時間も来ていないから、水がなくならないうちに帰れるわね」彼女は真顔で言い、ふたたび笑った。

ルイスは頭上の青い空と照りつける太陽を見あげた。「早く降ってもらわないと、水不足が深刻になる。〈バーB〉の川は干あがる寸前だ。他の牧場も同じ状況だろう」

「そんなにひどいなんて、知らなかったわ」考えもしなかった自分が恥ずかしかった。

「井戸も涸《か》れているの？」

「いまのところはだいじょうぶだ。だが時間の問題だろう」

大小問わず、あらゆる牧場は父の銀行に金を預けている。彼らが破産すれば、商人たちも金を失う。銀行は永遠に続くものだと思っていたが、その瞬間、利用する人々の支払い能力しだいだということに気づいた。どこにも保証はない。プロスパーは新興の町にありがちな不安定さをしりぞけ、東部のどの街と比べても劣らないほどしっかり根づいているように見える。だが牧場が旱魃《かんばつ》にやられても、生き残れるだろうか？　生活の手だてを失えば、人々はここにいられなくなる。店はたたまれ、住民は出ていき、プロスパーは滅びるだろう。

人間の築いたものはひどく脆《もろ》く、天候や病気、あるいはただの運の悪さにも翻弄されて、生き残れるかどうかは偶然でしかない。

オリビアは恐れと不安の入り混じった目で太陽を見あげた。ルイスは日増しにひどくなる旱魃について触れたことを悔やんだ。考えて解決できることではない。彼は運命論者だった。変えられないものは受け入れるしかなく、生き残るか死ぬかのどちらかしかないことは、早い時期に学んだ。プロスパーが旱魃で滅びれば、寝袋を丸めて馬に乗り、オリビアを連れて出ていくまでだ。変化に思い悩んでいられるほど人生は長くない。彼女が一緒なら、たき火に当たっていても、屋根のついた家にいるのと同じように幸せでいられる。

しかし、彼女はもう旱魃で被害を受ける人々を心配しはじめている。その頭を肩に抱き寄せて、心配から守ってやりたかった。だが実際は、地面に寝そべって彼女の膝に頭をのせ、やわらかい太腿で安らいでいた。

彼の頭の重みが、オリビアの下半身をうずかせた。彼に触れているのを意識せずにいられなかった。全身を駆けめぐる快感に押しつぶされそうで、息を殺した。胸の高鳴りとともに、なぜか彼を守りたいという気持ちが湧きあがってくる。黒髪におずおずと手を伸ばして、額から払いのけると、彼はホッとしたように溜息をついた。ひとたび彼に触れると、やめる理由がないように思えて、指先で顔の輪郭をなぞりはじめた。

ルイスは目を閉じていた。「いい香りだ」とつぶやいて、彼女に顔を向けた。頭を膝にのせているうちに、温かい女の香りに誘われて股間が硬くなった。

オリビアは、今朝つけた香水を思い浮かべて微笑んだ。気に入ってもらえたのが嬉しかった。胸の谷間にもわずかにつけて、淫《みだ》らな気分を味わった。かがみ込んで、顔に胸を近づけたら、彼はどうするかしら？　どこからともなく漂う香りを求めて、鼻を押しつけて

ずよ！

くるかも。

けれど、そんな勇気はなかった。どうしてレディはつねに上品で慎み深く、男性のリードに従わねばならないのだろう？　でも、本物のレディなら、そんなこと考えもしないはずよ！

見おろすと、彼がこちらを見て微笑んでいる。自分が溜息を漏らしたのに気づいた。

「暑いわね」あわてて言い訳した。

「ああ。襟元のボタンをはずして、袖口をまくったら？」

そんなことをしたら、家に戻るころには、きれいに糊《のり》づけされたブラウスがしわくちゃになってしまうが、息が詰まりそうだし、腕だけでも出せば楽になる。彼の提案の最初の部分は無視して、手際よく袖口をゆるめると、何度か折り返して腕をあらわにした。

「それでいい」と、ルイスは喉元のボタンに手を伸ばした。

オリビアは動かなかった。がっちりした力強い手で小さなボタンをひとつずつゆっくりとはずされるにつれて、目の青さが深まった。襟がゆるめられると、新鮮な空気が忍びこんでほてりを冷ましてくれる。彼の手が鎖骨の下まできた。「もういいわ」彼女はなにげないふうを装って言った。

「そうかな？」彼は手を止めず、ボタンはひとつ、またひとつとはずされていった。さらにひとつ。とうとう手の重みが胸の谷間にかかり、動かすたびに乳房に触れた。彼の目は静かでけだるげな欲望を宿し、ふっくらとした唇が、すばらしいごちそうを待っているように、わずかに開いた。

胸のふくらみが顔をのぞかせ、やがてスリップのレースの縁が見えた。彼の指はゆっくりと腰まで下り、ブラウスの前が大きく開いた。彼女は身じろぎもせず、呼吸することさえ忘れていた。

ルイスは彼女と向き合うように体を横に倒した。ゆっくりとブラウスをウエストバンドから引っ張り出し、前をすっかり開く。美しい乳房をおおっているのは薄い綿のスリップだけで、乳首が立っているのがはっきり見えた。指先でそっとなぞり、敏感な反応を楽しんでから、さらに近づいて軽く頭を持ちあげ、片方の乳首を口にくわえた。

オリビアは唇を噛み、乳首が口にふくまれるのを感じて目を閉じた。口は熱く濡れ、先端にからみついた舌が、湿った綿の上から撫でまわしている。やがて吸いあげられ、そのリズミカルな動きがたちまち下腹部に火をつけた。

ふたりはひと言も発しなかった。オリビアはかたわらで馬が足を踏み鳴らし、大きな歯で草を食べる音を聞いた。そよ風は頭上の木の葉を揺らし、暑さのなかを虫がもの憂げに羽音を響かせている。彼はなんの焦りも見せず、のんびりと胸を吸いつづけた。

ルイスに出会うまでは、男性が乳首を吸いたがるなんて、まったく知らなかった。乳を吸う赤ん坊のようだけれど、男の人が相手だと、そんな母性的な行為が性欲をかきたてる材料になる。乳房を吸っている力強い口は、赤ん坊の愛らしさにはほど遠く、やわらかい肌に当たる髭のざらつく頬も男そのものだった。彼の口の動きに合わせて、脚のあいだの秘められた部分が脈打つ。どうしていいかわからず、彼が吸いやすいように体を倒した。

彼はさらに深く吸ってきた。着ていないのと変わらないくらい、布地が濡れていたが、急にその一枚の膜が邪魔になった。狂ったように肩をよじって、肩紐を腕に落とした。

「動かないで」彼が乳首にささやいた。

「いいえ――待って。さあ」彼女もささやき返し、ゆるんだ肩紐を下ろして、片方の乳房をさらけ出した。乳首をふたたび彼の口元に近づけ、じかに触れた唇のもたらす激しい快感に鼻声を漏らす。彼の頭を両腕でそっと抱き寄せると、温かさと欲望とが胸に迫った。

繊細でいて、激しい刺激に、全身が喜びの悲鳴をあげた。ついに彼が離れて起きあがった。残念そうに低くうめくと、彼はその唇に指を置いて黙らせた。「これも気に入るよ」シャツを脱ぎ、広くたくましい胸をあらわにした。両方の乳首のあいだに、やわらかく黒い胸毛がひし形に渦を巻いていた。

オリビアは手を伸ばし、自分とのちがいに驚嘆しながら、小さな乳首のまわりを指先でなぞった。たちまち硬くなる。驚いて見あげると、ルイスは喜びにうち震えていた。「そんなに変わらないのね」つぶやいて、ふたたびまさぐった。

ルイスは彼女の手に自分の手を重ね、胸を這わせた。「ああ、変わらないよ。きみにさわってほしい。その手をじかに感じたい。おれがきみに触れるときとまったく同じだ」

彼の手が離れても、オリビアはそのまま離さなかった。指の下にあるたくましい体の感触にうっとりしていた。胸郭に沿って指を滑らせ、しばらく手を添えたまま、呼吸するたびに胸がふくらんでは縮むのを楽しんだ。腹部の筋肉は平たくて硬いが、それをおおう肌はなめらかで、生身の傷つきやすさを思わせた。ふたたび胸に戻ると、心臓が一定の間隔で力強く脈打っていた。均整のとれた広い肩はがっしりとして、肌が日光を浴びてサテンのように輝いている。なんてきれいなの。いつしかオリビアは肩の脇のやわらかい肌に唇をつけていた。汗のかすかな塩気を舌で軽く味わうと、ルイスが身震いした。腰に彼の両手が伸びてきて、抱き寄せられた。

信じられないことに、オリビアはブラウスの前をはだけて、片方の乳房がむき出しになっているのを忘れていた。温かく硬い胸が触れて、鋭い叫びを発した。ルイスはゆっくりと左右に動かし、みずからのたくましい体に乳房を擦りつけた。

「ルイス。ルイス！」

「なんだい、愛しい人？」彼はそっと尋ねた。「もっとかい？」

ルイスの腕に爪をくい込ませ、喜びにあえいだ。「ええ、お願い」

その非の打ちどころのない礼儀作法に、彼は笑いを漏らした。ふたりともこんなに興奮して、彼女のなかに入れるのを必死で我慢しているというのに。彼を押しとどめているのは、女にたいする鋭い本能のみだった。誘惑するのはたやすいが、まだ愛情から身を捧げてくれるわけではない。求めているのは彼女の愛であって、心よりも先に体を差し出させる手管のうまさを確認するのが目的ではなかった。気持ちが決まれば、彼女のほうから教えてくれる。そのときまでは、耐えがたい苦痛を引き受ける覚悟でいた。すべては、ともに感じる、真の喜びを彼女にわかってもらうためだ。

彼女のブラウスを脱がせ、地面に落とした。スリップの肩紐を下ろして、腕からはずした。やわらかな綿は腰まで滑り落ち、上半身がすっかりあらわになった。ほんのりと頬を染めて、白い肌も色づいている。ルイスは膝をついて起きあがると、彼女を抱き寄せ、肩から膝までを密着させてから口づけを始めた。なめらかな乳房を硬く広い胸で押しつぶすと、彼女の体が喜びに震えるのがわかる。隆起したものに気づき、はっとして腰を引いたが、やがておずおずと戻した。腰は彼の腰を求め、静かに動いてもっとも心地よい場所を探している。どこよりも、密着させられる場所だ。やわらかなふくらみが硬くなったものを包みこんだとき、ルイスは低くうめいた。両脚をわずかに開いて、彼を迎え入れている。無邪気そのものの誘惑。悩殺されそうだ、と彼は思った。

「服を脱いで一緒に横になりたい」ルイスはつぶやいた。「毎晩だよ、愛しい人。結婚したら、男と女がふたりでできることを残らず教えてあげよう。なにもかも気に入るはずだ」

オリビアは胸に顔をうずめた。問いかけられたわけではないので、答える必要はなかった。けれども彼の口ぶりには迷いがなく、ふたりが結婚すると頭から信じているようだ。わたしは信じていないの？　わからなかった。彼が思い描いているような、国じゅうを放浪する生活は怖く、けれど胸のときめきもあった。まだ彼を愛しているとは断言できないにしろ、週に一度、ともに過ごす午後には心が浮き立ち、それだけを楽しみに一週間を送っているのはたしかだった。そして、愛し合うことのすべてを彼に教えてもらいたかった。

ルイスに会うようになってからは、ベアトリスとエゼキエル・パジェットの絆を不思議だとは思わなくなった。それは、ふたりでベッドにいるときの肉体の甘く熱い絆であり、分かち合う喜びなのだ。そして、自分に与えられるものに気づいたいま、それ以下で満足できる自信はなかった。

「たぶんあなたを愛してるわ」彼の顔を見あげて言った。「でも、まだよくわからないの。あなたと結婚するのが、結婚しないのと同じくらい怖い。わたしたち、家族から離れて、どこか遠くへ行くの？」

「たぶん」正直に答えた。もう少しで望んでいるものが手に入ると知って、胸が高鳴った。彼女の美しい顔は、生まれてからずっと慣れ親しんできた安全な家を捨てるという考えに曇っていた。「ふたりで最高の冒険をしよう。星空の下で愛し合い、列車に揺られてどこまでも行こう。子どもが生まれたら、安心して育てられる家庭をつくる。山道を旅するときは、きみのご両親が孫を預かってくれるだろうか？」

彼女は力なく微笑んだ。彼の語った未来が心を駆けめぐっていたが、両親のことには答えられなかった。愛するひとり娘が放浪者と結婚すると知ったら、卒倒するかもしれない。娘の幸せを心から願っているのだ。ひどく傷つき、がっかりするだろう。娘を愛すればこそ、だれと結婚しようと反対はしないだろうが、両親を苦しめるかと思うと、目に涙が滲んだ。それでも、この数週間のような生活をずっと続けることはできない。それはルイスも同じだった。

涙に濡れた目でルイスを見あげた。苦痛と希望の宿る目だった。「すぐに返事をするわ」小声で告げた。

ディーはポーチに出て、冷たいレモネードのグラスをオリビアに差し出した。彼女は揺り椅子の端にちょこんと腰かけ、椅子を前に傾けていた。ディーは彼女の顔をしげしげと見つめた。こんなに神経質な彼女を見るのははじめてだ。

「どうかしたの？」ディーは尋ねた。

オリビアはレモネードに口をつけ、両手でグラスを揺らした。魅入られたように、自分の指の動きを見つめている。「恋をしてしまったみたい」唐突に切り出し、不安げに深く息を吸いこんだ。「ルイス・フロンテラスに。それで怖くなってるの」

「ルイス・フロンテラス？」ディーはぽかんとして尋ねた。「だれなの？」

「カイル・ベラミーの牧場で働いている、放浪者のメキシコ人よ」

ディーは驚いて低く口笛を吹き、ゆっくりと腰を下ろした。女王さまが平民と恋に落ちたようなものだ。

「結婚したいって言われたわ」オリビアは続けた。

「するの？」

オリビアは苦悶《くもん》に満ちた顔を向けた。「彼に二度と会えないなんて、考えられない。でも両親は悲しむに決まってる。どちらもいやなの。どうしたらいいのかしら」

ディーはどう助言したものかわからなかった。オリビアが家族を大切にしているのは知っているし、かといって、良識に反するとわかっていても、愛する男とは離れられないものだ。

「どんな人？」

「やさしい人よ」オリビアは眉をひそめた。「でも、きっと危険な面もある。わたしにはいつもやさしいけど。たとえ――」口ごもり、頬を赤く染めた。

「興奮していても？」ディーは助け舟を出し、友人がますます赤くなるのを見て口元をほころばせた。

「ルーカスはどうなの？　興奮しててもやさしい？」オリビアは勇気を出して訊き返した。

「しらを切っても無駄よ、わかってるんだから。ピクニックのとき、彼はずっとあなたを探してたわ。昼食がすむとすぐに消えて、戻ってこなかった。じつはね、最初から彼とあなたはお似合いだと思ってたの」満足そうに最後につけ加えた。

「お似合い？」ディーはまさかとばかりに言い返した。「あの男は横暴で傲慢で、そして――」口を閉じた。自分にもオリビアにも嘘はつけない。「あたしは彼を愛してる」こともなげに言いきった。「なんてことだろ」

オリビアは嬉しそうに笑いながら、揺り椅子の背に勢いよくもたれた。グラスの縁からレモネードがこぼれる。「ほらね、だと思った！　結婚を申し込まれたの？」

「結婚がエンジェル・クリークの代償になるかと訊かれた。同列には扱えないわね」皮肉っぽい笑みを浮かべる。「あたしは彼を愛してるけど、彼があたしを愛してるかどうかは疑問だし」

「あら、彼はあなたを愛してるわ。ピクニックのときの彼を見せてあげたい！　あなたを探してるのを隠そうとしてたけど、しゃべるのはあなたのことばっかりだったんだから」

ディーは身がまえた。「あたしのことを他の人に話してた？」

「いいえ、わたしにだけよ。ピクニックから抜け出したあと、ここに来たんでしょう？」

「ええ」

オリビアは咳払いした。礼儀と好奇心がせめぎ合っていたが、結局後者が勝った。「彼は……その、しようと……わかるでしょう?」

「あたしを抱いたかってこと?」ディーは例によってあけすけに尋ねた。

オリビアはまた顔を赤らめて、うなずいた。

「彼は男よ」

ディーはそのひと言で充分答えになると思っているらしい。オリビアは彼女に合わせることにした。「彼にさわられると気持ちいい?」早口で訊いた。「つまり、あそこにさわられると……」自分が尋ねようとしていることに驚いて、口ごもった。ディーが彼にそこまで許していなかったら? 尋ねることで、自分とルイスの行為を認めているようなものだ。

「いちいち赤くならないでよ」ディーはそう指示したが、そういう自分も頬が熱くなってきた。

「じゃあ、もう経験したのね。それで、気持ちよかった?」

ディーにはオリビアがなにを訊いているのかわからなかった。どの程度をさしているのだろう。ただの愛撫か、本物の行為か? なにを訊かれていようと答えは同じだ。肩をすくめてあっさり答えた。「ええ」

オリビアは安堵の溜息を漏らして、目を閉じた。「よかった。わたしがいやらしいのかと思ってた。ルイスはみんなそうだって……」ふたたび口を閉ざし、目を開いた。こんな機会はいままでなかったので、自由に話せる楽しさに浮かれていた。「あそこにさわるとき、ブラウスを脱がせる？」

ディーは少々げんなりしてきた。「ええ」

「スリップの上のほうを下ろした？　あの——む、胸が見えるように？」

「ええ」

オリビアはまっ赤になりながら、先を続けた。「彼はそこにキスした？　赤ちゃんみたいに、ううん、ちょっとちがうけど。だから、たぶん同じような——」

ディーはがばっと立ちあがった。「いいかげんにして！」堪忍袋の緒が切れて、声をあららげた。「知りたいなら教えてあげる。あいつはあたしを素っ裸にして、やるべきことはすべてやったわ！　最初から最後まで全部よかった！」ようやく自制心を取り戻し、深く息をついた。声をやわらげてつけ加えた。「最初から最後までというのは正しくないわね。はじめは痛かったけど、それだけの甲斐はあった。あたしは上に乗るほうが好きだけど」

オリビアは口を動かしたが、言葉が出てこなかった。目を丸くしている。やがて口を閉じた。

ふたりは黙って見つめ合った。最初に口元を震わせたのはディーだった。大きく息を吸いこむと、腰を折って大笑いした。オリビアはこみ上げてきた淑女らしからぬ声を抑えようと口に手を当てたが、その甲斐もなく笑い声がほとばしり出た。笑いに優る言葉はなかった。レモネードが膝にこぼれた。

笑いの発作が収まってくると、ふたりは涙をぬぐい、落ち着こうとした。「なかに入って、スカートを拭かないとまずいわよ」ディーは言ったが、その声はまだひくついていた。

オリビアは立ちあがり、ディーについて小屋に入った。「話をそらさないでね」彼女は念を押し、ふたたび肩を震わせだした。「全部知りたいんだから。こんなチャンスをわたしが逃すと思ったら、大まちがいよ！」

「ルイスに訊けば」ディーはぶっきらぼうに答えたが、それを合図に、ふたりはふたたび笑いの渦に落ちた。

13

カイル・ベラミーは干あがった川床を蹴飛ばし、雲ひとつない空を見あげた。雨が降らなくなって六週間になる。もう六週間降らないかもしれない。ふだんから雨は多くないが、山からの雪解け水が補ってくれていた。ところが、この冬は雪が少なく、雨量も例年におよばない。いったいいつまで続くのだろう。ときには旱魃が何年も続いて、肥沃な土地を荒廃させることもある。ここがそのような目に遭おうとは夢にも思っていなかったが、そもそも、旱魃になるとわかっていて移住してくる馬鹿はいない。

頭がおかしくなりそうだった。かつて、かならず成功して社会的な地位を得ようと誓い、あと少しで手の届くところにきていた。ところがいまいましい天候のせいで、それが文字どおり砂と化しつつある。天候のせいで！　あらゆる破滅の要因のなかで、あらゆる罠のなかで、彼を打ちのめしたのは天候だった。

いまや〈バーB〉で流れている川はひとつのみだ。これが干あがれば牛は死ぬ。牛が死ねば、牧場の経営が行きづまり、家畜を補充するための資金も底をつく。蓄えはすべて家畜を増やすのに当てたばかりだったからだ。なぜ待たなかった？　どうしても牧場を広げたかった。そしていま、なにもかも失おうとしている。カウボーイたちの賃金が払えなくなり、文無しになるだろう……まただ。

その瀬戸際に追いつめられていた。生きるために食べ物を盗まねばならない時代は終わったと思っていた。ニューオーリンズの通りで暮らして、十歳で売春宿に売り飛ばされた少年の記憶はしまい込み、十二のときに、恐怖から逃れるために殺した男のことは考えないようにしてきた。ごまかしや嘘はもう必要ないはずだった。ただ、どこにでもいる立派な人間のように、家に招かれて丁重に扱われることだけを望んでいた。プロスパーでその夢がかなった。ごろつきどもと、ごろつきのように暮らしていた時代を知っているのはティリーだけだ。彼女はけっして口外しない。ティリーと彼は同類で、異なる理由で他人には話せない過去をもっている。しかし彼は尊敬される道を選び、一方ティリーは女としてもっともさげすまれる道を選んだ。

カイルは結婚して子どもを持ち、ごくふつうに礼儀正しく振る舞い、それを嬉びとする暮らしを夢見ていた。それは、かつて手にしたことのない生活だった。夢はひととき実現したが、いまや手からこぼれ落ちようとしている。オリビア・ミリカンとの結婚もうまくいきそうにない。彼女を訪ね、あらゆる手で気を惹こうとしたが、まったくといっていいほど乗ってこない。銀行家の財産があれば、こんなことにはならなかった。

これで、すぐに雨が降らなければ、彼の計画はいま歩いている地面と同じ、つまり砂になってしまう。

旱魃に打ち勝つための方策を考えようと知恵を絞った。長い槽《ふね》をつくり、井戸から汲んだ水を樽《たる》に詰め、槽に水を流すことも考えたが、なにせ牛の数が多い。水のにおいに興奮して、われ先に群がり、槽をひっくり返されるのがおちだ。貯水池に水をためようか？　いや、干あがった地面に吸い取られるだけだ。井戸の水にしたって、二、三樽分しかないかもしれない。地下水面も低くなっているに決まっている。

なぜ牛を増やした？　数が少なければ、草も水ももう少し行きわたった。

一部を売ることもできる。牛たちは痩せ細っている。売れば損をするが、すべてが死んだときの損失に比べればましだ。しかし、列車にのせたところで、生きて終点までたどり着ける保証はなかった。

被害を受けているのはカイルだけではなかった。まだ町の人々には害がおよんでおらず、井戸が涸れないうちはだいじょうぶだろう。しかし牧場経営者は、みな同じ苦境に立たされていた。彼の知るかぎり、唯一水が豊富に流れているのはエンジェル・クリークだけで、あの川が干あがるとは思えなかった。

手に入れられたはずだ。入れるべきだった。スワンの娘は頑として売ろうとせず、話し合いにさえ応じなかった。彼女に売る気がないとわかり、結婚まで申し込んだが、それさえ拒まれた。女にプロポーズしたのはあとにも先にもあのときかぎりなのに、彼女はにべもなく断わった。滑稽なことに、そのときには土地だけが目的ではなくなっていた。ディー・スワンはいい女だ。あの謎めいた緑色の目。それに町でも尊敬されている。好かれてはいないかもしれないが、一目置《いちもく》かれているのはたしかだ。それに、好かれようが好かれまいが、頓着しないだけの強さがあった。

あの女は水に恵まれたあの肥沃な小さい谷に居座り、ただ野菜を育て、残りの土地はすべて休ませている。みごとな牧草地だった。雨がまったく降らないときでも、草木は川のおかげで青々と茂っている。それが無駄になろうとしていた。

結婚を断わられたあと、この川を自分の土地に引けるかもしれないと思い、谷から川沿いにくだってみた。だがなんと、川床は急に東に向きを変え、山の麓で消えていた。地下の岩のあいだを流れ、どこでまた地上に出るのかわからなかった。山から流れ出て、山に戻る。途中、ただ小さな谷だけを通り、豊かな恵みをもたらしている。

〈バーB〉も申し分のない土地だった。エンジェル・クリークにはおよばないものの、牧場には適していた。カイルが住んで四年。ちょくちょく雨が降り、貯水池が乾くこともなかった。夏よりも冬が心配で、ブリザードで牧場がやられないかと気を揉んだものだが、この冬は逆に雪が少なく、雪解け水も充分でない。たった一度の日照りの夏で、一生の夢が崩れ去ろうとしていた。

カイルは馬にまたがり、あたりを見まわして端正な顔をゆがめた。まだ緑におおわれているが、たんなる見せかけだった。草木は乾いて生気を失い、そよ風が吹くとぱりぱりと小さな音をたてた。運命を罵ったところで、なんの役にも立たない。泥まみれの通りで過ごした少年時代に学んだことだ。救われる道はただひとつ、自分の手で切り拓くしかなかった。罵るのは、祈るのと同じで、言葉の無駄遣いだった。

こんな話をできる相手はひとりしかいなかった。カイルにとってなにを意味するのかを理解してくれる唯一の人間だ。他の牧場経営者にさえ、彼のこうむる打撃の大きさはわからない。まだ午後の早い時間だったので、酒場はがら空きだろう。行ってみると、実際そのとおりだった。だが、ティリーの姿が見えない。客をとっているのかもしれない、と思って顔をしかめた。もうひとりの女、バーナは、カウンターにもたれてバーテンダーとしゃべっていた。カイルが入ってくると、体を起こした。

「ティリーは二階か?」バーナのがっかりした表情は見て見ぬふりをした。おそらく、こう訊かれることが多いのだろう。プロスパーでの数少ない客をティリーと取り合うのだから、バーナの苦労も並みたいていではない。だが、たぶんティリーはバーナに客を譲っている。彼女はそういう女だった。

「彼女なら、帽子屋よ」バーナが答えた。

カイルはバーテンダーからウィスキーをもらい、腰を下ろして待った。だが待つのは苦手なので、すぐにじれてきた。ティリーと歩いているのを町の人々に見られたら、どうだって言うんだ？　すでに牧場を失いかけている。苦労して築いてきた信用になんの意味がある？　こうなってみると、ドブネズミとして生まれた自分は、どんなに努力しても、ドブネズミとして死んでいくほかないような気がしてくる。

ティリーを探しに出ると、うやうやしく帽子箱を掲げた彼女がちょうど店から出てきた。人前ではけっして彼を知っているそぶりを見せず、いまも目もくれずに通り過ぎようとしていた。カイルは彼女を呼び止め、帽子箱を奪うと脇にかかえた。「酒場まで送る」

ティリーは驚いて眉をそびやかせた。「こんなところを見られたら、困るのはあんたよ。娘を持つ母親たちから、総すかんをくっちゃうから」

「かまってられるか」彼はつぶやいた。

ティリーは歩道を歩きだした。「せっかく苦労して、ここに居場所をつくったのに？」

そのことは通りで話したくなかった。神経はひりつき、失望は大きすぎた。

この暑さのなか、出歩いている人は少ないが、ティリーと連れ立って歩くカイルを目で追っているのがわかった。日が暮れるころには、カイル・ベラミーが分別のない破廉恥な人間のように、酒場の女とおもてを堂々と歩いていたことが町じゅうに広まっているだろう。知ったことか。気になるのは牧場であり、雨の降らないことだった。言いたいやつには言わせておけばいい。家柄がよいわけでもないのに、紳士を気取るのには、うんざりだった。

容赦ない陽射しのあとだと、酒場の涼しさがありがたかった。ふたりが二階に向かっても、バーテンダーはなんの関心も示さず、バーナは少し羨ましそうに見ていた。

部屋に入ると、ティリーは鏡台の前に腰かけ、美しいベルベット帽の留めピンを抜き、頭にのせていたベールをはずしだした。買い物に出かけるときは、酒場で着ている派手で淫らなドレスは避けていた。いま着ているのは、良家のご婦人が教会へ着ていくような上品な服だが、たぶん、値段のほうはもっと張るのだろう。ティリーの服の趣味は、贅沢なものに偏りがちだ。生地のブロンズ色が肌の色をみごとに引き立てていた。彼は手を伸ばして袖に触れた。高価な服が好きなのは、かつての生活の唯一の名残なのだろう。

「帽子箱を開けて」ティリーは言った。濃い茶色の目には興奮と満足感が入り混じった表情が浮かんでいる。帽子には目がないのだ。

カイルは言われたとおりにふたを取り、毛皮とベルベットでできた小さな帽子を取り出した。派手な黒い羽根飾りで縁取りした、深い赤紫色に黒い毛皮を配した帽子で、短いベールと、対になった深紅のラインストーンの縁飾りがついている。彼の大きな手のなかだと滑稽に見えたが、ティリーが頭にのせて斜めにかぶると、たちまちすばらしい帽子に変身した。

「さすが、ミス・ウェズナーね」彼女はうっとりして、満ち足りた表情で左右を確認した。

「あたしがデザインしたものを、寸分たがえずに仕上げてくれたわ」

「次はそれに合うドレスがいるな」

「当然ね」鏡のなかで彼と目を合わせ、ゆっくりと微笑んだ。だが、彼の表情に異変を察知したらしく、笑顔を消すと、急いで帽子を取って振り向いた。「どうしたのよ?」

「旱魃だ」カイルは単刀直入に言った。「牧場を失うだろう」

彼女は答えなかった。旱魃がなにを意味し、自然がいかに気まぐれで無情であるかはわかっていた。

「水が流れている川はあとひとつだ。それも水位が下がっている。干あがれば、牛は死ぬだろう。努力したが、結局だめだった」

「前にもゼロから始めたんだから、またやりなおせばいいのよ」

「そう簡単に割り切れるかよ。あのまんまカードで食ってりゃよかったとまで思いはじめてるんだから。それなら、悪運に見舞われても、なんとか手を打てた」

ティリーは首を振った。「あのまま続けてたら、殺されてたわ。いかさまは上手だけれど、才能はそこそこだから。その証拠に、あたしはいつも見抜いてたでしょ」

カイルは彼女のあごを持ちあげた。「それはおまえが天才的な腕前の持ち主だからだろう?」

ティリーは黙って肩をすくめた。カイルはその魅力的な顔をしげしげとながめ、肌や表情にこれまでの生活の痕跡を探したが、修道女のように穏やかだった。ニューオーリンズでの少女時代とほとんど変わっていない。「どうして戻らないんだ？」唐突に尋ねた。「戻れるだろうに。だれも気づきゃしないさ」

彼女はわずかに身を引き、うつろな顔つきになった。「戻りたいわけないでしょ」

「おまえのうちは、ルイジアナでも指折りの資産家だ。いまの生活に満足してるほうが謎だよ。大邸宅に住めるのに、なんで酒場の上のひと部屋なんかにいる？」

「子どものときから、耐えられなかった」静かに答えた。「あれをしろ、これはだめって、頭のからっぽの人形みたいに扱われて。でも、いまじゃ自分の足で立って、いいか悪いかを自分で判断してる。それをなんで戻らなきゃならないの？　たとえ家に入れてもらえたとしたって、昔と同じ暮らしがいいとこよ。悪くしたら、これ以上うちの評判に傷がつかないように、閉じこめられるかもしれないんだから」

「家族はおまえがどこにいるか、知ってるのか？」

「いいえ。死んだと思ってる。そういうふうに手配したから」

「それなら、いまごろ親父さんが亡くなってても、おまえにはわからないわけだ」

「ときどきニューオーリンズの話を聞くけど、半年前はまだ生きてたわね。長生きしてもらいたいわ」ティリーは彼に微笑んだ。「父親だから。悪い人じゃないのよ。ただひどく厳格なだけで、あたしはそういう生き方はできない。だから、こうするのがいちばんなの。

でも、なんであたしの話なんか？　それより、あんたの今後を話し合わなきゃ」

「今後なんてない。努力したが、だめだった」

「あきらめるなんて、あんたらしくもない」彼女はたしなめた。

「こんなに多くを望んだことは一度もなかった。いまさら、他のことなんて想像できないんだ」

ティリーは慰めるように彼の頬に手を伸ばした。細い指が肌にひんやりとして気持ちがいい。「明日雨が降るかもしれない。じゃなきゃ、あさってには。それに、お金ならあたしが持ってる。あんたがやりなおすためなら、いつだって力になる」

彼はかぶりを振った。「自分のためにとっとけよ。牧場がつぶれれば、この町もおしまいだ。おまえもどこか他の場所で暮らさなきゃならなくなる」

「まだ、そこまで悲観することないって。あたしは希望を捨てないわよ」

「だが、最悪の場合に備えたほうがいいぞ」この十年ほど、彼女とはさまざまな場所で出くわし、そのたびに暮らしぶりもちがった。ボロを着て腹を空かしていた時期もあるが、彼女はそんなときでさえ将来に備え、貴重な金を無駄にはしなかった。相棒となって、すぐに町から逃げ出せるようにしていた。つきに見放されたときには、凍りつくような夜、一枚の薄い毛布に身を寄せ合い、勝ちが続けば、ホテルのやわらかいベッドで三日三晩愛し合った。

それからふたりは別々の道を歩んだ。どういう理由だったか、もう憶えていない。それぞれにやりたいことがあった、というようなことだったと思う。以来彼女とは会っていなかったが、まったくの偶然でふたりはプロスパーに流れついた。いや、驚くほどの偶然ではないのかもしれない。ふたりとも同じものを、静かで落ち着いた小さな町を求めていたからだ。どちらも新興の町で働いてきて、ずっと生活していけないのはわかっていた。そういう場所には暴力がはびこっている。安心して暮らせる土地に落ち着きたかった。

「お金のことで気が変わったら、遠慮せずに言ってよ」

「わかった」

突然、激しい欲望に突き動かされた。ティリーとのセックスに飽きたことはなかった。あまりにもつき合いが長く、幾度となくセックスを繰り返してきたために、すっかり気を許せる仲になっていた。彼女にどう触れればいいのか、体が憶えている。カイルは手を伸ばし、彼女の好みどおりの強さで乳房を愛撫した。ティリーが大きく息を吸いこむ。目に陰が差した。「どうやら」彼女が言った。「元気を取り戻したようね」

彼はティリーの手を取って、ズボンの前に当てた。「少なくとも、こいつはね」

「ダーリン」喉を転がすような声。「その子は無敵だもの」

ふたりは時間をかけて服を脱いだ。途中で何度も唇を重ね、たっぷりとした愛撫を楽しんだ。カイルは口にふくもうとするティリーを止めた。長持ちするほうだとはいえ、とても耐えられそうにない。できるだけ長く楽しみたかった。ティリーをベッドに横たえ、愛しはじめた。彼女のことを知り抜いている強みで、自分が解き放つ前に、二度、絶頂に導いた。

そのあと、ふたりで静かに横たわりながら、ささやかな満足にひたった。牧場は失うかもしれないが、それでもティリーがいる。必要なときはいつもそばにいてくれた。彼女がよき友人であるように、自分が彼女にとってよき友人であることを願わずにいられなかった。

14

まだ午後の早い時間なのに、カイルは酔っていた。めったに深酒はしない。酒量が多くなれば、口数も増える。過去はしまっておきたかった。だが、ときには飲みたいこともある。牧場が滅びゆくのを見るのも、そうしたときのひとつだった。

それに、馬に乗って土地が干あがるのを見にいく以外、することもなかった。水を見るには、エンジェル・クリークまで行かねばならない。

それもいいかもしれない。スワンの娘によりよい条件を示したら、こんどこそ受け入れてくれるかもしれない。その金があるわけではないが、どうせ彼女にはわからない。売渡し証書に署名さえさせてしまえば、金のことは、牛を移動させてから考えればいい。昔から言うとおり、占有には九分の勝ち目がある。

それがカイルのもくろみだった。断われないくらいの高額を提示するつもりだった。

馬に乗れないほど酔ってはいない。さっそく鞍《くら》にまたがった。動いていれば、なにかをしているという安心感だけは味わえる。ただ手をこまねいていると思うと、おかしくなりそうだった。昔から辛抱するのは苦手だった。

エンジェル・クリークの谷に足を踏み入れると、別世界が広がった。〈バーB〉では乾燥して地面がひび割れ、放牧地は茶色に変わりつつあるというのに、ここの土地は地下の水分でふっくらとして、牧草は丈を伸ばしていた。涼しささえ感じる。カイルはとまどって馬を止めた。涼しいわけないよな？　だが、しばらくして実際に涼しいのだと気づいた。顔をしかめて考えるうちに、頬を撫でるかすかな風が答えを教えてくれた。谷が通風筒となって、山の冷たい空気を下に運んでいるのだ。もちろんそれでも暑いが、よそに比べればましだった。

スワンの娘は馬の音を聞きつけてポーチに出てきた。いつものように、いまいましい散弾銃を手にしていた。それで脅かされたことはなかったが、無視もできなかった。

彼女は男並みに土地を耕し、古ぼけた地味な服を着ているにもかかわらず、カイルが少年時代に見たニューオーリンズの高慢な女たちのように誇り高かった。ティリーのほうがよほどいい服装をしている。だが、スワンの娘は細い首にのった頭を高く持ちあげ、謎めいた緑色の目は迷いがなかった。「ミスター・ベラミー」と、ひと言だけ発した。

彼は馬に乗ったまま前かがみになり、両腕を鞍頭にのせた。「前回の申し出の倍にする」

彼女は眉をつり上げた。目がおかしそうに輝くのがわかる。「あなたの前回の申し出は結婚だったのよ。あたしと二回結婚するつもり？」

カイルは皮肉を言う気分ではなかった。「この土地がいる。水が必要なんだ。水がなかったらおれの牛は死んでしまう。周辺百五十キロで水の豊富な川があるのはここだけだ」ディーは溜息をつき、雲ひとつない青空を見あげた。なぜ雨が降らないのだろう。「悪いけど、ミスター・ベラミー、あなたに売るつもりはないわ」心から同情した。大小にかかわらず、すべての牧場主と農場主が気の毒だった。けれども、全員に救いの手は差し伸べられない。この土地を流れる水を分けることはできないからだ。

カイルは馬の向きを変え、それ以上言わずに立ち去った。怒りのあまり、言葉が出てこなかった。なんて女だ！　こちらの言い分を聞こうともしない。使っているのはほんの一エーカーばかりで、あとは無駄にしているのに、手放せば死ぬとばかりにしがみついている。くだらない菜園のために、おれの牛が死のうとしている。

いや、意地でも死なせてなるものか。

家に戻るころにはほぼしらふに戻っていたが、怒りは収まらず、断固とした決意は揺らいでいなかった。

カウボーイのひとりが納屋から出てきた。「ピアスを連れてこい！」カイルは怒鳴った。「フロンテラスもだ！」

ふたりは牧場に出ていたので、カイルが待つ家に現われるには時間がかかった。「明日から牛を駆り集める」ふたりが来ると、唐突に告げた。怒りをふくんだ声だった。

いるようだった。

ピアスはゆっくりとうなずいた。賛成するには、考えてみなければならない、と思って
ルイスは興味を示した。「どこへ連れていくんですか？」

「エンジェル・クリークの谷だ」

ピアスが言った。「あのスワンの娘のところへ？」

「今日、彼女に話してきた」カイルは答えた。これで、彼女の土地で牛を放牧させる許しを得たと思うだろう。

ピアスはふたたびうなずいた。「あの谷は狭い。全部連れていくんですか？」

「ああ」草はたちまち食いつくされるだろうが、少なくとも水は飲める。彼の決意は固かった。ディー・スワンがなんと言い、どう出ようと、牛をあの谷へ連れていく。

牛を駆り集めるのは容易ではなかった。わずかな水にしがみつき、隙あらば群れを離れようとした。翌日、〈バーB〉の全員が一日かけて集め、その次の日も夜明け前に起きて作業を続けた。みな、鞍が尻の一部になった気分だった。

三日めの昼近くになって移動が始まり、午後のなかばになって、ようやく谷の入口にたどり着いた。

その朝、ディーは早起きして、暑さが厳しくならないうちに菜園の草取りをした。こん

なに暑い年ははじめてだ。そのあおりが野菜にも出はじめている。育ってはいるが、陽射しの暑さにやられて収穫が減るのが心配だった。

牧場主たちは、さぞかし気を揉んでいるだろう。ここ数週間は町に出ていないが、最後に訪れたときは、人が集まると旱魃の状況や放牧への被害の話になった。カイル・ベラミーはこの土地を買いたいと、正気をなくさんばかりだった。彼の顔を思い出すと、同情で胸が痛んだ。

ルーカスのことも気がかりだった。彼から土地を売れと説得されて以来、会ったのは一度きりだ。州法を批准する投票の直後で、その結果に大喜びしていたが、仕事に疲れたようすで、水不足を心配していた。だいじょうぶと言ってあげたかったが、雨が降る保証はないのだから、そらぞらしい慰めにしかならない。

旱魃が続いて家畜が死んでも、ルーカスは許してくれるだろうか。

ディーは体を起こして太陽を見あげた。まだ早朝なのに、熱気が感じられた。胸が苦しくなった。天候は自由にできないけれど、あたしにはエンジェル・クリークがある。

ルーカスはこの土地を欲しがっている。カイル・ベラミー同様、手に入れるために結婚まで申し出た。あの日以来、彼が欲しいのは自分ではなく、土地なのだと思うようになった。その思いは冷たい石のように胸にのしかかり、ときがたつほどに重みを増した。最初から、彼が自分に惹かれる理由はわかっていたはずなのに、やすやすと心を奪われてしまった。ふたりの愛の行為にさえ、意味を見いだせなかった。ルーカスがもともと性欲旺盛なのはたしかだから、進んで身をまかせる女ならだれでもよかったのだろう。

〈ダブルC〉まで出向き、気が変わったと告げようか、と何度も思った。彼にまだその気があれば結婚してもいい、と。彼が受け入れる瞬間をふくめ、その場面を思い描いては、そのたびプライドに却下された。そんなことをしても、自分が嫌いになるだけだ。ずっとひとりで生き、それを楽しむつもりでいた。いまでも楽しいけれど、はじめてそれだけでは物足りなくなっていた。

ルーカスが欲しかった。肉体だけではないものの、彼のにおいや、肌の感触、荒れ狂うほどの情熱から放たれるエネルギーに恋い焦がれていた。だが、もっと欲しいものがあった。彼とは仕事の合間の数時間を過ごしただけで、夜をともにしたことがない。彼の腕のなかで闇をやり過ごし、夜明けを迎えて、彼が髭を剃《そ》るのを見たかった。けたたましい大声で言い争う生活にも憧れた。ルーカスのような男と暮らしたら、絶えず気を張っていられる。こちらがおとなしくしていれば、すぐにいばりだす男だ。ディーはいつも威嚇する側にいたので、男にそういう力があると気づいたのははじめてだった。ルーカスなら張り合えるだけではなく、彼女を怒りの嵐に怯《おび》えるか弱い花と見なして感情を抑えたりせず、それによって無言の賞賛を贈ってくれる。

ルーカスがエンジェル・クリークのためにディーを妻として受け入れれば、そういう生活が手に入る。だが、彼の愛は得られず、自尊心は失われる。

それでも彼を愛していた。そして彼は自分を必要としている。いや、必要なのは土地のほうだけれど。

菜園を見やった。野菜は青々とたくましく、長い実りの夏を目前に実をつけはじめていた。雨が降らなくても、川の水分をたっぷりふくんだ土壌のおかげでよく育っている。ルーカスの牛の一部をこの谷に連れてくる手もある。小屋と菜園は、周囲に柵をめぐらせば荒らされない。牛に山道を越えさせるのは無理だが、麓をまわっても二、三日でたどり着ける。彼がこの案に賛成しない理由は見当たらなかった。なんなら、ここで牛に冬を越えさせてもいい。

もしこの申し出が断わられるようなら、そのときはしかたがない、エンジェル・クリークを売ろう。心の一部を売りわたすようなものだが、それを防ぐ手だてがあると知りながら、彼の牛が死ぬのを黙って見ていることはできない。

重い決断だった。自分の土地を見まわすと、目頭が熱くなった。愛しているという言葉では、とても足りない。何年もかけて土を耕し、根気よく野菜を育て、いまや愛情よりも深い絆を感じていた。それは、たんにものを育てる喜びではなく、エンジェル・クリークのすべて、その完璧さに由来するものだった。魂はこの大地の奥深くに根づいている。ここ以外でも暮らせるだろうが、ここほど不足なく、しっくりとくる場所はないだろう。

それでも、ルーカスのためならあきらめられる。

ルーカスには大きな夢が、燃えるような野心がある。〈ダブルC〉がこの旱魃を乗り切りさえすれば、実現できるだろう。コロラドは州への昇格を控え、彼は計画を実行に移そうとしている。彼はそのチャンスをものにするにふさわしい人だ。他の男とはちがう。人の上に立ち、願ったことを成し遂げる男だ。

ディーは〈ダブルC〉に行ったことも、ルーカスがこの谷に来るのに越えてくる細い山道を通ったこともなかった。家族とともにこの地に移住した日から、町に出る以外は、ずっとエンジェル・クリークにいた。〈ダブルC〉へ通じる山道をよく知っていたとしても、行くべきではなかった。ルーカス・コクランを訪ねること自体、彼女らしからぬ行動なので、たちまちふたりの関係がささやかれるだろう。それでも、ディーは牧場へ出かけ、自分の決心を伝えるつもりだった。

結局、隠さねばならないのは、いまの暮らし方のせいだった。評判に傷がつけば、危険に直結する。ひとり暮らしの女は用心して、用心しすぎることはない。だが町に住めば、いまほど警戒する必要はなくなる。親しさを大っぴらにはできないまでも、つき合いそのものは隠さなくていい。もちろん、ルーカスが目当てのもの、つまりエンジェル・クリークを手に入れたあとも、ふたりの関係が続けばの話だが。

午後、仕事を終えて冷たい水を浴びようと小屋に入ったときも、太陽は照りつけていた。

自尊心を保つためにするべきことがわかったいま、早くすませてしまいたくて、じりじりした。ルーカスが家畜をこの谷で放牧させるという申し出を受け入れたら、ディーはここを離れないですむ。もし土地を買うと言い張ったときは、苦い薬のように、さっさと片づけてしまうつもりだった。

体を洗い、清潔な服に着替えると、しばらくたたずんで周囲をながめた。あと数時間で、ここに住むか、離れるかが決まる。この土地を去るかもしれないと思うとこらえきれなくなって、顔を伏せて涙を押しとどめた。

そのとき物音が聞こえた。頭を上げて耳を澄ました。牛の鳴き声のようだ。そして雷の音。ディーの耳には雷に聞こえた。心を躍らせ、窓に近づいておもてをうかがった。雲は見えない。雄牛と二頭の雌牛はのんびりと草を食《は》んでいるが、それでも牛の鳴き声らしきものが聞こえていた。

ポーチに出ると、頭を傾けて耳に神経を集中した。木々の上に立ちのぼる土煙が目に留まった。しばらく茫然とながめていたが、やがて恐怖に顔が引きつった。駆け戻って散弾銃を取り出し、予備の弾をポケットに詰めこんだ。

先頭の牛が視界に入った。一刻の猶予もない。ディーは散弾銃をかまえ、牛の群れを驚かせて追い払おうと、空に向かって発砲した。

水のにおいに興奮し、散弾銃の音に怯えた牛たちが、勝手に群れを離れだした。もう一度、散弾銃を撃ち、すばやく弾を込めた。動悸《どうき》が激しすぎて、吐き気がする。菜園に牛が入れば、無惨に踏みにじられてしまうだろう。

「散弾銃を下ろせ」カイル・ベラミーが怒鳴った。ライフルを手に馬を走らせてくる。

「牛にここを通らせる」

「あたしの土地は通らせない」毅然と言い返した。谷は狭く、小屋は谷の入口を少し入ったところにある。牛は小屋と納屋のあいだを抜けなければならず、小屋の裏は柵のない菜園だ。踏みつぶされないとしても、食い荒らされるのは避けられない。

群れはそれでもこちらに向かってきた。ディーは再度、鹿弾を放った。こんどは命中するように狙いを低く定めた。距離があるので深手にはならない。驚いて鳴き声をあげた牛は、爆音と痛みの両方に急いで向きを変えた。向きを変えた先頭の牛たちが、群れの背後に突っこむ。四発めを放ったときには、群れの退却が始まっていた。

ライフルが炸裂《さくれつ》し、ディーの背後の木材が砕け散った。

すばやく小屋に逃げこむと、乱暴にドアを閉め、大急ぎで弾を込めた。銃身をさっとふるって窓ガラスを叩き割り、ふたたび弾を放った。

カイルはしきりに悪態をつきながら、撃ち返した。「牛を集めろ！」カウボーイたちに怒鳴った。「もたもたするな、牛を戻せ」

すでに何人かは牛を集めようとしていた。残りは銃声に反応して、めいめいのピストルを抜いた。みな、スワンの娘が散弾銃で出迎えるのを知っていた。ちょっかいを出そうとした男に向かって、実際、発砲したこともある。短気な女だ。お行儀というものを知らない。主人が彼女と同じ手で仕返しをしようというなら、喜んで従わせてもらおう。最初は攻撃もまばらだった。それがしだいに数を増し、最後にはひっきりなしに銃弾を浴びせていた。

ルイスは脇へ馬を寄せた。日に焼けた細い顔は怒りに満ち、手はピストルの握りにかけられていた。ベラミーがなにを血迷ったのか知らないが、女ひとりを相手に戦いをしかけるつもりはなかった。

銃には自信があるが、血に餓えた二十人もの男は相手にできない。ベラミーを殺そうか、と一瞬思った。だが、それでも騒ぎは収められない。急いで助けを呼んでこないと、彼女は殺されるか、小屋に踏みこんだ連中の慰み者にされる。血を好む連中はおおぜい見てきた。連中にとっては、どちらも似たようなものだ。

牛は銃声に怯え、水のにおいに暴れて、逃げまどっていた。一帯に舞いあがった土煙が、視界をさえぎっている。ルイスは牛を追い、大声をあげてさらに煽り立ててから、群れから離れてプロスパーへと馬を向けた。

暑さのなか、猛烈に飛ばしたので、保安官の詰所の前で止めたときは、馬が汗だくになっていた。さっと馬から降り、ブーツの踵《かかと》を歩道に響かせ、ドアを押し開けた。だれもいない。

探すとしたら酒場だった。保安官はいなくても、だれかが居場所を知っているはずだ。酒場にも保安官はいなかった。「カップ保安官はどこだ？」だれにともなく尋ねた。

「さあ、どこかな」男が答えた。酒場の経営者だ。

「ここ何日か、デンバーのほうに娘を訪ねているって聞いたぞ」別の男が言った。「なにかあったのか？」

「ベラミーが、スワンの娘の谷に牛を送りこもうとしている」ルイスは手短に説明した。「撃ち合いが始まった。早く止めないと、彼女が手込めにされるか殺されてしまう」

酒場は水を打ったように静まり返った。ルイスは店内を見まわしたが、助けを買って出る男はいなかった。「保安官がいないなら、だれか彼女を助けてくれないか？」

みな目をそむけた。この時間に酒場にいるのは、おおかたがふつうの住民と、店主、店員で、何年も武器を手入れしていない連中ばかりだ。血の気の多いカウボーイたちが騒ぎを起こしても、少なくとも町に被害がおよばないかぎり、止めに入ろうとはしない。ディー・スワンは友人でもなんでもない。彼女は人づき合いを避けてきた。

こんなとき、身近に武器のある牧場主なら、喜んで加勢してくれるだろうが、あいにく酒場にはいなかった。家畜を生かしておくために、みな仕事に追われている。ルイスは嫌悪に顔をゆがめながら店を出た。黒い目に冷たい怒りが燃えていた。

「待って」ティリーがあわてて追いかけてきた。歩道に出て、彼の腕に手をかけた。その顔は青ざめていた。「〈ダブルC〉のルーカス・コクランなら助けてくれるわ」

「そんな時間はない」吐き捨てるように言った。

ティリーの茶色の目は苦悶に見開かれていた。「だったら、あんたは戻って彼女を助けて。〈ダブルC〉にはあたしが行く」

ルイスは小さくうなずくなり、歩きはじめた。「急いでくれ」

疲れた馬を駆って山を越え、山腹からエンジェル・クリークに入った。まだ銃声が聞こえる。彼女が持ちこたえている証拠だ。険しい顔に小さな笑みが浮かんだ。なんと勇ましい女だろう。是が非でも助けてやらなければ。

馬から降り、木陰に身を隠しながら、最後の百メートルほどは徒歩で進んだ。ベラミーたちはうまい具合に身を防御しながら、のんびりと小屋に向けて発砲をつづけていた。何人かが反対側にまわり、裏から襲おうとするが、小屋の周囲はひらけていて、身を守るものがない。彼女の銃の腕はたしかだった。いまやライフルに持ち替え、窓から窓へと動きまわっていた。

ルイスは戦略を練った。正体がばれて、標的になるのはかまわなかった。目的はあくまでスワンの娘を助けること。連中を小屋から遠ざけ、牛をこの土地から追い払うことだ。

むしろ、自分が彼女の加勢にまわったのを、連中にわからせてやったほうが、いいのかもしれない。コロラドではおとなしくしていたが、ルイスはピストルの名手として名が通っている。その彼を敵にまわすとわかれば、考えなおす者が出てくるかもしれない。

この際、時間は味方であり敵でもあった。ルイスと彼女が踏ん張って持ちこたえれば、〈ダブルC〉から援軍が来る。だが日暮れまでに来なければ、ベラミーたちは闇にまぎれて小屋に近づくだろう。

それを頭に留めて、冷静に標的を選んだ。目的は敵を足止めすることではなく、できるかぎり勝機を互角に持ちこむことだ。殺すか、重傷を負わせるかすれば、暗くなっても心配せずにすむ。口元に酷薄な笑みが浮かんだ。どうやら、コロラドに長居をしすぎたようだ。


ティリーは乗馬服に着替える暇を惜しみ、まっ先に目についた馬を無断で拝借した。ルイスが町の外に向けて疾駆していたころ、彼女は逆方向へ馬を飛ばしていた。派手な短いスカート姿だったので、馬にはまたがりやすい反面、膝から下はまる見えだった。途中、何度か驚いた顔が目に入ったが、自分の格好を思い描いている余裕はなかった。

硬い地面を蹴る馬の蹄《ひづめ》と同じように、心臓が鼓動していた。ああ、カイル！　なんでそんなことをしたの？　お金を貸せばよかった。だれにもわかりはしない。そうすれば牧場を、金持ちで立派な牧場主になる夢を、持ちつづけることができた。けれどもディー・スワンを襲ってしまった。町の人々はこの一件を忘れず、二度と彼を受け入れてはくれない。絶望の深さは言い訳にならない。まちがいなく罪に問われる。ルーカス・コクランの到着が遅れて、ディーが暴行されるか殺されるかしたら、縛り首にされるだろう。

鞍の革がやわらかい腿の内側にじかに当たってこすれたが、一刻を争うため、かまわず飛ばした。それでも、ルーカスがエンジェル・クリークまで行くには時間がかかる。間に合わないかもしれない。フロンテラスという味方がいるにしろ、ふたりとも殺されればそれまでだ。

馬が疲れてきた。せり上がる恐怖を抑えて、哀れな馬を蹴るのは控えた。この暑さのなか、無理をさせすぎて馬が死んだら、〈ダブルC〉に着くのがかえって遅れる。しかし、はやる思いは鳥の翼のように胸を打ち、心のなかで繰り返し叫ばずにいられなかった。早く、手遅れにならないうちに。ディーのために、カイルのために……あたし自身のために。

そのとき牧場の建物が見えた。〈ダブルC〉のランチハウスは二階建てで、白い柱の立つポーチがぐるりにしつらえられている。直前まで手綱をゆるめず、疲れ果てた馬はよろついていた。

「ルーカス！」鞍から滑り降りながら叫んだ。「ルーカス！」ポーチに駆けあがり、拳でドアを叩いた。

「こっちだ！　ティリー、ここにいる」

振り向くと、彼が納屋から現われ、長い足でみるみる近づいてきた。彼女は急いでステップを下り、大声をあげながら庭を走った。「大変よ、エンジェル・クリークに行って！　彼女が攻撃されてる。土地を奪おうとする――」

ルーカスはティリーが駆け寄ると、腕をつかんで止めた。青い瞳が凍りついた。地獄が氷におおわれているとしたら、この目のような光景だろう。「だれだ？」指が彼女のやわらかい腕にくい込む。息を呑む彼女を強く揺さぶった。「答えろ、だれだ？」

「カイル」ティリーは答えた。まだあえいでいた。「カイル・ベラミー。〈バーB〉の水がなくなりそうで――それで、やけを起こして」

ルーカスは頭を起こし、全員にライフルを持って馬に乗るよう大声で命じた。それを聞いた者たちは、みな命令に従おうと走りだした。ルーカスは自分の馬に駆け寄り、ティリーはそのあとを追った。赤いタフタのスカートがまくれ上がり、ペチコートがのぞいた。「ルイス・フロンテラスが助けにいってる」彼女は叫んだ。「町まで知らせてくれたのは彼よ。あんたを呼ぶのをあたしに任せて、戻っていったわ」

ルーカスは聞こえたしるしに短くうなずいた。ディーがひとりでカイル・ベラミーとその男たちを相手にしているのではないと知って、パニックがわずかにゆるんだ。

彼が鞍に飛び乗ると、ティリーは脚をつかんだ。「カイルを殺さないで」必死にすがった。

「頼むから、ルーカス、彼を生かしておいて。愛してるの。お願い、後生だから殺さないって、約束して」

ルーカスは冷ややかな目つきのまま、見おろした。「約束はできない」もしディーを傷つけていたら、ベラミーには二度と日の出を拝ませない。

ルーカスは拍車を入れ、エンジェル・クリークへの近道である山道へと馬を駆った。ティリーは庭に立ちつくし、遠ざかる男たちを見ていた。埃まみれの顔に、ゆっくりと涙が伝った。

15

　ディーは正面の窓の下に身をかがめた。精度を上げるために、散弾銃からライフルに切り替えたが、弾が尽きかけていた。あらゆることに備えてきたのに、包囲攻撃までは考えておらず、その結果がいまのこのありさまだった。

　少なくとも、連中は牛を連れ戻してこなかった。そんな無駄は省いて、矛先をディーに向けたのだろう。牛ならば、ディーが死んだあと、悠々と連れてこられる。

　始まってからどのくらいたつのだろう？　流れ弾のひとつが時計に当たり、時間がわからなくなっている。太陽が赤く、低い位置にあるから、夕方にはちがいなかった。暗くなれば連中が小屋に近づいてきて、すべての窓は防げない。ただ、寝室のドアはもうふさいであるので、寝室の窓から忍びこまれても、気づかぬうちに背後から襲われる心配はなかった。

　ライフルを握りしめ、うっかり姿を見せる者がいないかどうか、注意深くうかがった。木製の銃床が滑るので、スカートで手をぬぐった。まだ滑る。見おろすと、手についていたのは汗ではなく、血だった。飛び散ったガラスで腕を切っていたのだ。ディーは疲れていた。疲れ果てていたが、一瞬たりとも休もうとはしなかった。喉が乾いているのに、部屋を横切って水を飲みにいくことさえできなかった。

あそこだ。わずかに青いものが動いた。慎重に銃身を低くかまえ、引き金を引いた。発砲したときの鋭い破裂音すら聞こえなかった。一瞬、動きが慌ただしくなり、弾が命中したのがわかった。

たちまち、小屋は集中砲火を浴びた。木材が砕け、薪ストーブに弾が当たって跳ね返った。室内を飛び交う弾を避けて腹這いになると、床一面に散ったガラスの破片でさらに切り傷が増えた。窓ガラスはすっかり砕け散っていた。

さっと起きあがって、ライフルをかまえる。またひとり、飛び出してきた。彼女が発砲すると、引っこんだ。狙いをはずしてしまった。

間もなく日が落ちる。なにか手を打たなければならないが、打てる手はなかった。やみくもに発砲しても弾を無駄にするだけだ。しかし、ただ待っているのでは、相手に勝利を譲るようなものだった。

血まみれの手をもう一度スカートでぬぐった。いたるところから血が流れ、服は血に赤く染まっていた。

かまうものか。頭は驚くほど冴えていた。あの連中は血に餓えている。すぐには殺さないにしても、かわるがわる暴行するだろう。それなら死んだほうがましだ。この体はだれにもさわらせない。分かち合ったのはルーカスだけ——せめて、息があるうちは。本能が戦えと叫んでいる。もはや本能には逆らえない。死ぬ運命ならば、できるだけおおぜいを道連れにしてやる。

どうにか膝で立ちあがり、ライフルをかつぐと引き金を引いた。ライフルは連発式なので、からになるまで連射し、急いで弾を込めて、また撃った。撃ち返してくる銃弾が小屋を破壊した。

窓枠が砕け、ディーは押し殺した悲鳴をあげてあお向けに倒れた。左の肩に焼けるような痛みがある。見ると、細長い木の破片が刺さっていた。抜こうとしたが、指が滑った。できることはないので、木片はそのままに、痛みのことは忘れた。

ベラミーたちが二箇所から攻撃されているのに気づくと、ルイスにも攻撃の矛先が向かった。二発やられた。一発めは左の上腕。わずかに熱くなった傷口を無視した。二発めは右の脇腹だ。致命傷ではないものの、出血がひどかった。バンダナをはずして大きな傷に押し当て、ふたたび攻撃を開始したが、だらだらと脚に血が流れてきた。

出血を抑えなければならない。ピストルを左手に持ち替え、右肘で脇腹を強く押した。めまいに襲われ、視界をはっきりさせようと頭を振った。一刻も早くコクランが来てくれないことには、手遅れになる。彼女はまだ応戦しているが、夕暮れが近づいていた。それに大量の出血で、ルイスには彼女を助けられそうになかった。

ルーカスはカウボーイたちを二手に分け、一方をベラミーの背後にまわらせ、彼と残りの者は気づかれないように斜面をくだり、納屋を目隠しにして横手から近づいた。小屋の周囲は見通しがきくため側面には敵がおらず、ディーはもっぱら、ベラミーたちが木陰にひそむ正面に向けて撃っていた。ルーカスは安堵で体の力が抜けるのを感じた。小屋から間断なく発砲音が聞こえてくる。間に合った。それにしても、なんという女だ！

ベラミーの背後にまわった者たちが動きだすのを待って、ルーカスのグループは脇から攻撃に入った。〈ダブルC〉側の一斉攻撃が始まったが最後、ベラミーたちにはもはや勝ち目はなかった。ルーカスはまだディーが発砲しつづけているのに気づいた。なにが起きているのかわからないのだ。止めないと、自分の牧場の男たちがやられる。「おれは小屋に入る」彼は怒鳴った。「援護射撃を頼む」

彼は味方の銃弾に守られながら裏のポーチへと駆け出したが、その姿が敵の目を引いた。弾丸が飛んできて、すぐ目の前の地面を蹴立てた。これだけの弾が飛び交うなかで、立ち止まって礼儀正しくドアをノックするのはまともじゃない。ディーはルーカスとも気づかずに、散弾銃をぶっ放すだろう。そこで、ポーチに飛び乗り、全力でドアに体当たりした。

がっちりした肩から突っこみ、ドアを壁に叩きつけた。ディーは正面の窓の前で狂ったように動きまわり、絶叫しながら弾を放っている。ルーカスは血まみれの姿を見て、まぎれもない恐怖に心臓が止まりそうになったが、一秒たりとも躊躇《ちゅうちょ》しなかった。床に飛びこんで脇に転げ、さっと起きあがって彼女に飛びかかった。ディーが叫び声とともに、ライフルを振りまわす。

「ディー！」彼女をつかんで怒鳴った。「おれだ、ルーカスだ！」血に染まった手からライフルをもぎ取って放り投げ、彼女を抱きしめた。

金切り声をあげ、ルーカスの顔を拳で叩きながら後ろに逃れようとしている。瞳孔が狭まり、目は焦点を失っていた。

「ディー！」彼女を鎮めようと、もう一度、大声で呼んだ。怪我をしている。傷だらけだ。これ以上の苦痛は与えたくないが、落ち着かせなければならない。ガラスの飛び散った床に彼女を組み敷き、自分の体重で押さえつけた。「ディー」彼女の名を繰り返す。「おれを見ろ。もうだいじょうぶだ。助けに来た。おれに任せろ。こっちを見てくれ」

彼女はだんだんに静かになった。状況を理解したからというより、疲れ果てたからのようだった。全身をおこりにかかったように震わせつつも、抵抗はやんだ。狂気じみた目を彼の顔に向け、なにが起こっているのか把握しようとしている。ルーカスは低くなだめるように語りかけ、ようやく理解した彼女は目をしばたたいた。「ルーカス」小声でつぶやいた。

彼がそこにいる。本当にいる。安堵が広がった。助かったというより、これでやっと休めるという気持ちのほうが強かった。疲れていた。疲れきっていた。それに、なぜか寒かった。こわばった筋肉をゆるめると、長いあいだ追いやっていた痛みがついに襲いかかってきた。自分の口から、みょうなうめき声が漏れ、体じゅうの力が抜けて動けなくなった。頭が厚板の床にだらりと垂れた。

ルーカスは息が止まりそうだった。彼女の全身は血まみれで、服にも髪にも血がこびりついていた。ようやく肩に刺さっている細長い木片に気づき、気分が悪くなった。できるだけそっと床に横たえて、立ちあがった。寝室のドアの前に積みあげられた家具を蹴散らし、なかに入ると、ベッドの毛布をつかんで振った。ガラスの破片がないのを確かめてベッドに戻し、引き返して注意深くディーを抱きあげると、ベッドへと運んだ。

ランプを探したが、みな壊されていた。薄明かりのなかで、彼女を隅から隅まで調べた。心臓をばくばくさせながら、銃創を探した。左の腰骨に条痕があり、肩には例のいまいましい木片の傷があるが、それ以外はすべてガラスの破片による傷だった。全身切り傷だらけだ——頭皮、顔、首、肩、腕。ひとつずつはたいした傷ではないが、数が多いので、命に関わる量の血を流している。唇は青ざめ、血におおわれた肌はガラスのようだった。

出血を止めようとしながら、低く悪態をついていたが、自分でもなにを言っているのかわからなかった。これしきの怪我なのに、彼女が死ぬかもしれない。

と、ガラスの破片を踏み砕く靴音がして、ウィリアム・トバイアスが玄関に現われた。

「彼女のようすはどうです、ボス？」

「出血がひどい。荷馬車をつけろ。町へ連れていく」

「あのメキシコ人のフロンテラスも、何発かやられてます。やっぱりかなり出血してますが、なあに、あいつはだいじょうぶだ。〈バーB〉の連中のうち五人ほどは埋めて、あとは手当てが必要です。三十人ほどいますが、おおかたは負傷してます」

ルーカスはうなずきつつ、ディーから目を離さなかった。「急いで荷馬車をまわせ」

ウィリアムは手配しにいった。

ルーカスはいったん肩に刺さった木片に手をかけたものの、そのまま残すことにした。いまも傷口からは血が滲《にじ》んでいるが、木片を引き抜けば、いっきに血が噴き出すかもしれない。これ以上の失血は避けたかった。ディーをそっと毛布にくるんで、抱きあげた。

彼女を抱いて外に出ると、折よくウィリアムが荷馬車をポーチにつけたところだった。あたりには、隙をうかがうような表情を浮かべた〈バーB〉の連中と、連中に武器を突きつける〈ダブルC〉のカウボーイたちがいた。負傷した者は地面に大の字に倒れ、死者はそのまま放置されていた。

「フロンテラスはどこだ？」ディーを馬車の荷台に静かに寝かせながら、ルーカスは尋ねた。彼女は動かなかった。

「ここです」

「馬車に乗せろ」

ふたりがかりで負傷者のひとりをかかえ上げ、荷台に寝かせた。メキシコ人の黒い目が開いた。「彼女は無事か?」しわがれ声で尋ねた。

「怪我をしている」ルーカスは固い声で答えた。「フロンテラス、いつでもおれの牧場に来てくれ」

ルイスは笑みらしきものを浮かべ、ふたたび目を閉じた。

「ウィル、ふたりを医者に運べ。おれはもう少ししたら、あとを追う」ルーカスは後ろに下がった。ウィリアムはうなずき、手綱で馬の背をぴしゃりと打った。

ルーカスはゆっくり振り向き、〈バーB〉の連中を見すえた。冷酷な怒りに駆られ、殺意に血管が脈打った。カイル・ベラミーがいる。腕を両脇に垂らし、うつむいていた。

ルーカスはわれ知らず動きだし、気がつくとベラミーの胸ぐらをつかんでいた。彼が顔を上げると、太い右腕を引いて、その顔に鉄拳をめり込ませた。

いままで、人を殴ることに喜びを感じたことはなかったが、ベラミーに拳が命中するたび、残忍な満足感が広がった。地面に殴り倒しては、つかみ起こしてふたたび殴った。血まみれのディーの姿が脳裏を離れず、拳にはますます力がこもった。肋骨が鈍い音をたてるのを聞きながら、脇腹やみぞおちを殴りつけた。ベラミーはまったく抵抗せず、せいぜい攻撃を防ごうとして腕を上げるくらいだった。それでもルーカスは容赦しなかった。

ベラミーが前のめりに倒れたきり、動かなくなった。さらに殴ろうとすると、〈ダブルC〉のカウボーイのひとりに腕を押さえられた。「これ以上は無駄ですぜ、ボス」カウボーイは言った。「もうなんも感じちゃいません」

ルーカスは手を止め、ばったりと倒れこんで動かない男を見おろした。顔は見えていないが、仇《かたき》をとった達成感はなかった。怒りが大きすぎて、たとえ殺しても収まりそうになかった。

ベラミーを殺さないと約束したわけではないが、ティリーには借りがある。彼女が決死の覚悟で知らせてくれなければ、ディーはひとり小屋で息絶えていた。彼は手を下ろした。

「こいつらをどうします？」カウボーイのひとりが尋ねた。

ルーカスはうなった。町まで連行しても無駄だった。保安官の管轄内で法を犯したわけではない。この場で全員をつるし首にでもしないかぎり、できることはなにもなかった。

「放してやれ」

〈バーB〉の連中をにらみつけ、怒鳴りつけるように言った。「このクズを連れて、ここから出ていけ。こんど、ひとり暮らしの女を集団で襲ってみろ、きさまらが死ぬ前に、地獄よりも百倍ひどい目に遭わせてやる。わかったか？」

男たちは小声でむっつりと返事をした。ルーカスは馬にまたがった。立ち去らなければ、連中を皆殺しにしそうだった。

すでに暗く、まだ月は出ていなかったが、無数の星明かりが道を教えてくれた。全速力で馬を飛ばして、町に入る直前で馬車に追いついた。

医師のペンダグラスと妻のエッタは、すぐさまディーの治療にとりかかった。ルイス・フロンテラスは別の部屋に入れられた。意識がある彼は命に別状がないと判断されたが、ディーのほうは意識を失っていた。ルーカスは彼女を治療台に横たえるや、部屋を追い出され、檻に入れられた動物のように所在なく歩きまわった。

ティリーがドアから滑りこんできた。この時間の酒場は忙しいはずなのに、丈の短い派手な仕事着ではなく、長袖でハイネックの深緑色のドレスを着ていた。顔はひどく青ざめていたが、表情は穏やかだった。「間に合ったの？」

ルーカスは帽子を取り、髪に手をやった。「ああ。そう願いたいね。窓ガラスの破片でかなり切っている。出血もひどい」

「でも無事だった――」

「ああ。おれたちが着いたとき、ディーはまだ連中を寄せつけていなかった」

表情がゆるむのを見て、はじめてティリーが緊張していたのに気づいた。大きな茶色い目が彼の顔をじっと見つめている。「カイルは？」小声で尋ねた。

「ずたぼろになるまで殴ってやった」

ティリーは一瞬ひるんだが、すぐに気を取りなおした。「ありがとう、ルーカス」

彼はかぶりを振った。「いや。きみがいなければ、いまごろ彼女は死んでいた」

「ルイス・フロンテラスもね。彼はどんな具合なの？」

「負傷してるが、すぐに治るだろう」

ティリーはしばらくうつむいていたが、やがて溜息をついて顔を上げた。彼の腕をやさしく握って、帰っていった。

一時間ほどして、医師が出てきた。ルーカスが近づこうとすると、後ろ手にドアを閉めた。「出血は止めたぞ。いまエッタが消毒している」

「意識は？」

「まだ完全じゃないな。何度かふっと目覚めたが、すぐにまた意識がなくなった。いまは寝かせておくのがいちばんの薬だ。詳しいことは、フロンテラスの治療が終わってから話す」

ルーカスは腰かけると、膝に肘をついて、顔を伏せた。ディーに会いたい。その無事を自分の目で確かめたかった。

ルイスの治療はディーほどかからず、医師は十五分で出てきた。「傷口を縫って、眠ってるよ」疲れが滲んでいる。「たいした傷じゃないから、二、三日で歩けるようになるだろう」

「ディーは？」ルーカスはこわばった声で尋ねた。

医師は溜息をつき、目をこすった。四十代前半の細身でハンサムな男だが、疲労のせいで十歳は老けて見える。「切り傷が多い。失血によるひどい機能障害を起こしている。熱と衰弱とで、これから数日は予断を許さない状態が続く」

「牧場へ連れて帰りたい。動かせるか？」

医師は驚いて顔を上げたが、そのうち合点のいった表情になった。他の人々と同じように、医師もまた、ルーカスはオリビア・ミリカンと交際しているのだと思っていた。だが、ルーカス・コクランとディー・スワン……納得がいく。「いや」しばらくして答えた。「最低でも二、三日、長ければもう少しのあいだは動かせない。それに、ここでエッタに世話をしてもらったほうがいい」

ルーカスの顔つきは険しかった。「動かせるようになったら、彼女を牧場へ連れていく」

自分の手で彼女を守るまでは、心が安まらない。血まみれの彼女を見つけた瞬間の、あの感覚は、死ぬまで忘れられそうになかった。

16

ルイスが怪我をした。オリビアが事件のことを耳にしたのは、翌日の午前中だった。ベアトリス・パジェットがうちに来て、うわずった声で前日のできごとをホノラに語っていた。「……それで、ミスター・ベラミーのところのフロンテラス――きっとメキシコ人だわね――って方が、ディーを助けようとして、撃たれたんですって」

押し殺した悲鳴を聞きつけて、ホノラとベアトリスはオリビアに目を向けた。ホノラは娘の青ざめた顔を見て、ぱっと立ちあがった。「お坐りなさい」オリビアに椅子を勧めた。「恐ろしい話ですものね」

だがオリビアは悲しみに目を曇らせて後ずさりした。「どこに――彼はどこにいるんですか?」息をはずませている。「ミスター・フロンテラスのことです。どこに?」

「あら、ペンダグラス先生のとこよ。ミスター・コクランが彼とディーを診察に連れていったらしいわ」ベアトリスが答えた。「あの酒場の女の人、ティリーとかいう方が、ミスター・コクランを呼びにいらしたとか。おかしな話よね。なぜわざわざ〈ダブルC〉まで行ったのかしら」

オリビアはくるりと向きを変えると、ホノラの甲高い叫び声を振りきって外に駆け出した。

ルイス！　ベアトリスは彼がどの程度の傷を受けたかは言っていなかったが、まだ医師のところにいるのなら、重傷にちがいない。生まれてはじめて、行儀と世間体を忘れた。スカートをたくし上げてひた走った。狼狽《ろうばい》のあまり、心臓は早鐘を打っている。ドクター・ペンダグラスの診療所までは三ブロックあった。歩道にいた人々をかわし、それが無理なときは押しのけた。診療所に着くころには髪がほどけて、息が上がっていたが、身なりなどちっとも気にならなかった。

ドアを押し開け、つんのめるようになかに入った。最初に見えたのはエッタ・ペンダグラスだった。「彼はどこです？」

エッタはとっさに急患だと思った。「すぐに連れてきますね。いま、そこでミスター・フロンテラスを診察――」

オリビアは彼女の脇をすり抜け、指し示された部屋に飛びこんだ。ドクター・ペンダグラスは突然の闖入者《ちんにゅうしゃ》に顔を上げ、妻と同じことを考えた。「どうした、オリビア？」オリビアがこれほど取り乱すとは、両親のどちらかが大変な事故に遭ったか、病気になったにちがいない。

オリビアは答えず、口に手を当ててルイスを見つめた。左を下にして上半身裸で横たわっており、腰には白い包帯が幾重にも巻かれている。目に涙が浮かんで、視界がぼやけた。「ルイス？」無事を請うように、ささやいた。彼が無事でありますように、と心のなかで祈った。どうか助かりますように。

彼はそろそろとあお向けになり、蒼白《そうはく》のオリビアを見て、黒い目を細めた。「ミス・ミリカンとふたりだけで話をさせてくれるか？」頼むというより、命令するような口調で医師に言った。

医師はわずかに眉を上げた。「いいとも」部屋を出てドアを閉めた。

ルイスが手を伸ばし、オリビアは駆け寄った。彼の顔、胸、肩に触れ、涙に頰を濡らしながら、言葉にならないつぶやきを漏らした。ルイスは左手で脇腹の包帯を押さえ、起きあがろうとした。「心配いらない」彼女を抱き寄せて、髪に唇を寄せた。「ただのかすり傷だ。いまは弱って動けないが、たいしたことはない」

「ついさっき聞いたの」口ごもって彼にしがみついた。「知ってたら、ひと晩じゅうついてたのに。どうして呼んでくれなかったの？　どうして？」

ルイスは親指で彼女の頰をぬぐった。「みんなにばれるぞ」穏やかに言った。

オリビアは懸命に呼吸を整えようとした。「ええ、もうみんな知ってるわ」彼女はぽろっと漏らした。「われを忘れて、町を走ってきたのよ」

ルイスは黙って背中を撫で、しばらくして言った。「必要なら、言い訳を考えるさ」

オリビアは肩に頭をのせたまま動かなかった。彼にはこの状況を利用する気がないのだ。オリビアの判断に任せて、ただ待っている。けれども、このまま彼のことなど関係ないような顔をして元に戻れるだろうか？　彼が怪我をしたと聞いたとき、心に残っていた最後の不安が吹き飛んだ。彼のことをこんなに思っているのに、なぜ迷っていたの？　オリビアはけっして愚かな人間ではないのに、ここ数カ月の振る舞いは愚かとしか言いようがなかった。いちばんの夢がかなったというのに、ルイスが土地を持つ紳士でないからというだけの理由で、受け入れるのを怖がっていた。愚かどころではない。とんでもない俗物だ。

ゆっくり頭を上げた。涙に濡れた青い目で、彼の黒い目をじっと見つめた。唇を震わせてやさしく微笑んだ。「いいえ、わたしのために嘘はつかないで」精いっぱいしっかりした声で言った。「わたしが望んでいるのはね、ルイス・フロンテラス。あなたとの結婚よ」

彼は黒い目で鋭く見つめ返し、彼女が顔をそらさないようにあごを持ちあげた。「本気か？　よく考えろよ、オリビア。一度イエスと言ったら、なにがあってもきみを離さない。おれは紳士じゃない。自分の女はかかえ込んで、どんな手を使ってでも守り抜く」

オリビアは両手で彼の顔を包みこみ、頭を近づけて唇を寄せた。「イエス」日がのぼるように笑みが広がり、顔を輝かせた。「イエス。イエス、イエス、イエス、イエス！　何度言ったら、わかってもらえる？」

彼は黒々とした眉を上げて、彼女を抱きしめた。「よし、これで決まりだ。なるべく早く結婚しよう」

「母は教会で式を挙げさせたがってるの。いろいろと準備をするのに、少なくともひと月はかかるわ」

「ひと月！」うなってから、警告した。「きみのご両親がおれと関わるのを拒んでも驚くなよ」

その可能性を考えると悲しくなるが、逃げるつもりはなかった。「もしそうなったら、つらい思いをするのは父と母のほうよ」なにがあっても、ルイスとの結婚はもう止められなかった。暮らし方も、あるいは住む場所さえ、どうでもよくなっていた。彼と一緒にいる。それだけが大切だった。彼を愛していた。簡単なことだ。それに気づくのに、どうしてこんなに長くかかったのだろう。

オリビアはその朝、凍てつくような恐怖の瞬間に学んだ。いつ運命が忍び寄り、彼を永遠に連れ去ってしまうかわからない。一刻も待たずに、彼に愛を捧げたかった。「愛してるわ」飾り気のない言葉で伝えた。

瞳孔に炎が揺れ、黒い色が深まった。「おれもだ、きみを愛してる。大きな家には住めないだろうが、絶対にきみを大切にするよ」

「信じてる」頬をバラ色に染めながら、じっと彼を見つめていた。「あなたなら、あらゆる面でそうしてくれるってね」

ルイスはいたずらっぽい笑みを浮かべ、はじめて見る彼のそんな表情に、オリビアは心臓が止まりそうになった。「ああ、愛する人、そちらの方面はおれに任せてくれ」

キスせずにいられなかった。いままでいちばん熱烈なキスだった。彼女ももうためらわなくてよかった。欲望のままに応え、彼に身を委ねた。ルイスが急に動いた痛みで、苦しげなうめき声を漏らした。ふたりははじめてここがどこなのか思い出し、体を引き離した。

命に関わる怪我ではないと知って薄らいでいた心配が、ふたたび呼び戻された。こうして落ち着いてみると、顔は青ざめてやつれ、目の下に隈がある。「寝ていたほうがいいわ」彼の肩をそっと押した。

子猫並みに弱っていたルイスは、素直に言うことを聞いた。オリビアは頭の下に枕を差し入れ、胸まで毛布を引っ張りあげると、横に腰かけて手を握った。いまはまだ、彼と離れていられなかった。「なにがあったの？　だれに撃たれたの？」

「銃撃戦だった。おおぜいが撃ち合っていたから、だれがだれだかわからないよ」

「でも、なにが起きたの？　どうして？」

「ベラミーが牛をディー・スワンの土地に放牧しようとした。〈バーB〉にはほとんど水が残っていなかったんだ。やけを起こしたんだろう。絶望した人間は馬鹿なことをしでかすものだ」ルイスはうんざりして溜息をついた。「おれは、彼女の許しを得ているとばかり思っていた。だがそうじゃなかった。彼女は牛を驚かせて追いやろうと発砲した。ベラミーは逆上して攻撃をしかけ、それにカウボーイたちが加勢したんだ」

「そして、あなたは彼女を助けた。彼女のこと、知っていたの？」彼の行為の気高さに、感嘆せずにいられない。

「いや、だが相手は女ひとりで、土地は彼女のものだ。彼女のほうに理がある」未来の妻には、女性一般にたいして変わらぬ深い愛情をいだき、脅された女性をほうっておけない性分だということは、話さないほうが利口だろう。ただ、ディー・スワンは怯えていなかったが、と感心しながら思い返した。彼女はアマゾネスのように、ひるむことなくベラミーと戦った。

「ディーは大切な友だちなの」オリビアは静かに言った。「彼女の命を救ってくれて、ありがとう。町の男の人たちは、助けようとしなかったそうね。きっと、彼女が人づきあいを避けていて、他人を必要としないように見えるからだと思うけれど、そんなの理由にならないわ。本当に助けが必要なときに、あなたがそばにいてくれて嬉しい。怪我さえしなければ、もっとよかったんだけれど」

「おれひとりの力じゃない。ティリーがコクランを呼びに行かなかったら、そしてやつが全速力で飛ばしてこなかったら、ディーもおれも死んでいた」

オリビアは彼の手をさすり、細い指の力をいとおしんだ。「彼女のところへ出かけて、小屋の片づけを手伝わなきゃね」

ルイスの表情がこわばった。「彼女は小屋にはいない。ここにいる。医者の話だと、切り傷がひどくてかなり出血したそうだ。コクランは徹夜でつき添っていた。熱が出てきたとかで、えらく心配していたよ」

オリビアはまっ青になって飛びあがった。ディーが怪我をしたかどうかさえ、尋ねなかったなんて！　ルイスが撃たれたと聞いたとたん、彼のこと以外考えられなくなっていた。「ああ、どうしよう」涙が頬を伝った。ルイスは落ち着かせようと手を伸ばしたが、彼女はつぶやいた。「ディーのところに行かなければ」そして部屋から出ていった。

小さく胸を上下させている以外、ディーは身じろぎもせずに横たわっていた。顔に表われた唯一の色は、青黒く痛々しい切り傷だけだ。いつも活力にあふれていたので、目の前で静かに寝ているのが同じ人物だとは、とても信じられなかった。ディーが倒されるなんて……夢にも想像したことがなかった。

ベッドの脇にエッタが坐り、ディーの額に冷たい布を当てていた。心配そうな目をしている。

「目を覚ましました？」オリビアは胸が押しつぶされそうになって尋ねた。

エッタは首を振った。「昨晩、ルーカスが運びこんできてから、全然動かないのよ」

オリビアは涙に濡れた自分の両頬をバシッと叩いた。「お疲れでしょう？　坐っているのも大変だわ。わたしがついてますから、しばらく休んでください」

ティリーは〈バーB〉へと馬を走らせた。ランチハウスの周辺にはいくらか動きがあるものの、どこかあきらめたような雰囲気が漂い、どの男もげっそりしている。銃撃に加わらなかった者も、散り散りになった牛をひと晩じゅう追いかけていたのだ。

「ミスター・ベラミーはどこ？」彼女はそのひとりに尋ねた。

「うちのなかです」

ノックしたが、だれも出てこなかった。もう一度ノックしてドアを開けた。「カイル？」

返事はなかった。一階を歩いてまわり、だれもいないのがわかると、二階に上がった。カイルの寝室は左側にあり、ドアが少し開いていた。軽くノックしてなかに入った。

カイルはブーツだけを脱いだ格好で、ベッドに寝ころんでいた。シャツに赤茶色の染みがある。ティリーは近づいてベッドの脇に立ち、彼を見おろした。同情で目が陰った。顔を拭こうとしたらしく、汚れた布が床に落ちていたが、片方の鼻の穴には乾いた血がこびりつき、髪や首にも血の跡があった。

一瞬、彼だとはわからないほど、顔が腫れあがって変形していた。目のまわりは青黒くふくらみ、鼻は折れ、頬やあごは大きなこぶができてゆがんでいた。

「カイル」そっと声をかけた。

少し動いて、うめき声をあげた。片方の目が開いた。

「いま水を持ってきて、拭いたげるからね」頭を動かさなくても見えるように、彼の上に身を乗り出してささやいた。

カイルは溜息をつき、つぶやいた。「肋骨」口もひどく腫れているので、言葉がくぐもっている。

「肋骨が痛むの？」

「ああ」

ティリーは腕に触れて言った。「すぐ戻るから」

一階で必要なものを集め、それを持って寝室に戻った。彼はさっきから少しも動いていないようだった。

ティリーははさみを手にし、シャツを器用に切り裂いて脱がせると、肋骨を調べた。腹部には、黒や紫の痣《あざ》がいくつもあって、ルーカス・コクランの拳の力がうかがえた。できるだけそうっと肋骨に手を這わせて、骨折がないかどうか調べた。ある部分に触れると悲鳴をあげたが、とくに異常は感じられないので、ひびが入っているだけなのだろう。

「胸に包帯を巻かなきゃね。カイル、起きあがって。痛いだろうけど、寝たままじゃなんにもできないから」

穏やかに説いて、精いっぱい彼を支えたが、大柄な体を助け起こすだけの力はなかった。なんとか彼がベッドの横に腰かけると、胸に幅の広い布を巻いて、きつく縛った。最初はうめき声をあげたが、しっかり巻いた布で肋骨が固定されると、ホッと溜息を漏らした。

彼を坐らせたまま、そっと顔を洗い、髪や首についた血を拭きとった。

「喉が乾いた」カイルがつぶやいた。

ティリーは水を飲ませた。カイルは少し吸いあげると、口のなかをゆすいで、ボウルに吐き出した。水は濃い赤色に染まっていた。それからゆっくりと残りの水を飲んだ。

「立てるようなら、あたしが服を脱がせてあげる」ティリーは言ったが、それは無理だった。手を貸してカイルを横たえ、どうにか服をすべて脱がせると、裸の彼にシーツをかけた。「さあ、眠って。ずっとここにいたげるからね」

彼女は約束を守った。眠る彼の手を握りしめ、その顔を見ては涙ぐんだ。自分が正しいことをしたのがわかっていても、気休めにはならなかった。

カイルを心から愛していた。ずっと愛してきた。彼はふたりが同じ町に流れついたのをたんなる偶然だと思っているが、ティリーは彼の居場所がわかると、デンバーの屋敷を捨てた。大金持ちの男の情婦として、勝手気ままに振る舞っていた豪華なお屋敷をだ。

カイルは社会的な地位を手に入れようと必死だった。彼がどのように育ち、その過去をどれだけ忘れたがっているのかは、よく知っている。悪い人間ではないのだが、それまでの人生を考えると、道を踏みはずすのは容易だった。牧場と、それの意味するものが、彼にとって大きすぎただけのこと。それが危険にさらされたとき、全体が見えなくなり、必死で築きあげてきた信望をも台なしにしてしまった。

でも彼は生きている。ティリーにとって大事なのはそれだけだった。

その晩遅く、カイルはふたたび目を覚ました。尿瓶を使うあいだ、彼女が支えた。また水を飲みたがったが、食べ物は欲しがらなかった。そしてふたたび眠りに落ちた。

朝にはいくらか元気になり、ミルクでやわらかくしたパンを食べさせた。彼がもう充分だと合図したとき、ティリーは腹をくくった。話すならいましかない。

ティリーはこれまでの人生で、あらゆるもの、とくにもっともつらいものにこそ、ひるまず立ち向かわなければならないのを学んできた。だから、彼からも目をそらさなかった。「あんたにディー・スワンを殺させるわけにはいかなかった」彼女は言った。「あんたのしたことは、けっして許されないかもしれない。でも、彼女が殺されるか暴行されてたら、縛り首になっていた。あたしがルーカス・コクランにあんたを止めさせたの」

彼の左目は腫れあがって閉じたままだったが、右目がわずかに開いた。ゆっくりと彼女を見あげる。その目に怒りはなく、表情はうつろだった。「しかたなかった」ぼそぼそ言った。

「水が……だが、だめだった。傷つけるつもりはなかった。でも、もうおしまいだ。なに

「いいえ」迷いのない声で応じた。「おしまいなんかじゃない。ほら、こうして生きてるじゃないの。大切なのはそれだよ。この牧場が砂になっても、もう一度始められる。ここでなくても、他の場所はいくらもある。あたしにはお金があるし、あんたにはトランプがある。ふたりでなんとかやってこうよ」

「ふたりで?」訊き返し、開くほうの目でティリーをじっと見た。

「そうよ、ふたりで。あたしたちふたりなら、いい相棒になれるって」

カイルはかすかにそれとわかる程度に、小さくうなずいた。

17

ルーカスはベッドの脇に立ってディーを見ていた。熱があるのに、顔は死人のように青ざめている。

「目を覚ましたか?」エッタに訊く声がしわがれた。

医師の妻は気遣わしげな表情で、かぶりを振った。「でも、異常じゃありませんよ。ひどく弱っているから、いまは休息がいちばんなんです」布を冷水にひたし、絞ってディーの額にのせた。ディーは身じろぎもしなかった。

ルーカスはじれったそうに目をこすった。まる二日になるのに、彼女は目も開けず、言葉さえ発しない。あれだけ大量に出血したあとで、まだ熱と闘う力が残っているだろうか?

エッタが着せた寝間着の下に、包帯が分厚く巻かれた肩がある。ルーカスは熱の主たる原因は肩の傷だと思っていたが、医師の説明では、よく消毒をしたので、他の切り傷と同じように炎症は起こさない。ただ、全身の傷によって重度のショック症状が引き起こされ、それに、〈バーB〉の男たちを撃退しようとした疲労が重なっている。快復には時間がかかるだろう、とのことだった。

それにしても、ディーはぴくりともしなかった。干し草置き場から落ちたときでも、ほとんど体の自由はきかないながら、威勢だけはよかった。闘ってこそのディーだ。だが、意識がないのにどうやって闘える？　強くて激しい彼女ばかり見てきたので、無力そのものので、すっかり火の消えたような状態が不安でたまらなかった。

心のなかのディーは、敵としても恋人としても、つねに侮りがたい相手だった。いま彼女を見て衝撃を受けるのは、頭に描いていたよりも小さくて華奢《きゃしゃ》なことだ。頭のてっぺんが見おろせるほど身長差があるのに、ディーは背が高いと思いこんでいた。彼女が与える印象のせいだ。立ち居振舞い、尊大な頭の傾け方、このうえなく高い自尊心。こうしたものが合わさって、実物よりも大きく見せていたのだ。実際はせいぜいが十人並みの高さで、骨は子どものように細い。その弱々しさに茫然とした。

彼女の身に起きたことに腹が立ってしかたがなかった。干し草置き場から落ちたときよりも、はるかに深く憤っていた。他の女のように暮らしていれば、避けられたことだ。彼女が悪いんじゃない、ただの災難だ、カイル・ベラミーの愚かな殺人行為を彼女のせいにはできない、と頭ではわかっていた。だが、彼女のせいであろうとなかろうと、エンジェル・クリークに住みつづけるかぎり、似たようなことが繰り返される。放牧に最適なあの土地が誘惑をかきたて、彼女から土地を取りあげようと考える者はあとを絶たない。そしてそのたびに、ディーは危険を顧みずに戦おうとするだろう。

エンジェル・クリークの豊かさの源は水であり、その水が争いの種にもなっている。死んだように横たわる彼女を見おろした。なんとかしていまの状況を変えなければ、次は本当に命を落とすかもしれない。

エッタにうなずきかけて部屋を出た。顔には固い決意が表われていた。すべての原因は水だ。水がなければあの谷に価値はない。あの谷にしがみつく理由がなくなれば、ディーも無理をせずに暮らしていけるようになる。もうだれからも攻撃されず、男のように働く必要もない。

ルーカスは〈ダブルC〉に戻ると、ウィリアムに十人の男とスコップを何本か集め、十五分以内に出発の準備をするよう命じた。それから貯蔵室に向かった。念のためにダイナマイトを何本か持っていくつもりだった。

川が山のなかでどう分岐しているかは知っていた。大半の水が東側に流れて、谷へそそぎ込んでいる。ずっと昔に行ったきりだが、川床が分かれているようすは目に焼きついていた。うまくやれば、ディーの土地をかけがえのないものにしている唯一の原因を取りのぞけるだろう。

彼女は怒り狂うだろうが、どうすることもできない。土地の価値を奪ったのはルーカスなので、すでに示した額を支払おう。こんどは彼女も受け取って、町へ移り住むしかない。時間がたって怒りが収まったら、人目を気にせず、堂々と彼女に求愛する。なんとか説き伏せて結婚するのはクリスマスのころ、とルーカスは見ていた。彼女だって、ふたりのあいだの情熱は否定できないはずだ。愛し合い、子どもをつくり、枕カバーのなかで取っ組み合いをする二匹のヤマネコのように喧嘩をして、一瞬一瞬を心ゆくまで楽しむ。

一行は川が二股になって、低いほうの川床が東に向きを変えている峠に差しかかった。

「あの水を見てください」ウィリアムは頭を振りながら言った。「雪解け水がまんま流れてます」

ルーカスは流れに沿って歩き、分岐点を調べた。上流は川幅があって、澄んだ水がまだとうとうと流れていた。水量がたっぷりあるので、分岐であふれた分が彼の土地のほうへも流れているが、そこから先は水量が大幅に減っていた。分岐する地点で、西の川床を掘りさげれば、水は山の西側に流れを変える。

彼はブーツを脱ぎ、分岐の西側に入って、氷のような冷たさに息を呑んだ。やわらかい沈泥につま先を突き立てて、悪態をついた。薄い沈泥のすぐ下に岩盤がある。あたりを歩きまわってみたが、どこも同じだった。岩ではくりぬけないし、水中ではダイナマイトにも火がつかない。

もう一度流れに入り、水を見つめながら考えた。岩盤を爆破するには、西側の流れを堰《せ》き止めるしかない。

彼は手袋をはめた手にスコップを握った。「始めるぞ」男たちに命じた。「西側に土を積みあげて、水をすべて東に流すんだ」

「ボス、それじゃ、牧場の水が干あがっちまいます」ウィリアムはおかしくなったのかと言わんばかりの目で、ルーカスを見た。

「一時的なことだ」ルーカスは言った。「流れを堰き止めたら、岩盤を爆破して川床を低くする」

ウィリアムは川に引き返して調べ、日焼けした顔に笑みを浮かべた。「水の流れをこちらに変えるんですね」

「そうだ」

「ディー・スワンからなんと言われることか」

「彼女のことはおれに任せろ」ルーカスは答えた。

作業には三日かかった。スコップで土を掘っては、西側の分岐点を埋め、水の流れを止めた。川はうまく東に向きを変え、澄みきった水がすべてエンジェル・クリーク側にそそぎ込んだ。西の分岐から水がなくなると、ルーカスは岩盤に穴をうがってダイナマイトをしかけ、長い導火線を引いて点火した。〈ダブルC〉の男たちは、全速力でその場を離れた。ダイナマイトは轟音《ごうおん》とともに爆発し、足元の地面が揺らいだ。

この爆発で彼らが積みあげた土の堰《せき》が崩れ、川はふたたび分岐して山の両斜面を流れはじめた。こんどはほとんどが西側にそそいでいる。

「東側を封鎖しろ」彼は言った。「東側には一滴も流したくない。しっかり堰を積みあげて、粘土で固めるんだ」

堰は水の力で浸食されるので、定期的に積みあげなおさなければならないが、それで心の平穏が得られるなら、たいした犠牲ではなかった。少なくとも、ディーの身を案じながら、眠らずにすむようになる。

三日めの夕方には、東側の分岐点が堰き止められた。

ルーカスは疲労困憊《こんぱい》しながらも、毎晩馬を走らせて町までディーのようすを見にいった。彼女にはオリビアとエッタが交代でつき添っているが、オリビアの顔に刻まれた苦悩の表情を思い出すたびに、冷や汗が噴き出した。前の晩、ディーは一瞬目を覚ましたものの、熱はまだ下がっていなかった。四日間続いた高熱のせいで、見る影もなくやつれ、ただでさえ華奢な体がいっそう痩せ細っていた。ルーカスに気づくと、小声で彼の名前を呼び、ルーカスはその手を握って話しかけたが、すぐにまた眠りに落ちた。そんな彼を慰めようと、オリビアは肩に触れた。「だいじょうぶよ」声が割れていた。「よくならないはずないわ」

ルーカスは疲労の極限に達していたが、ディーが気づこうが気づくまいが、彼女の顔を見ないことには一日が終わらなかった。その晩、町へ行ったのは、彼女のためであるのと同じくらい、自分自身のためだった。彼女に会えば、自分のしたことは正しかった、彼女を守るにはこうするしかなかった、という思いを新たにできる。それを知った彼女から喜んでもらえると思うほど、おめでたくはないが、死んだように横たわっている姿は、もう二度と見たくなかった。

この日は部屋に入ると、オリビアが顔を上げてにっこりした。指を唇に当てて部屋から出ろと合図し、彼のあとに続いて部屋を出ると、静かにドアを閉めた。「熱が下がったのよ」と、顔を輝かせた。「少しスープを飲んでから、また眠ったわ」

安堵が体じゅうに広がった。疲れはあるが、肩の重しが取り払われて四十五キロ以上も身が軽くなったような気がする。「口をきいたか?」

「水が飲みたいとは言ったけど、会話にはなってないわ。まだよくなってないし、弱ってるから。あと二、三日はこの状態が続きそうよ。ペンダグラス先生のお話だと、自分でいろいろできるようになるまでに、三、四週間はかかるだろうって」

考えるまでもなかった。心は決まっていた。「明日、彼女を〈ダブルC〉へ連れていく」

オリビアは唖然《あぜん》とした顔で彼を見た。「そんなのだめよ!」

「いや、そうする。あっちのほうが、人の出入りがないぶん、静かなはずだ」

「でも、ディーは女性よ！」

彼は眉をつり上げた。「それなら、おれにもよくわかってる」

「だからあなたとは一緒にいられないわ」

「彼女は死にかけた。きみが考えているようなことができる状態じゃない」ルーカスはずばり言って、オリビアの頬を赤らめさせた。「おれが彼女の看病をして、元気にさせる。許可を求めているんじゃないんだ、オリビア。これからやることを伝えてるんだ」

オリビアは深呼吸して、もう一度説得を試みた。「あの牧場には女の人がいないわ。お風呂や着替えはどうするの？　じつは、彼女をうちに連れて帰ると母に話してあるの。牧場まで行くのが無理なのはあなたにもわかるでしょう？」声がやわらぐ。「彼女はわたしの親友よ、ルーカス。あなたが彼女を大切に思っているのはわかってる。精いっぱい看病させてもらうわ。約束する」

彼はオリビアをじっと見つめた。「ディーから友だちだとは聞いていたが――」

「親友よ」彼女は言いなおした。「わたし、ちょっぴり鼻が高いわ。だって、最初からあなたたちふたりがお似合いだって思ってたんですもの」

ルーカスは咳払いをした。「きみに謝らなきゃな、オリビア。約束してたわけじゃないが、きみにもまわりの人間にも、おれが――」

オリビアは彼の腕に触れてさえぎった。「謝らなくていいの。あなたのことは好きだけど、友だちとしか思えなかった。あなたもそうでしょう？　それにわたし、いまとても愛してる人がいるの」

「だれだ」彼は眉を上げた。「その幸運なやつは？」

「ルイス・フロンテラスよ」

「まさか！」びっくりしてつい口走ったが、すぐに謝った。「すまない。彼は元気なんだろう？　他のことで頭がいっぱいで、尋ねもしなかった」

「ルイスはリンドフォーズ・ホテルよ。ほぼ快復したわ」

ルーカスは満足げにうなずいた。フロンテラスのような男が彼女の心をつかむとは意外だったが、オリビアをなじる気にはなれなかった。ルーカスの目つきが厳しくなった。

「関係もないのに、彼のことをとやかく言うやつが出てくるかもしれない。だが、彼には返しきれないほどの借りがある。おれの助けがいるときは、いつでもそう言ってくれ」

「ありがとう、ルーカス、憶えておくわ」つま先立って、頬にキスした。「あなたの分まで一生懸命ディーを看病するわね」

ルーカスの表情が一変し、目が底光りした。「せっかくだが、それは断わる。おれが彼女を連れて帰る」

「彼女の評判も考えてあげて」オリビアは声をあらげた。「噂になるのよ」

ルーカスは冷酷な笑みを浮かべた。「少しでも考える頭があったら、噂などしないさ」

「いいえ、するわ。そんなふうに彼女を扱ってはだめよ」

その理屈にルーカスは押し黙った。ディーの身のまわりの世話は自分でやるつもりだったが、町じゅうの人間に知れわたるのは本意ではない。決意は変えずに、計画を変更することにした。「きみがちゃんと看病してくれるのはわかってる。だが、彼女を手元に置いておきたいんだ。手伝いの女を雇おう。シド・アクレーのとこのいちばん上の娘なら、金を払えば喜んで引き受けてくれるだろう」ディーのそばにいたいだけでなく、牧場ならば会う人間を制限できるから、エンジェル・クリークの件が他人の口から漏れずにすむ。時機を見はからって、自分で伝えたかった。

妥協の余地のない青い目を見て、オリビアは説得をあきらめた。彼がディー・スワンを〈ダブルC〉に連れていくと言えば、彼女はそこに行くしかないのだ。たしかに、ルーカスとディーが結ばれればいいと思ったし、その望みはかなったが、ふたりが結婚しなければ、シド・アクレーの娘がついていようといまいと、町の人々は悪く言うだろう。

厳しい顔でルーカスに尋ねた。「彼女と結婚するつもりはあるの?」

「承諾してもらえれば、すぐにでも結婚したい。だが、彼女には黙っておいてくれよ」彼は釘を刺した。「不意打ちで申し込んだら、びっくりした拍子にイエスと言ってくれるかもしれないだろ?」

ふたりは同時ににっこりした。

翌朝、ルーカスは四輪馬車の荷台にキルトを詰めこんでやってきた。エッタは、ディーはまだ動かせる状態じゃないと言わない夫にぷりぷりしていたが、いくら妻にとって驚くべき不謹慎な行為だろうと、医師も嘘はつけない。ディーの具合はけっしてよくなかったものの、町でも、〈ダブルC〉でも、快復にかかる時間は変わらない。それにルーカス・コクランがこれと決めたことを邪魔するのは、愚か者だけだ。

ルーカスが部屋に入ると、ディーは起きていた。目はうつろだが、彼に気づいてささやいた。「ルーカス」

彼女をがばっと胸に抱きしめたかったが、哀れなほど痩せ細っていたので、我慢することにした。そのかわり、手を取って指を撫でた。「おまえをおれの家に連れて帰る」ディーはうなずいて、かすかに微笑んだ。持ってきたキルトで彼女をくるみ、荷馬車に運んだ。歩道には小さな人垣ができ、ひそひそとささやき合う声が聞こえる。アクレーの娘のベッツィが荷台に乗りこんだ。牧場へ向かうディーにつき添うためだ。

医師夫婦とオリビアが彼について出てきた。「きちんと食べさせて、いっぺんに多くのことをしすぎないように気をつけるんだぞ」医師は指示した。「少なくともあと一週間は寝床から起きあがろうとしないだろうが、いまは休むのがなによりの薬だ」

「ベッツィがちゃんと世話してくれますよ」聞き耳を立てる人々を意識して、ルーカスは応じた。心は満ち足りていた。思ったような状況ではないし、この先にも嵐が待ち受けているが、とりあえずはディーを望みどおりの場所——自分の庇護《ひご》のもと——へ運ぼうとしている。

荷馬車を慎重に操って、牧場へと向かった。ひとりで馬に乗るときの倍かかったが、肩が痛むといけないので、ディーを揺らさないのをいちばんに心がけた。道のでこぼこに気をつけながら、彼女の息遣いの変化にまで耳を澄ませているのだから、神経がすり減って当然だ。ようやくランチハウスが見えてきたときは、肩の荷が降りたようで、溜息が漏れた。

ポーチの前で馬を止め、座席をまたいで荷台に乗り移り、ディーの脇に片膝をついた。「急いでなかに入って、ベッドカバーをはずせ」ベッツィに命じた。「二階に上がって、右側の二番めの部屋だ」

ベッツィは飛び降り、言われたとおりにしようと駆けだした。まだ十七歳の彼女は、ルーカスに恐れをなしている。安心させてやりたかったが、彼にはある種の女を不安にさせるなにかがあるらしいので、あきらめていた。

ディーは起きていたが、目に依然として遠くを見るような表情があった。見たものを認識はできても、関心を持つだけの気力が湧かないといったふうだ。「痛かったら言えよ」なるべく動かさずに抱きあげられるよう、ディーをキルトにのせたまま荷台の端まで引っ張った。それから荷台を飛び降りると、両腕にかかえて胸に抱き寄せた。前に抱きあげたときより、ずいぶん軽くなっている。残っていた恐怖心が胸を突いた。ディーが出血多量で命を落としかけたことは、一生忘れられないだろう。

ディーを運びこむと、ベッツィがベッドの脇に立っていた。ディーをそっと降ろしてキルトをはずし、カバーをかけてやった。「なにか食べるか？　飲み物は？」

「水」ディーは答えた。

ベッツィに目をやると、あわててそばにあった水差しを手にした。

「欲しいものがあったら、ベッツィに言うんだ」ディーの頬を撫でた。「好きなだけ眠るがいい。いまはよくなることだけを考えろ」

手を下ろして出ていきかけたが、「ルーカス」という彼女の声に引き戻された。

「牛が」ディーは小声で言った。「菜園を――」

こんなときまで菜園の心配か！　突きあげる怒りを抑えて、いま彼女が必要としている安心を与えた。「牛には荒らされていない。おまえが〈バーB〉まで追っ払ったんだ」

血の気のない唇に薄い笑みが浮かんだ。ベッツィがコップに水を入れて持ってきたので、場所を譲った。ベッツィはディーの頭を支えて水を飲ませた。ディーがもういらないと合図すると、ベッツィはふたたび彼女の頭を枕に戻し、ディーは疲れから早くも目を閉じだしていた。ルーカスは静かに部屋を出た。

彼女が元気を取り戻して、川のことを伝えるまでには、二、三週間しかない。その間にできるかぎり彼女の面倒を見て、たがいの絆を深めるつもりだった。ベッツィの手を借りなくていいほど快復したら、ディーはまるごとおれのものだ。

ミリカン家では、夕食のあとは三人で読書や裁縫、あるいはただおしゃべりをして過ごすのが習慣だった。幼いころから、オリビアはこの親密な時間に家族の一員として迎えられ、両親は彼女の子どもっぽい話も大人の話と同じように重要だと思わせてくれた。流産が続いたあとだったので、ウィルソンとホノラはことのほか娘をかわいがり、最高の人生を送らせようと心を砕いてきた。オリビアにとっても、この夕食後の楽しい団欒《だんらん》は、つねに人生における大切なひとときだったので、台なしにするのが怖かった。一緒に両親に話そうという、ルイスの申し出は断わった。不愉快な話が持ち出されたとき、彼に聞かせたくなかったからだ。彼を守るなんておこがましいが、これにはオリビアなりの計算もある。言い争った記憶がないほうが、彼もあとあと両親との関係を修復しやすいだろう。

どういうわけか、噂はまったく立っていないようだった。ホノラとベアトリスは、ルイスが怪我をしたと聞いたときの彼女のあわてぶりに口をつぐんでいた。ドクター・ペンダグラスとエッタも、明らかに彼女がルイスの枕元に駆けつけたことを口外していない。噂になってくれたほうが、唐突に話を切り出さなくてすむのに、と思ったほどだ。

しかし、ほかに方法は思いつかないので、深呼吸してこう切り出した。「お母さま、お父さま、お話したいことがあります」母は期待に満ちた目を向け、ウィルソンは新聞を置いた。「好きな人ができました。結婚するつもりです」

両親は目を丸くした。ついでホノラが手を叩いて飛びあがった。「なんてすてきなんでしょう」と叫び、高らかに笑った。「やっぱり、ミスター・コクランに求婚されたんですね。あのときはどうかと思ったけれど――」

「お母さま、そうじゃないの」オリビアはさえぎった。「ルーカスじゃありません」

満面の笑みを浮かべていたふたりの顔から表情が消えた。「ルーカスじゃない？」ウィルソンは当惑に眉をひそめた。「だが、おまえに求愛していたのは彼だけだろう？　ベラミーをべつにすれば。もちろん彼に関心はあるまい。町じゅうの人間はてっきり――」

「ええ、当人たちをのぞいては」オリビアは穏やかに答えた。「ルーカスはお友だちです。恋愛感情はありません」

「でもミスター・コクランじゃなかったら、いったいだれなの？」ホノラは気を取りなおした。好奇心で声が震えていた。

「ルイス・フロンテラスです」

ふたりの顔がふたたび困惑に曇った。ホノラは椅子にへたり込んだ。「だれ？」とまどいが滲んでいる。聞き覚えのある名前だけれど、顔が思い浮かばない。それに……外国人のようだ。

「ルイス・フロンテラス。ミスター・ベラミーのところで働いていました。〈ダブルC〉の人たちが駆けつけるまで、彼がディーを守ったんです」

「ガンマンか?」ウィルソンはいぶかしげに顔をしかめた。「おまえは、メキシコ人のガンマンと結婚すると言うのか? オリビア、いいかげんにしなさい。だいたい、そんな男のことなど知りもしないだろうに!」

「メキシコ人!」ホノラはショックに目を見開いた。

「そんなことありません。彼のことはよく知っています」両親の目を見つめた。「毎週日曜日に、一緒に遠乗りに出かけていましたから。彼を愛しています」

ウィルソンは新聞をたたんで放り出した。「そんなことは信じられない。そんな男とおまえに、どんな共通点があると言うのだ? 定住しておまえに家庭を与えることもできない男だぞ」

「ええ、そういう暮らしにはならないでしょうね」オリビアは認めた。「でも、いっときの気の迷いじゃないんです。何カ月も考えた末の結論です。お屋敷とたくさんのドレスを与えてくれる人と結婚することもできるけれど、ルイスとテントで暮らすほうが十倍も幸せです。彼と家庭を築きたい。彼ならきっと、わたしと子どもたちを大切にしてくれます。お金がなくてもかまいません」

「金のありがたさは、失ってみて実感するものだ」父親はかぶりを振った。「わたしたちに守られてきたせいで、おまえには自分が進もうとしている道の現実が見えていない。おまえは、そんな男と暮らすよりも、ずっと贅沢な生活がふさわしい娘だ。生きていけんぞ」

「生きていけます。わかってください。彼はわたしを愛してくれている。そしてわたしは彼を愛している。わたしが欲しいのはそれだけです。ずっと、それだけを望んできました。お金持ちの人とではなく、愛する人と結婚します」

「だめだ」ウィルソンは強固に反対した。「絶対に許さん。たんにのぼせ上がって、自分の言っていることがわからんのだ。なるほど、あいつは英雄のような男だろう。とくに、ディーを助けたあとではな。だが、幸せな結婚には安定が欠かせない。いつも肩越しに振り返るような銃の名手には望めないものだ」

「お父さま」オリビアは悲しそうに言った。「許しを請うているんじゃありません。お父さまもお母さまも大好きだから、結婚式には出てほしい。でも、出てくれなくても式は挙げます。ご心配はわかります。それに、お父さまの言うのももっともです。でも、ルイスはそれ以上の存在なんです。正直で立派な人です。さっきお父さまもおっしゃったように、身の危険を冒してまでディーを助けるような人です！　酒場にいた上品で正直な町の人は、彼が頼んでも、だれも手を貸してくれようとしなかった。でも、わたしがそのなかのひとりと結婚したいと言ったら、お父さまはそんなに怒らなかったでしょうね。ルイスが、お父さまの考えていたわたしの結婚相手とちがうからって、悪い印象を持たないでください。お願いです。彼こそわたしを幸せにしてくれる人です。祝福してください」

「おまえは多くを望みすぎる」父は顔も声もこわばり、母は声を殺して泣いていた。

「そんなふうに思われるのは残念だけれど、わたしの気持ちは変わりません」

18

家じゅうが寝静まってからも、オリビアは眠れずにいた。一階の大時計が十二時を打ったが、まんじりともしなかった。両親と言い争って、ふたりを悲しませたことが、心に重くのしかかっていたものの、決心は揺るがなかった。これまで生きてきて、ルイスとのことほど、たしかなものはなかった。

こすれるような音がしていた。最初は、いつものように、外の木の枝が窓ガラスに触れる音だと思って無視していたが、やがて気づいた。窓の上がる音だ。悲鳴を喉にからめたまま、ベッドから飛び出した。

「逃げなくていい」ルイスが低い声で言った。「おれだよ」

「あなただったの！」脱力のあまり膝が笑い、ベッドの柱につかまった。「びっくりしすぎて、死ぬかと思ったわ、もう二度とこんなことしないで！」怯えながらも、とがめる声をひそめるのを忘れなかった。

彼は喉の奥で笑った。「承知いたしました、マダム。おれも、寝室の窓から忍びこむのはこれっきりにしたいよ」

突然、現実が呼び戻された。「そうよ、撃たれたばかりなのに、木にのぼったりして、だめじゃないの。傷口が開いたらどうするの？」

「平気だよ。たいした傷じゃないから。すっかりよくなった」オリビアの頭に手をまわし、口づけする。「明日まで答えを待てなかった。ひと月待って、教会で豪華な結婚式をやるのか、それとももっと早く一緒になれるのか聞きたくてね」

彼の両腕に手を置き、温かい体から勇気をもらった。「すぐに結婚できるわ」われ知らず、答える声が沈んでいた。

彼はもう一度唇を寄せてきた。やわらかい唇だった。「すまない。ご両親に祝福してもらいたかっただろうに」

「ええ。でも、わたしも幸せになりたいの。わがままよね」小さく溜息をつき、彼の腕に身をあずけた。彼に抱かれていると、うちに帰ったみたい。抱き寄せられてはじめて、ナイトガウンの薄さを意識した。ガンベルトの厚いバックルや、小さな穴に押しこまれた予備の弾、そしてズボンのボタンまでを肌に感じる。最後のものはとくにはっきり感じた。その奥が大きく隆起しているせいだ。

以前なら、男の肉体を感じるほど抱きしめられたら、屈辱を感じていただろう。だが、ルイスは何カ月もかけてその感触に慣れさせ、肉体を通した愛の喜びを教えてくれた。彼に求められているのがわかって、全身がぞくぞくし、なにも考えずに腰を押しつけた。

彼は片手を腰にまわすと、膝をたわめて抱き寄せた。隙間なく重なった体に、彼女の口からは溜息が漏れた。

ルイスは頭を傾けて、唇を重ねた。いまだ。ついにそのときが来た。彼女が心を決めた。自分のものにできる。もうひと晩も待てない。紳士なら結婚まで待つのだろうが、ルイスは紳士ではなく、恋人を求めるただの男だ。結婚式は世間にたいするもので、もっとも重要な誓いはふたりの体で確かめ合うものだ。

口づけをしても、体に触れても、彼女はもう怖がらなかった。乳房を撫でると喜びに身を震わせた。いままで教えてきたことを繰り返し、彼女の筋肉が官能に引き締まるのを感じる。ナイトガウンのボタンをはずして手を滑りこませ、すべすべとした乳房を愛撫した。乳首がつんと立ち、彼女は低くあえいだ。

いったん離れて、ガンベルトのバックルをはずし、椅子の上に落とした。続いてシャツを脱ぎ捨てた。

ルイスのつややかな肌が、うっすらと輝いている。オリビアは引き寄せられるように、彼に近づいた。暗くて表情は見えないけれど、明かりはいらない。彼のことなら知っている。広い肩も、硬い胸も、引き締まったお腹も。白く浮きあがる腰の包帯を見て、また胸が痛んだ。彼の胸に唇を這わせ、小さな乳首を口にふくんだ。「愛してるわ」ささやき声が温かな吐息となってルイスの肌をくすぐった。

オリビアの頭を持ちあげて唇を重ね、ゆっくりと舌を差し入れて、そっと動かした。両手で彼女の肩を払うと、ナイトガウンが落ち、腰のふくらみにひっかかった。彼女が息を呑むのがわかるが、かまわず押しさげて、足元に落とした。

オリビアは立ちつくし、怯えた目で彼を見あげた。明かりがあったらよく見えるのに。だめよ、それじゃ。わたしも一糸まとわぬ姿なのよ。彼が見えれば、わたしも見られる。だが、どちらにしろルイスにはよく見えていた。白い肌が暗闇に浮きあがっていた。

オリビアには、裸なのがショックだった。震える手を下げ、大切な部分を隠そうとした。彼はやさしく、しかし容赦なく手首をつかみ、脇にやった。「いままで痛かったことはあるかい?」こめかみに唇をつけて、尋ねた。

オリビアは震えながら、小声で答えた。「いいえ」

「今夜、きみを抱く。完全におれのものになる。どういうことか知っているか?」

考えようとした。まっ白になった頭を働かせようとした。「わたし……よくわからない」

「動物が交尾するのを見たことはあるかい?」

「い、いいえ。いえ、あるわ。二匹の犬がそうするのを一度だけ」そのときは興味津々だったが、見てはいけないものを見ているのに気づき、恥ずかしさから逃げ出してしまった。

ルイスはそんな彼女の髪に顔をうずめて微笑んだ。なんという清らかさだろう。「それと似てる」なだめるように、背中から腰にかけてそっと撫でた。「きみと一緒のとき、おれのものが硬くなるのはわかってただろう？　愛を交わすために、それをきみのなかに入れる。ここに」背中を撫でていた手を、しっかり閉じられた太腿の前の部分に移し、やわらかな襞《ひだ》に指を滑りこませた。

ビクッとして逃げようとする体を片手で強く抱き寄せた。「やめて」彼女はうめいた。「いけないわ」震えが激しくなり、全身の力が抜け、脚がふらついて、へたり込みそうだった。脚の間をさわられたせいで、興奮の嵐が体を駆けめぐっている。どういうこと？体がひどくほてり、肌はぴりぴりして、触れられるだけで叫び出しそうになる。高波のように快感が押し寄せているのに、静かにしなければ、という思いだけで悲鳴を押しとどめていた。いままでも彼の手で燃えあがり、喜びを与えられて、うずく体をもてあましたことはあったけれど、こんな感覚ははじめてだった。ただの水を飲んでいたのに、突然フルボディのワインを与えられたようで、その激しさに面食らった。

「横になろう」彼はふたたび口づけしながらささやいた。誘うように、こわばった脚のあいだの小さな蕾《つぼみ》に指を這わせる。まったく経験のない彼女を思いやって、羽のように軽く触れた。するとまたブルッと震え、腰が沈むのがわかった。抱きあげてベッドに寝かせ、自分もブーツとズボンを脱ぎ捨てた。全身を期待にうずかせながら、隣に横たわった。

オリビアは気が遠くなりそうだった。自分のなかに入ろうとしている彼を、どうしても押しとどめられなかった。止めたくない。けれど、まるでブレーキのきかない列車がしだいに速度を増して、手に負えなくなったような感覚がある。飛び降りることさえできなかった。

硬くなったものが腰に当たった。とっさに、どけようと手を伸ばした。異質な部分に触れたとたん、急いで手を引いた。ルイスはうめき、わずかに腰を持ちあげた。「さわってくれ」かすれ声でつぶやいた。息が荒くなっている。「お願いだ。どんなにきみに握ってもらいたかったか——」

すぐには手が出せなかった。あまりに淫らで、大胆な行為に思えた。しかし彼に教えられたことはすべてがそうだったのに、どれも気持ちがよかった。おずおずと指を巻きつけた。次の瞬間、薄くつるんとした皮膚に包まれた硬いものに魅了された。はじめて不安が頭をもたげてきた。どうやったらこれがなかに入るの？

彼がのしかかってきた。脚で太腿をこじ開けられた。

じっと横たわっているだけでやっとだった。シーツを握りしめた。

そんな不安を察し、ルイスは低くささやいて安心させ、ゆっくりとキスした。乳房を撫で、唇を這わせると、すぐに緊張がゆるみ、彼の脚を締めつけていた腿の力が抜けた。たくみな指遣いでやわらかな場所を探り当てた。花びらが開くように、その部分がふわっと開く。彼女は鼻声を漏らし、枕の上で頭を振りだした。

愛情を込めて手を動かし、指をなかに入れながら、親指で刺激しつづけた。のけぞってもがき、体が彼を欲しがっている。絶頂の寸前まで導くと、手を離して、自分のものを割れ目にあてがった。

ふたたび彼女はおとなしくなった。胸だけが上下していた。ルイスは身を乗り出し、体重をかけた。その力で、わずかに彼女のなかに入った。

オリビアは目を閉じた。体が彼から逃れようとしている。早くも痛みを感じたようだった。そして、待ち受けているのがただの違和感ではなく、本当の痛みだとわかった。「痛いわ」彼女はつぶやいた。

「わかってるよ、愛しい人。だが、最初だけだ」

奥に分け入られるにつれて、組み敷かれた体に重さがかかる。体のなかが開いて、彼を受け入れようとぎりぎりまで押し広げられた。痛みが襲いかかってくる。やがて激痛が走った。処女膜が破れ、彼のものが奥深くまでゆっくりと侵入してきた。

ルイスは動きを止め、痛みが収まるのを待った。肩が彼女の涙で濡れていた。痛いほど脈動するものを押しとどめ、やさしく愛撫してやる。やわらかな襞が、おかしくなりそうになるほど彼のものを締めあげ、まだ許されていない頂にのぼりつめようと誘っていた。

彼女をなだめるたったひとつの方法は、クライマックスに導いて、痛みと引き換えにしても余りある究極の喜びを教えることだ。自分の喜びは後回しにして、まずは彼女を楽にしてやらなければ。密着した体のあいだに手を滑りこませ、やわらかな蕾を探り、かぶさっている襞をそっと押し開いて、ふたたび情熱を呼び覚ました。自分には我慢を強《し》い、彼女を快感の渦へと導く。先を急がず、体を楽にさせてから、ゆっくりと喜びが戻ってくるのがわかるように、じょじょに興奮を高めてやるのだ。やがて彼女が腰を持ちあげて振りはじめると、指に力を加えて、動きを速めた。

オリビアはさっきまで苦い失望感を味わっていた。最初のときは痛みがあるとディーから聞かされていたが、貫かれる痛みは、想像を絶していた。これまで彼から教わった行為には、どれも鮮烈な喜びがあった。だから、不安を覚えながらも、同じような快感を得られると信じて、身をまかせた。なのに痛みがあった。体が侵害される恐ろしいまでの衝撃が走った。けれどいまは、器用な指によってたちまちのうちに激しい快感を引き出され、その波に呑まれて揺れている。より奥深くに導こうと、腰を持ちあげると、喜びはさらに高まった。彼に脚をからませ、高まる快感に身悶えした。ルイスはペニスを包みこむ体の動きにうめきつつ、全身の欲求に抗って、深く激しく突かないように注意した。

オリビアが喜悦の声を放った。その口を手でふさいだ。彼女は弓なりになって、震えていた。体の内側にも絶頂のあとの痙攣《けいれん》が感じられる。もう限界だ。ルイスは何度か腰を振り、彼女のあとを追うように快感に身を投じた。勢いよく自分のなかのものを解き放つと、あとはただぐったりと彼女の上に倒れこんで動けなくなった。

オリビアは彼の背中をゆっくり撫で、引き締まった筋肉の感触を楽しんだ。目がくらんで、夢を見ているようだった。最後は喜びで終わった。あまりの快感に、死をも思った。結婚まで待たなかったのは後悔していないけれど、いままでこの喜びを教えてくれなかった彼を恨みたくなる。この新しい交わりによって得られる喜びや、結ばれる絆は、ほかとは比べものにならないほど深かった。自分がすっかり彼のものになり、同時に彼が自分のものになったと感じた。思ってもみなかったことだ。彼を愛している。だが、この体の結びつきは、もっと本能に根ざしていた。

ルイスはかなりたってから動きだし、彼女から離れた。「もう行かないと」眠そうに言った。「このままじゃ朝まで居残って、きみの親父さんに散弾銃を持ち出されてしまう。十時ごろ迎えにくる。それまでに荷造りできるかい？」

もうあまり時間がない。たとえ二、三日でも、結婚を引き延ばす理由はないと、彼が言い張ったのだ。

「ええ」オリビアは彼にキスした。「どこかに泊まるの？　それともすぐに町を発つの？」

その声には迷いがなかった。好奇心だけだ。どこに泊まろうが、まったく気にしていない。オリビアを与えてくれた運命に感謝し、声をあげて笑いたくなった。「しばらくホテルに泊まって、今後のことを決めよう」

「だったら、いますぐ服を全部詰めなくてもいいわね？」

ルイスはにやりとした。「ああ、少なくとも寝間着はいらないな」

ええ、そうね。微笑みながら彼が服を着るのを見守った。ルイスが暖めてくれる。こんなすてきな未来があったなんて。


翌日、オリビアは穏やかな気持ちで、朝食に下りた。「ルイスが十時に迎えにきます。今日の午後、結婚しますので」

ホノラはあふれ出した涙を、あわててぬぐった。「そんなに急ぐことないでしょう? もう少し考えてみたらどうなの?」

オリビアは母を抱きしめた。「もう充分考えました。彼を愛しています。それは変わりません。もし待つとしたら、お母さまとお父さまがわたしのために結婚式を挙げてくださる場合だけです」

ウィルソンは深い溜息をついて席を立った。「フロンテラスのような男との結婚を祝ってもらえると思ったら、大まちがいだ」

「祝ってもらいたかったけれど、無理だとも思っていましたから」

ウィルソンは頭を垂れ、悲しそうに床を見つめた。反対する理由は、フロンテラスがオリビアにはふさわしくないからだが、娘を手放したくないという気持ちも多少はふくまれている。だれが相手でも、寂しさは禁じえないにしろ、信頼できる男に託したという自信があれば、少しは気が楽だったろう。オリビアには安定した生活がふさわしい。

オリビアはつねに満点の娘だった。子どものころからやさしくて、愛らしかった。けっして無茶はせず、早くから分別をわきまえていて、穏やかだった。子を溺愛する親はどんな相手でも満足できないものだが、オリビアがまったく不釣り合いな男と結婚するのはだれの目にも明らかだった。

たったひとりの子どもであり、人生の光だった。この家の財産も相続する。それがフロンテラスの狙いか？　義理の父親に養ってもらうのを期待しているのか？　オリビアには絶対にもっと似つかわしい相手がいる。しかし他人のよい面を見ようとする娘は、フロンテラスの動機を疑うなど、夢にも思わないだろう。その点、ウィルソンは財産を築いてきただけあって、馬鹿ではない。財産目当てに結婚した男をいやというほど知っている。オリビアをそんな男のもとに嫁がせたくなかった。

ルイス・フロンテラスには会いたくなかったが、やはり銀行へ出かけるのを遅らせることにした。彼に言っておきたいことがあった。

ルイスは貸し馬車屋で借りた一頭立ての四輪馬車に乗って、十時ちょうどに現われた。待ちかねていたオリビアは、飾らない彼の姿を見て胸がいっぱいになった。いつものズボンとシャツ。首にはバンダナを結び、細い腰にガンベルトを低く締め、腿で留めている。ふだんとまったく変わらない。彼の外見を取り繕わないところが好きだった。ルイスは飾る必要のない人だ。

オリビアはドアを開け、幸福に顔を輝かせながら待った。ルイスは微笑みを浮かべて近づいた。黒い目がきらめいている。昨晩の行為がふたりの脳裏をよぎり、オリビアは息が詰まった。

「用意はできてるわ」背後にあるふたつの旅行鞄を指した。

ルイスがかがんで持とうとしたとき、ウィルソンが書斎のドアを開けて咳払いをした。

「できたらきみと話がしたい」

階段を下りてきたホノラは、鞄を見て両手を握りしめた。目の縁が赤くなっていた。

ルイスは体を起こした。褐色の顔は穏やかだった。「喜んで」

ウィルソンは脇に寄って書斎に手をやった。「ふたりきりでだ」

「お父さま」オリビアが不安そうに声をかけた。

「おまえは黙ってなさい。これはこの男とわたしの問題だ」

「ちがうわ！」彼女は叫び、前に出た。「わたしにも関係あります」

ルイスはにっこり笑いかけて、彼女の腕に触れた。「心配いらないよ」やさしく安心させた。そして書斎に入り、ウィルソンが後ろ手にドアを閉めた。

ルイスは銀行家と向き合った。オリビアはこうした場面を予測していなかったのだろうが、ルイスにはわかっていた。この男は娘を心配している。そうでなければ、真剣には受け止めなかった。少しでも彼の心配をやわらげられるのなら、できるだけのことはしたかった――オリビアも幸せになれる。そのためなら、なんだってする。

ウィルソンは背筋を伸ばした。「ここから出ていき、二度と娘に会わないと約束すれば、五千ドル払おう」

ルイスは目を細めた。その目が険悪な光を放った。「いいえ」ひと言で答えた。「娘と結婚して金が手に入ると思っているのなら――」

「よしてください。そんな話は聞きたくもない」黒い目が冷ややかな怒りに燃えた。「おれが娘さんと結婚するのは、彼女を愛しているからです。財産が大事なら、しっかり握ってればいい。おれはいらないし、欲しくもない」それだけ言うと、ウィルソンの脇を通って部屋を出た。

ルイスの顔を見たとたん、オリビアはドキッとした。駆け寄って、爪がくい込むほど強く腕を握りしめた。「ルイス？」こわごわとささやきかけた。

ルイスは表情をゆるめて彼女を見た。「なんでもないよ。さあ、出発しよう」

背後でふたたび書斎のドアが開く音がした。ホノラがふたりを引き止めるように、あわてて階段を下りたが、途中で足を止め、愛する娘を連れ去ろうとしている男を苦しげに見つめた。ルイスはいつものように女への思いやりをたたえた目で、彼女を見あげた。母親の不安が手に取るようにわかる。オリビアを残していくことはできないが、少しでもその不安を軽くしてやりたかった。

階段まで行き、ホノラの手を取った。「お嬢さんを大切にすると約束します」

心を痛めながらも、ホノラは彼の手を握りしめた。慰めを求めるように、しがみついた。

「それで、どこに住むつもりなんです？」悲しげに尋ねた。

彼は肩をすくめた。「オリビアの望むところなら、どこでも」あっさり答えた。「でも、どこにいても、年に一度は孫の顔を見せにきますよ。かならず」

孫！　ホノラは音をたてずに口をぱくぱくさせた。感激で胸がいっぱいになった。孫！　愛するオリビアの子ども。

そしてこの男はオリビアを心の底から愛している。さっきまでは心配でたまらなかったが、黒い瞳を見てそれがわかった。当然だわね。オリビアを愛さずにいられる人なんているかしら？　彼は地域社会のしっかりとした柱とは言えないだろうが、強さを持ち合わせている。そのほうが、起伏のない生活よりも安心できる場合もある。なによりもオリビアに幸せになってほしい。彼を見たとたん、きっと幸せにしてくれると確信した。

「わたしが結婚式の準備をするまで待てますか？」彼女は尋ねた。

「ホノラ！」ウィルソンが驚いて叫んだ。

ルイスがいたずらっぽく笑い、ホノラは鼓動が少し速くなった。「無理でしょうね。ですが、今日の午後、式に参列していただければ光栄です」

「わたし……え、ええ」まごつき、懇願するように夫をあおぎ見た。「わたしたち、もちろん参列するわよね。オリビアの結婚式ですもの。なにがあっても出なければ」

「ホノラ！」ウィルソンはまた叫んだ。

ホノラは夫に向きなおった。なにごとにつけ、夫にはめったに楯突《たてつ》かないが、男たちに他の男のなにがわかって？　女なら、他の女の欲しいものがすぐにわかるというのに。

「名前を連呼しないでちょうだい！　彼がオリビアを愛しているのがわからないんですか？」

「そのとおりよ」オリビアは胸を張った。微笑みながら両親を見つめる目は、涙で光っていた。「それ以上、わたしになにを与えようと言うんです？」

与えられるものがあるとすれば、月だけだ、とウィルソンは思った。胸が締めつけられた。だが、なによりも愛する娘を失いたくなかった。この家で居心地の悪い思いをさせたくなかった。オリビアはいつも思慮分別のある娘だった。それなのに、どうして娘の決断を信じられないのか。信じるのが自分にできる唯一のことに思えた。目が潤んでいるような気がして、咳払いをした。「そうだな。おまえは大切なものを手に入れた。結婚式には参列しよう。母さんが言ったように、なにがあっても出なければならない」

ウィルソンとルイスは握手をした。ルイスに向けられた目は厳しかったが、ふたりの気持ちは通じ合った。ホノラはふたたび泣きだしたものの、こんどは喜びの涙だった。オリビアと離れるのはつらいけれど、この日をずっと楽しみにしてきた。
そしてもちろん、結婚式ではいつものように涙に暮れた。

19

ディーはそろそろとベッドを出て、窓辺まで歩いた。ときおり、おぞましい非現実感にとらわれ、おもてを見て自分のいる場所を確かめたくなる。ある期間の記憶がすっぽりと抜け落ちていた。鮮明に憶えている最後の記憶は、小屋の床にうずくまってライフルを肩にかついでいる場面だ。そのあとは切れぎれの印象しかなく、一週間ほど前の朝になって、ようやくしっかり目覚めたような気がする。それでも体はひどく弱っており、最後の記憶といまの状態があまりにもかけ離れていたために、喪失感があった。

なにも訊いていないので、正確な顛末は知らなかった。知らなければならないが、急ぐことはない。そのうち――もっと快復してからでいい。体が衰弱しすぎて、心のエネルギーまで吸い取られてしまったようだ。口をきくのも、人と過ごすのもわずらわしく、ただひたすら眠りたかった。生理的な欲求を我慢できなくなると、眠りの殻から一瞬だけ浮きあがり、喉の渇きや、空腹、排尿といった欲求を片づけると、すぐにまた眠りに落ちた。

しかし、眠っている時間はしだいに短くなり、この数日は、ベッツィ・アクレーの手を借りて部屋のなかを歩きまわるまでになった。ひとりでベッドから出たのは、今日がはじめてだ。脚はふらついたものの、なんとか立てて嬉しかった。小さな一歩だ。階段を下りろと言われても無理だが、下りたいとはまったく思わないので、気にならなかった。

いまいるのはルーカスの家だ。どうやってここへ来たのだろう？　彼は毎日、少なくとも朝と夜の二回は顔を出した。彼から質問されたときは、なんとか答えようとしたが、見るからに大変そうなうえに、単語しか出てこないので、彼も会話を続けようとはしない。ときどき、自分を見つめる目に火山のような怒りがあって、どうしたのだろうと思ったが、自分への怒りではなさそうだったので、ディーも無理してまで探ろうとはしなかった。

〈ダブルC〉を訪れたのはこれがはじめてだった。ルーカスの暮らしぶりと自分の家のちがいは歴然としていた。知っているのはこのひと部屋だけだが、客間がこれなら、他の部屋はもっと立派なのだろう。天蓋つきの広いベッド、絹のように肌ざわりのいいリネンのシーツ。繻子《しゅす》仕上げの木の床は磨きあげられ、ふかふかの敷き物が足に心地よかった。大きな衣裳戸棚、絹張りの長椅子、上品なさくら材の机と椅子、それに鏡つきの化粧台と小さな腰かけがある。さらに、ベッツィ用として、坐り心地のよさそうな布張りの大きな椅子が用意されていた。

ルーカスの家を見ていると、これまで縁のなかった劣等感を覚えずにいられなかった。彼には絹のドレスに香水を振りかけ、宝石で着飾った女性がお似合いなのに、牛の乳をしぼり、土地を耕し、爪を泥まみれにしている自分に結婚を申し込むとは、よほどエンジェル・クリークが欲しかったのだろう。結婚したあとはどうするつもりだったのかしら？どこかの町に家を買い与え、彼に恥をかかせないように追い払うとか？

そのうちに、そんなふうに考える自分が恥ずかしくなった。ルーカスは親切にも、快復するまでのあいだ自宅に置いてくれている。自分のほうがいい暮らしを送っているとは、おくびにも出さない。ディーのほうが勝手に落ちこんで、そんなことを考えただけだ。そそれでも、〈ダブルC〉――窓から見える範囲だけでも――と、この部屋を見ていると、ふたりのあいだの隔たりの大きさをあらためて感じた。

「あれま！」突然、ベッツィが入口で叫んだ。「ミス・ディー。ひとりで起きたんですか？」

ディーは窓から振り向いた。ベッツィが昼食の盆を持っているから、朝に何口か食べたあと、また何時間か眠っていたらしい。

「太ってしまいそうね」ディーはしみじみ言った。「寝ては食べての繰り返しだから」

ベッツィの世話になって以来、必要なこと以外で口をきいたのはこれがはじめてだった。ベッツィは目を丸くして大急ぎで盆を机に置くと、手を差し伸べた。「ミス・ディー、できるだけたくさん食べないといけません。棒きれのように痩せてしまってるんですから」

慰めてくれてるのね、とディーは皮肉っぽく思った。ベッツィがベッドに連れ戻そうとしたが、逆らった。眠るのにはすばらしいベッドだが、睡眠もベッドも、もううんざりだ。

「坐って食べたいの。あの机ならちょうどいいわ」

ベッツィは心配そうだったが、ディーは頑として譲らなかった。部屋を横切って机まで歩いたときは、十キロ以上も走ったようで、腰を下ろすときに脚が震えた。それでもなんとか坐れた。力をつけるため、多少の無理は避けられない。

食事はスープとパンだけだった。どうして病人を飢えさせると早く治ると思われているのだろう？　それさえ全部食べられないとわかると、ますます嫌気が差した。

でも、このままでは耐えられない。「だれが料理を？」

二週間ほとんど口をきかなかった病人が話していることに、ベッツィはまだ慣れていなかった。目を見開いて答えた。「オリスって人です、マダム」

「じゃあオリスに、手間をおかけするけど、今日の夕食は、スープに肉とジャガイモを少し入れて、と伝えてちょうだい。たくさんは無理としても、そろそろ食べていいころだわ」

「わかりました、マダム」

「それと、このうちに本はある？」

「わかりません、マダム。よく見てないんで」ベッツィはコクランが怖くてしょうがなかった。家のなかをうろついて、怒られでもしたらことだ。

「じゃあ、オリスかだれかに訊いてみて。なにか読みたいの。なんでもいいわ」

「わかりました、マダム」

「あたしの服はここにある？」

「ありません、マダム」

「それなら、ルーカスに持ってくるよう伝えて。寝間着はもう飽きたの」

ベッツィは、コクランになにかを伝えると考えただけで怖くなり、目をむいた。ディーは言った。「やっぱりいいわ。もうすぐ彼に会えるだろうから、自分で言うわ」

ベッツィはホッと肩の力を抜いた。「わかりました、マダム」ミス・ディーがただ寝ていてくれたほうがずっと楽だった。

ディーはちょっと起きていただけで疲れたが、頭はだいぶ冴えてきた。ずっと椅子に坐っていたいけれど、倒れないうちにベッドに戻ったほうが賢明だろう。ベッドに入るとき、窓のほうを見た。太陽が明るく輝いている。その明るさが必要だった。暗闇のなかで数週間を過ごしたあとだけに、太陽が快方に向かっているのを教えてくれている気がした。

その晩、ルーカスが満足に目を輝かせながら会いにきた。「今日は椅子に坐ったそうだな」

彼女は読んでいた本を置いた。退屈な本だが、壁を見ているよりはましだ。ディーは開口いちばん注文をつけた。「着るものがいるわ。小屋から取ってくるか、取りにやらせるかしてもらえない?」

彼は椅子に腰を下ろし、長い脚を伸ばして足首で組んだ。「そう焦ることはないさ」

彼女は警告するようなまなざしを投げかけた。「部屋で坐る以外のことはしないわ。ただ、寝間着にはうんざりなの。これで坐れるんだったら、ふつうの服でも坐れる」ナイトガウンの長い袖を引っ張った。

「まだほとんどベッドで寝てるのに、わざわざ苦労して服を着替えることはないだろう?」

「取ってきてくれるの、くれないの?」

「行かない」

「それなら出てって、ひとりにして」彼女はぴしゃりと言った。

ルーカスはそっくり返って大笑いした。安堵が甘い水のように全身に広がり、彼女の熱が下がったときと同じ心地よさにくるまれた。完全に沈黙していたこの二週間は、拷問にかけられている気分だった。じっとベッドに横たわっているか弱い女は、彼の知っているディーではなかったからだ。これこそおれのディー、容赦がなくて強情で。自分の手の内に収めておけるこれからの数週間を、たっぷり楽しませてもらおう。

席を立って彼女の上に身を乗り出し、腰をつかんだ。「おれに命令はできない」目が楽しそうに輝いた。

緑色の目が敵意にすがめられた。「いまはね」

「これからもだ。いままでだって、喧嘩するたびおれが勝った。気に入らないだろうが、おれのほうが強いからだ。それにここはおれの土地だ。おれの言い分が通る。おまえが衣類を手に入れられるのは、おれが充分に快復したと判断したときだ」

「きっと、そんなに快復しないでしょうね」ディーは甘い声で言った。「食べなければ」

ルーカスは不機嫌に体を起こした。彼女はまちがいなく復活した。意地を張って食べるのを拒否しようとしているが、まだそんな無茶をさせられる状態じゃない。

「わかった」ぶすっと答えた。「おれが取りにいく。だが、ひとりで階下《した》には行かないと約束してくれ」

彼女は眉をしかめた。「この部屋を出ないと言ったでしょ。あたしは馬鹿じゃない。階段を下りられるとしたら、転がり落ちるときだけよ」

「おれはまさに、それを心配してるんだ」

「それなら心配するだけ無駄よ」

彼はディーをにらみつけた。結局、なにひとつはっきりとは約束していないが、これ以上言えばますます依怙地《いこじ》になり、我の張り合いになるだけだ。良識の範囲でなにかをやりたいと言うなら、彼女にペースを決めさせるしかなく、それには、やらせてみるしかなかった。

「小屋はどんな状態?」彼女が訊いた。

もう少し元気になるまで尋ねてもらいたくない質問だが、はぐらかそうとしても無駄だ。

「窓は全部割れてる。裏のドアは壊れて、なかのものはだいたいが粉々か、穴だらけだ」

唇を一文字に結んだ「なんてやつらなの。ベラミーがまた牛を連れこんでいないか、確かめてくれた?」

「だいじょうぶだ」ルーカスは確信を込めて答えた。エンジェル・クリークは涸れているので、そんな心配は意味がないが、ディーはまだ知らなくていいことだ。必要に迫られるまで、話すつもりはなかった。これから数週間、彼女を甘やかすだけ甘やかせて、自分から離れられないようにしようともくろんでいた。

「あたしのために確かめてくれる?」

心配そうな声を聞いて、後ろめたくなった。かがみ込んで額にキスした。「もちろん」

彼女が話すようになったのが嬉しくて、立ち去りたくなかった。ベッドに腰を下ろし、しゃべったりからかったりして、もう一度彼女の目を怒りに燃えあがらせようとした。やがてベッツィが入ってきた。驚きの目を向けられて、ルーカスは陰気な溜息をついた。おもて向きだけでも品行方正でいなければならない。ディーが他人の手を借りなくても不自由しなくなり、ベッツィを親元に帰せる日が待ち遠しかった。

ディーは毎日努力して、じょじょに体力を取り戻した。翌日、ルーカスが服を取ってきてくれた。贅沢な寝室には不釣り合いだけれど、寝間着以外のものを着られてホッとした。順調に快復しつつあるのを肌で実感できる。ルーカスとの約束を守って、部屋のなかをゆっくり行き来し、起きている時間を少しずつ長くした。動くようになると食欲が出て、やつれて青ざめていた顔が元に戻った。

ルーカスは彼女との時間を増やしはじめた。退屈させれば、また無理をするに決まっている。彼女のためにたくさんの本を運び、夜にはポーカーを教えた。嬉しいことに、チェスのやり方はすでに知っていた。これも教師を母にもったおかげなのだろう。対戦中はいっときも気が抜けなかった。彼女のチェスは生き方と同じで、攻撃的かつ決然としていた。困るのは、彼女がどのゲームで攻撃をしかけ、いつ守りに徹するのかがまったく読めないことだ。ふたりの力は拮抗していたので、たいていは引き分けに終わった。

〈ダブルC〉に来て三週間が過ぎたころ、ディーははじめて階段を下り、本物の食卓できちんとした食事をとった。ルーカスはその腰をしっかりかかえ、よろけたときにはいつでも抱きとめられるよう、ひと足ごとに気を配った。ディーは、あたしはそれほどひ弱じゃないわという目で彼を冷ややかに見やり、古代の女王よりも尊大に顔を上げて、たしかな足取りで食卓に向かった。

これでベッツィの役目は終わり、ルーカスは残念とも思わなかった。いずれにせよ、この一週間もたいして役には立っておらず、ディーに振りまわされていただろうことは容易に想像がついた。気の弱いベッツィが、鉄の意思にかなうはずもなく、滑稽なほどディーを崇拝していた。口を開けば「わかりました、マダム」としか言わないので、しまいにはそれがひとつの単語のようになった。彼女が家に戻って、新しいヒロインを真似たら、年老いたシド・アクレーは頑固になった娘の扱いにひどく手を焼くだろう。

そういうわけで、翌朝ベッツィは家に帰された。ルーカスは彼女の手助けに心から感謝して、報酬をはずんだ。彼女は泣きながらディーを抱きしめ、振り返っては、涙声で「お大事に！」と叫んで、帰っていった。

ルーカスは、遠ざかる荷馬車からベッツィがまだ手を振っているのを見て、おかしそうに笑った。それからディーの腕を取って、なかに戻った。「いいか、今日はおまえひとりだから、面倒は起こしてくれるなよ。なにかあったら、オリスが台所にいる。午後にはおれも戻るからな」

彼女は溜息をついた。「正直言うと、ひとりになるのが楽しみだったの。一日二十四時間、他人がそばをうろつくのには慣れてないから」

彼はディーを見おろし、股間が引きつるようなお馴染みの感覚ににやついた。今夜こそ、こいつをどうにかしてやれそうだ。ディーはまだ弱々しく、風がちょっと吹いただけでも倒れてしまいそうだが、実際はかなり元気になっていた。体重も元に戻りつつあるし、頬や唇にも赤みが差してきた。ルーカスは母親の古い服のなかから、飾り気がなくて古臭さを感じさせない普段着のドレスを何着か探し出した。針仕事の得意なベッツィが、ディーに合うように裾を折り返してかがり、今日身につけているのも、そのうちの一着だ。淡い黄色の薄手の木綿地は彼女によく似合い、豊かな長い髪をポニーテールにして、ほっそりしたうなじを見せている姿は美しかった。家に入るやいなや、彼はその無邪気ささえ感じさせるほど官能的な首筋に口を押しつけた。彼女が身を震わせるのがわかった。

小屋から取ってきたのは服だけではなかった。小さなスポンジも箱に入れて、彼の寝室にしまってあった。

巻きついてきた彼の腕に抱かれ、ディーは胸を刺すほどの安堵に吐息を漏らした。抱かれてはじめて、どれほど寂しくて、彼に抱かれたかったかわかった。彼の手の感触や、押しつけられる熱く硬い体の感覚に慣れきっていたので、触れ合わずにいるのが苦痛だった。〈ダブルC〉に来てからも、彼は軽く額に唇をつけるだけで、抱きしめたり、唇を重ねようとしなかったので、ちっとも楽しくなかった。情熱のないルーカスなんて、ルーカスじゃない。それは彼女も同じだった。

抱かれたまま振り返り、肩に頭をつけた。「疲れたか?」ルーカスは背中をさすりながら尋ねた。

「疲れているのはいつものことよ。なるべく気にしないようにはしてるけど」

ルーカスは彼女を抱きあげて二階へ運び、長椅子に寝かせて頭に枕を当てた。「無理しないで、必要なときには休め。そのほうが早く元気になる」

「もう一カ月よ、ぐずぐずしてられないわ。菜園は雑草だらけだろうし、あと一週間ほどで取り入れの時期が始まる。働けるくらい元気にならなくちゃ」

彼女の頬を撫で、手を下へと動かして、乳房を軽くつかんだ。「まずは、おれのために元気になってもらわないと」

黒く長い睫毛《まつげ》が下がった。「仕事がたくさんあるんでしょう？」

「いまからやる」かがみ込んで、たっぷりと熱いキスをした。乳房をゆっくり揉む手が重くのしかかる。「だが、ぜひとも起きていてもらいたいもんだ」

声をたてて笑ってから、彼の手がもたらす刺激に溜息をついた。「努力してみるわ」

ルーカスがウィンクしながら出ていくと、ひと眠りしようと目を閉じた。ときめく夜のために、昼間はよけいな力を使いたくない。


その日、ルーカスは山を越えてエンジェル・クリークに向かった。〈ダブルC〉は勢いよく流れこんだ水で生き返り、牛が生きていけるだけの牧草地がよみがえった。まだ痩せてはいるが、餓死や脱水で倒れる心配はなさそうだ。それに引き換え、ディーの谷の変わりようは痛々しいばかりだった。まだ緑色は残っているものの、草木はかさかさに乾き、小屋を見たときは、歯を食いしばらずにいられなかった。清潔で頑丈だった小屋が、いまは見る影もなかった。壁と屋根はあるけれど、粉々にされた窓や家具が、彼女に向けられた銃弾の多さを物語っている。生きているのが不思議なほどだ。ディーでなければ、死んでいただろう。それがはっきりとわかる光景だった。彼女は生き抜くために、自分で銃の撃ち方を学び、敵から身を隠すだけの賢さを身につけてきたのだ。

裏の菜園にまわり、立ったまま長いあいだじっとながめた。みずみずしく、豊かな実りを約束していた野菜は、暑く乾燥した気候のせいでしおれていた。ディーが丹精してきたものが、ルーカスのせいで命を失おうとしている。川床は完全に干あがり、谷にはよそよそしい静けさが満ちていた。この世の楽園だった土地を、おれはわざと破滅させた。何度でもやる、それがディーに安全な生活を送らせる唯一の方法ならば。だが、様変わりした谷の光景は、やはり胸の痛むものだった。エンジェル・クリークは特別だった。いまではなんの価値もなくなった。

ディーの家畜は〈ダブルC〉へ連れていった。ニワトリは残したが、自力で生き延びられるはずだ。すでに姿がないから、虫と水を求めてどこかへ行ったのだろう。打ち捨てられた谷のなかで、小屋にはリスなどの小動物が住みつきだした形跡がある。納屋をのぞくと、余った材木と釘があったので、窓を全部ふさいで、裏の扉を枠にはめなおした。小屋が動物に占領されていようといまいと、ディーが逆上するのは避けられなかった。

谷にいると憂鬱になった。活気と生気にあふれる牧場に戻ると、ようやく息がつけた。

20

その晩、ルーカスが寝室に行くと、ディーは髪を梳《と》かしていた。彼女の手からブラシを取りあげ、もつれをほぐしながら長い髪に通し、最後には、背中に黒い絹を流したようになった。

鏡に映るルーカスを見つめるうちに、ディーの胸は高鳴ってきた。彼は上半身裸だった。動くたびに筋肉が伸び縮みするのがわかる。男そのものなので、女の身繕いを手伝っていても、ちっとも男らしさが損なわれない。きっと、彼のように自信のある男だけが、なんの気負いもなくこんなことをやってのけられるのだろう。

ディーは、干し草置き場から落ちたときにルーカスが持ってきた、ピンク色の薄いナイトガウンを着ていた。肩には華奢な肩紐がかろうじてかかり、胸元が大きく開いた上半身は男の手を誘うように、乳房をゆったりおおっている。布地はつらくなるほど薄く、かろうじて透けて見えない程度だが、乳首はくっきりと浮き出ていた。

ルーカスは鏡に目を凝らしていた。胸のふくらみを見て、表情を硬くするのがわかる。

「長かった」彼はつぶやいた。わずか数週間だったが、それでも長すぎた。いつの間にか、
ディーがいないと一日でも長く感じるようになっている。ブラシを置き、彼女の肩に手を
添えた。ごつごつした指がなめらかな肌を這う。肉の薄さと、浮き出た鎖骨に気づいて手
を止めた。
ディーは彼の思いを読みとって、頭を倒して腹にもたれた。鏡のなかでふたりの目が合
った。「あなたに看病してもらったのは、これで二度めね」
「これっきりにしてもらいたいもんだ」
最初は彼から助けてもらうのに抵抗があった。ディーはそのときのことを思い出して、
口元をほころばせた。でも、それで、彼が頼りになるのがわかり、今回の早い快復につな
がった。面倒を見てくれたのがルーカス以外の人だったら、元気になるのを待たず、無理
を押してエンジェル・クリークへ戻っていただろう。だが、彼が谷に目を配ると約束して
くれたので、自分の命と、谷とを彼に託してきた。
彼の手を乳房に導いて、快感に目を閉じた。「壊れやしないわ」かすれ声で言った。
ルーカスはディーを抱きあげると、大きな布張りの椅子に坐って膝にのせ、左腕で背中
を支えた。ディーの脚は肘かけに垂れた。「もちそうにない」彼はくぐもった声で白状し
た。「おまえと横になったら、いっきに爆発する」
「いいわよ、べつに」ディーはゆったりと微笑んだ。「いつも一時間後には埋め合わせし

ばるつもりはないんだ」

「残念だわ」

てくれるもの」

彼はしわがれた声で笑った。「できるだけ疲れさせないようにする。ひと晩じゅうがんばるつもりはないんだ」

「まったくだ」ルーカスはすり寄せるように唇を重ね、舌で軽くなぞった。ディーが手を彼の首にまわして体を寄せると、それに応えるように、頭を傾けて強く口を吸い、舌を忍びこませてきた。ディーは長く遠ざかっていた感覚に圧倒され、かすかに怯えた。はじめてのときのようだ。

ディーはおれのものだ、この体を自由にできる、という思いがウィスキーよりも早くルーカスを痺《しび》れさせた。時間をかけるつもりだったのに、乳房をおおう薄い絹に我慢できなくなって、わずか二回の動作で肩紐を引き下ろした。上身ごろが腰まで落ちると、ディーは小さく息を呑み、腕から紐をはずして、視線と手を妨げるもののなくなった体を彼の胸に戻した。ルーカスは無遠慮にやわらかいふくらみを掌で包みこみ、やや持ちあげながら、親指で乳首をこすって硬く立たせた。軽くつまんで、その弾力を楽しむ。

「ルーカス」

「なんだ？」うわの空で応じた。

「そんなに時間をかけなくていいわ」

見るとディーの頬は紅潮し、呼吸を荒くしている。「あたしにとっても長かった」せっぱつまった声だった。

ディーに視線をやったまま、裾をまくり上げて腿に手を這わせた。割れ目に達すると、たくみに指を忍びこませ、やわらかな襞に沿って滑らせた。彼女の体がビクッとして、脚が開く。「目を閉じるな」彼女の睫毛が下がりだすと、ささやいた。「おれを見てろ」

まばたきをして焦点を合わせようとしているが、表情はとろんとしている。彼はやわらかい入口に触れ、指先でそっと円を描いた。我慢できなくなったディーが、全身を硬直させて、腕に頭を委ねてくる。熱い衝撃がうねるように押し寄せていた。彼が左腕の支えをはずし、頭を後ろに倒すと、膝に横たえられた生贄《いけにえ》のようになった。

それでもディーはなにもできず、彼の意のままになるしかなかった。腰に巻きついたナイトガウン以外に身を隠すものもなく、ぐったりと横たわり、起きあがることさえままならない。ルーカスの手でさらに脚を開かれた。敏感な部分に流れこむ冷たい空気に、彼の視線を意識する。低く震えるあえぎ声は、自分自身のものだった。

「入れてもいいか？」ルーカスはささやき、指を滑りこませてきた。

彼女はのけぞって叫んだ。火のついたように熱い。出し入れされる指にわれを忘れ、抑えられないほど高まった快感に膝の上でのたうった。

その姿はまるで炎だった。とどまるところを知らず、高みへと駆けのぼっていく。「まだだ」念を押して起きあがらせると、自分と向き合わせに膝にまたがらせ、ズボンのボタンを引きちぎった。「おまえのなかに入って、おまえがいくのを感じたい」

「早く」うわずった声で漏らし、彼に教わった強烈な快感を求めて、腰を波打たせた。

彼はうめきながら膨張したものを解き放ち、手で支えたところへ、もう片方の手で引き寄せた尻を坐らせた。焼けた鉄のようなものに貫かれた衝撃で、悲鳴をあげそうになる。大きな手につかまれた尻が持ちあげられ、降ろされた、もう一度持ちあげられた。次に降ろされたときが限界だった。押し寄せる高波に呑まれて気が遠くなり、うねりのなかに放り出された。襞が痙攣《けいれん》して、やわらかな筋肉が彼のものを締めつける。彼はみずからの反応を抑えようと、荒々しいうめき声を吐き出して頭をのけぞらせたが、もう手遅れだった。ふっくらとした尻の肉に指をくい込ませ、腰を突きあげて、奥深くまで突いた。熱いものがほとばしり出て、その衝撃に体が波打った。

熱はじょじょに引いていった。神経の末端が、興奮のかすかな名残に震え、喜びを長引かせている。疲労が重い毛布のようにのしかかって、ディーは動けなかった。彼に体重をあずけてその喉元に顔をうずめていた。

そんな彼女を抱きしめるルーカス自身も、全身の力が抜けたようだった。彼女の背中を撫でながら解放感にひたった。「ディー？　だいじょうぶか？」

言葉にならない小さな音だけが聞こえてくる。

腕をつかんで、胸から少し離した。ぐったりしている。「ディー？　どうした、答えろ」

「ほっといて」彼女がつぶやいた。

彼女を胸に戻し、顔から髪を払った。「ベッドに行くか？」

「うーん」

ルーカスは頬をゆるめて目を閉じた。彼女を抱くのは、なんと気持ちがいいんだろう。ディーが自分の腕のなかでぬくぬくと安心している。彼女のなかに入れて、自分の好きなように操り、強い絆を感じる。これほどの極楽が、ほかにあるだろうか。

ディーを動かして横向きに抱きかかえ、片手で彼女を支えながら、残る片手で苦労してズボンを引きあげた。すやすやと眠っていて、ルーカスが立ちあがっても、身動きひとつしない。ベッドに寝かせてナイトガウンを脱がせ、自分も服を脱ぐと、ランプを消した。隣にもぐり込んで、彼女を抱き寄せた。しかるべき位置に収まった満足感が胸に広がる。思惑どおりに運べば、これからは毎晩一緒だ。

いつも夜明け前に目を覚ますルーカスは、翌朝もやはりそうだった。痛いほど勃起していた。隣のディーが動くと、のしかかって、まったく焦ることなく、なかに入った。

悠長と言っていいくらい、ゆっくりと動いた。眠たそうな反応が戻ってきても、たくさんは求めないようにした。だが、やがて体の欲求がけだるさを追いやったのだろう、彼の下の動きは切迫感を強めていった。ふたりが満ち足りて横たわるころには、照りつけるような朝日が山並みから顔をのぞかせつつあった。

ルーカスは自分のしたことに気づき、頭を殴られたような衝撃を受けた。肘をついて上体を起こし、彼女の腹部に手を伸ばした。「しまった、スポンジを使わなかった」

ディーが目を開き、黙ってたがいの目を見つめ合った。ルーカスは、妊娠したら結婚しよう、とあえて言わなかった。彼女はとどめを刺すような発言を嫌い、その台詞《せりふ》はまさにその手のものだ。「おれたちの子どもなら、わんぱくだろうな」そう言うと、想像しながらにんまりした。

「そんな顔しないで」彼女が文句をつける。

「どんな顔さ？」

「思いつきを楽しんでるような顔」

「楽しいさ。おれたちの息子がどんなに強いか考えてみろよ」

「娘ばっかり生まれたら、いい気味なのに」彼女はそうのたまわった。「それも、みんなあなたに似ていたらね。その周囲を若い男たちがうろつくのよ」

ルーカスはたじろいだ。娘は絶対いらない、と本気で思った。そんな重荷に耐えられる自信がなかったからだ。その娘が母親に似ていたら、どうしたらいい？　彼女はまだ知らないが、いつの日か彼の子どもの母親になるのはディーだった。

二日後、〈ダブルC〉を訪れる人があった。そのときディーはポーチに坐り、ルーカスは納屋にいた。彼女の快復が軌道に乗ってからは、極力そばにいるようにしている。納屋から家に戻る途中、馬に乗ったふたりの人間が近づいてくるのが見えた。

ディーは立ちあがってステップに近づいた。ひとりはオリビアだった。彼女が結婚した話は、ベッツィからさんざん聞かされていた。相手はメキシコ人のガンマンで、くしくも、ディーには初耳の話ばかりだった。味方がいたのは知らなかったが、それであれほど長時間〈バーB〉の一員でありながら、身の危険を顧みずにディーを助けてくれた男だった。デ持ちこたえられた説明がつく。それに、オリビアの愛する男にはまだ会ったことがなかった。

その男性にいよいよ会える。オリビアとともに馬に乗っているのは、ひょろりと背が高く、危険な雰囲気を漂わせている、目鼻立ちの整った男だった。銃の携え方から、かなりの腕前だとわかった。ディーは興味深げに彼を見つめ、わずかにはにかんだ。

「ああ、ディー。とっても元気そうね」オリビアは馬から降りながら、熱っぽい口調で言った。オリビアが馬にまたがって乗っているのに気づき、ディーは軽いショックを受けた。ディーはいつもまたがっていたが、以前のオリビアはちがっていた。

「元気よ」ディーは微笑んでステップを下りた。「元どおりってわけじゃないけど、日ごと元気になってるわ」

ふたりは抱き合った。どちらの生活も、この夏のあいだに一変し、二度と元には戻らないのがわかる。オリビアの目には涙が滲み、ディーは唇を噛んでこらえた。

ルイスが馬から降り、オリビアの脇に立った。賞賛をたたえた黒い瞳がディーを見つめた。ディーは頬が赤らむのを感じて、われながら驚いた。まったく侮蔑《ぶべつ》をふくんでいない、その男らしいまなざしには、心をやわらげるなにかがあった。「わたしの夫、ルイス・フロンテラス」オリビアは誇らしげに紹介した。「ルイス、彼女が親友のディー・スワンよ」

ディーが手を差しだすと、ルイスは握るかわりにその指をそっと握りしめ、口元に運んだ。「ミス・スワン、みごとな散弾銃の腕前でしたよ。一見の価値があった」

彼にキスされたところがむずむずする。ディーは不思議そうに手を見て、それからルイスに視線を戻した。「あなたは命の恩人です」率直に伝えた。「ありがとうございました」

「礼ならミスター・コクランに」ルイスは、近づいてきたルーカスにあごをやった。「彼が来るのが遅かったら、ふたりとも命はなかったでしょう」

ルーカスはルイスと握手し、オリビアの頬にキスした。「おめでとう」彼はルイスに言った。「すばらしい女性をもらったな」

「おれもそう思う」ルイスはおっとりと答えた。

「なかに入って、冷たいものでもいかが」ディーが誘った。「外は暑すぎるわ」

ルーカスはステップをのぼるディーの肘に手を添えた。だれよりも暑さがこたえているのは彼女だ。元どおりになるには、まだ時間がかかる。

オリスがディーのために用意したアイスティーがあった。ルーカスとルイスはそれぞれグラスを手に取った。恨めしそうに目を見合わせたが、なにも言わなかった。ディーとオリビアのほうは、もちろん当たり前のようにアイスティーを飲んだ。

「あなたが元気になったのをこの目で確かめたかったの」オリビアは言った。「それから、あなたとルーカスにお別れを言おうと思って。わたしたち、明日発つのよ」

「発つって、どこへ？」ディーは尋ねた。「またいつか会える？」

「もちろんよ！　永遠にここを離れるわけじゃないんだから。わたしたち、セントルイスまで行って、そこから列車に乗るの」青い目に夢見るような表情が浮かぶ。「線路の続くかぎり遠くへ行くつもりよ。ずっと憧れていた夢がかなうんだわ」

ディーは考えてみた。彼女にとっての旅とは、決まった目的地にたどり着くまでの過程であって、移動自体を目的にする旅など考えたこともなかった。それがオリビアの夢なら、ぴったりの夫を選んだことになる。ふたりの幸せを心から願った。

ルーカスとルイスは小声で話し合っていた。話の中身は聞こえなかったが、ふたりの真剣な顔つきから、ディーにはエンジェル・クリークのことだとわかった。

「ベラミーは町に出てきていない」ルイスが言った。「彼にたいする世間の風当たりは相当なものだ」ルーカスに目をすえる。「あいつをこっぴどく殴ったそうだな」

「ああ、存分に懲らしめてやった」ルーカスは険しい顔で答えた。

「ティリーは〈バーB〉で、あいつの世話を焼いてる」

「ベラミーを愛してるのさ。おれには理解できないが、そうとしか考えられない」

「それなのにティリーはここへ来て、あいつを止めるようあんたに頼んだ」

「涙ながらに彼を殺さないでくれと懇願されたよ。じゃなきゃ、やつを殺していたかもしれない。ディーが死んでいたら、いずれにせよ生かしてはおかなかったろう」

「ディーはほんとにもうだいじょうぶなのか？」

ルーカスはちらっと彼女に目をやった。「ああ、日増しによくなってる。エンジェル・クリークへ戻りたがる日も近いだろう」

ルイスは顔をしかめた。ルーカスの行為は知っていた。噂を聞き、自分の目で確かめるためエンジェル・クリークまで行ったからだ。オリビアには黙っていた。ディーの身になって、ひどく悲しむに決まっている。黒い目が陰った。「同情するよ。彼女が知ったらどうなることか」

ルーカスはにやりとした。「ひと悶着あるだろうが、そのうち納得するさ」

「あの土地を心から愛していれば、痛みしか感じないほど深く傷つくかもしれない。とんでもない賭けに出たもんだ」

「何度でもやる」ルーカスは静かに言った。「それが彼女の身を守る唯一の方法なら、おれは土地一面に塩だって混ぜてやる」

21

ディーは目を覚まし、もの憂げに伸びをした。隣にルーカスがいる贅沢を噛みしめた。毎晩一緒に寝るようになって、二週間以上になる。いつまでも続かないとわかっているからこそ、一瞬一瞬を大切にしてきた。早朝の暗がりのなか、横たわったまま、わが家へ戻るときが来たのを悟った。もうすっかり元気になった。ここにとどまる必要はなくなり、帰る理由は山ほどある。やるべきことが多すぎて、片づくかどうかわからないが、いますぐとりかからないと、野菜が全滅してしまう。ほうっておいたら、いつかは枯れるものだ。

ルーカスが身じろぎした。手を伸ばして、ディーを抱き寄せた。「今日、うちに帰るわ」ディーは静かに告げた。

彼は身をこわばらせ、すぐに起きあがってランプをつけた。やわらかな光のなかに、髭《ひげ》の伸びた、険しげな顔が浮かんだ。「なぜだ?」

「あたしのうちだからよ。ずっとここにはいられない。当然、もう噂になってるでしょうしね」

「おれと結婚すればいい」

　ディーの表情は哀れでも、悲しげでもあった。「無理しないで。カイル・ベラミーはあれ以上ないほど最悪のタイミングでやってきた。旱魃《かんばつ》が乗り切れるように、うちの土地で、あなたの牛を放牧させようと決めたところだったの。でも、見たところ、まだだいじょうぶみたいね。あなたにはエンジェル・クリークは必要ないわ」

「おまえにだって必要ない」彼女の申し出に傷つき、乱暴に言った。彼女の寛大さが恨めしい。よけいに罪悪感がつのった。「おまえがあそこで暮らしていなければ、今回のようなことにはならなかった」

「そんな話をしてるんじゃないの。谷を使いたいがために、あたしと結婚する必要はないって、知っておいてほしかっただけ」

「とにかく、おれと結婚しろ」必死の形相で言った。「わかるだろう、おれが欲しいのはエンジェル・クリークだけじゃない」

「わかってる」ディーは彼の壮大な計画や、立派な家を思い浮かべた。ふさわしいのは、あたしじゃない。「あなたは〈ダブルC〉を一大帝国にしようとしている。そこにあたしの居場所はないのよ、ルーカス。たとえ一時期にしたって、デンバーでなにかをするなんて無理。あなたにみじめな思いをさせるだけ。あたしのせいで馬鹿にされるわ。社交の場は苦手だから」揶揄《やゆ》するように笑ったが、彼の表情はやわらがなかった。こんどは別の理由で説得してみる。「両親が死んだとき、怖くてしかたなかったの。突然ひとりになって、あたしも死ぬかもしれないと思った。死んでもおかしくない状況だったから。でも、あたしには土地があった。なんとかそこで暮らし、野菜を育てて、そのおかげで命拾いをした。ただ愛してるんじゃなくて、なくてはならないものなの。エンジェル・クリークがあたしのものというより、あたしがエンジェル・クリークの一部なのよ」

「あんな谷のことなんか、忘れろ！」彼は怒鳴りつけた。もう一週間あれば。そう思いながら、頭をかかえた。「あそこにはもうなにもない。おれが川の流れを変えた」

　ディーはまばたきして彼を見た。話がよく呑みこめない。「どういうこと？」

「おれが川の流れを変えた。エンジェル・クリークは干あがった。水がなければ、あそこにはなんの価値もない」

　ディーはベッドから起き出した。ショックのあまり表情が消え、彼のしたことの重大さに目がくらんだ。着替えに手を伸ばした。

「何度でもやる」ルーカスは容赦ない口調で言い放った。「いずれにしろ、牧場を存続させるためならやっていた。なにがあろうと、おれは〈ダブルC〉を守るためなら手段を選ばない男だ。だが、おまえはあの谷のせいで死にかけたのに、頑としてそれを認めようとしない。谷がなければ危険もない。片目を開いて寝なくてよくなるんだ。おれは必要なことをしたまでだ」

ディーはルーカスから目をそらしたまま着替えをすませると、ゆっくりと話しだした。頭はまだ朦朧《もうろう》としていた。「だったら、あたしの気持ちもわかるはずよ。菜園を守るためなら、手段は選ばないわ」

彼女の強情な顔つきを見て、自制心が吹き飛んだ。「菜園のことは忘れろ！　あんなものは必要ない。おまえが稼ぐくらいの金は、おれがやる」

ディーは背筋を伸ばして彼と向き合った。澄んだ瞳が怒りにきらめいた。「お金ならけっこうよ、コクラン。はじめて会った日に言ったとおり、あたしはいい売春婦にはなれない。それは変わらないわ」

悪夢ではすまされない光景だった。悪夢ならば、いつかは覚める。ディーの想像していたのは、雑草のはびこった菜園と、熟れすぎた野菜だった。それならどうにかなっただろう。雑貨屋には売れないとしても、冬を越せるだけの野菜を蓄えられたはずだ。

いま目の前にあるのは、想像していた熟しすぎの実とは、正反対のものだった。野菜は実をつけぬまま暑さにしおれ、かつて大地を潤していた水を奪われていた。トウモロコシの穂はふくらんでいない。生長の止まった穂にさわってみると、皮のなかには干からびた粒がわずかにあるだけだった。

エンジェル・クリークは涸《か》れ、谷全体が茶色に変色しつつあった。牧草地に行ってみた。

あの神々しいまでの夜明けに、やわらかな草に横たわってルーカスと愛し合ったときには、野の花が咲き乱れていた。それがいまでは花ひとつなく、甘く、かぐわしい香りも、消えていた。

勢いよく流れる水の音がないと、谷は不気味なほど静かだった。ディーは川底を山側に歩いた。乾いているのはひと目でわかったが、確かめずにいられなかった。この地に起こったことの重大さをきちんと理解しなくては、嘆くことさえままならない。

これがすべてルーカスのせい、彼が承知のうえでこの土地を滅ぼしたのだ。

ディーは純然たる激しい怒りを感じたかった。だが、これは怒りを超えていた。体の一部が生きるのを拒否したように、なにも感じないのだ。

小屋へ戻り、板を張った窓を見つめた。これもルーカスがやったのね、とディーは思った。彼の骨折りに感謝すべき場面なのだろう。

小屋は惨憺《さんたん》たるありさまだったが、あれほどの銃弾を浴びたのだから当然だ。その心がまえもできていた。魂を根底から揺さぶっているのは、死に絶えた谷のほうだった。

これまでも仕事が心の慰めになってくれた。だから、目の前に山のような雑用があるのは幸いだった。どこから手をつけたらいいか、見当もつかなかった。ほとんどが壊され、使いものになりそうなものは、わずかしかない。ガラスが飛び散った床を掃き、手桶に水を汲んでくると、床に這いつくばって、染みついた血痕をこすり落とした。

納得できる状態になるまでに一時間かかった。水。しゃがみ込んで手桶を見つめた。井戸はまだ涸れていない。

とたんに希望が湧いてきて、有頂天になった。たわしを放り出して菜園に駆けつけ、畝《うね》を歩いてそれぞれの野菜の状態を調べた。

トウモロコシは完全に枯れていた。生長段階に水の欠かせない野菜なのだ。でも、豆やトマト、タマネギやカボチャは？　なかには、まだ比較的しっかりしていて、死んでいないものもある。

井戸に駆け戻ってつるべを落とし、生き生きと跳ね返る水音に耳を澄ませた。

すべては井戸にかかっていた。水の入った手桶を引きあげるのは、思っていたより重労働で、三回も汲むと体ががくがくになった。桶に三杯分では、望みがありそうな野菜ひと株につき半分ずつ与えても、六株にしか行きわたらない。乾ききった暑さのせいで、やるはじから水が土に吸い取られるようだったが、できるだけ植物に届くよう根元にかけた。

太陽はぎらぎらと照りつけている。手を休めて、袖で顔をぬぐいながら、空を見あげた。この暑さのなかで水をやるのは無駄だ。夜のほうがいい。より水分が行きわたるし、涼しいから作業も楽にできる。

そう決めると、小屋に戻って室内でできる作業をしたが、結果は無惨だった。炊事道具をふくめ、穴の開いていないものはほとんどなかった。鉄のフライパンはもちろん無事だったが、それ以外だと、使える鍋はふたつしかない。パン焼き皿も壊れ、コーヒーポットは穴だらけでふるいのようだった。

しかしどんなに無駄に思えても、手は休めなかった。ここで立ち止まってしまえば、ルーカスのことを考えて、くじけてしまう。しゃがみ込み、迷子になった子どものように、泣きじゃくるしかなくなる。頭をからにして体を動かしていれば、そのあいだは希望を捨てないですむ。

この数週間で体がやわになっていた。夜になってようやく気温が下がっても、しきりにベッドに倒れこみたがり、なんとか動きつづけるのがやっとだった。乾燥しきった菜園にランプを持ちこむのは危険だったので、星明かりのもとで水をやった。

しばらくすると、全身が麻痺して、疲れを感じなくなった。何度も手桶に水を汲み、菜園まで運んでは、どこまでも続きそうな畝《から》に植わった野菜に水をやった。

真夜中をまわったころ、気がつくと、空の桶を持ったまま、茫然《ぼうぜん》と井戸の前に立ちつくしていた。どれぐらいこうしていたのだろう?

足は鉛のおもりをつけたように重く、手の感覚はなくなっていた。疲れすぎて、足が持ちあがらない。小屋に戻り、ベッドにうつ伏せに倒れこむと、そのままの姿勢で昼まで眠った。

それと同じことが、翌日以降も続いた。昼間はできるだけ睡眠をとり、夜になると菜園に水を運んだ。なにも考えず、どれくらい効果があるかも確かめず、ただひたすら働いた。動くのをやめたら、希望が完全についえるのがわかっていた。

ディーが出ていって八日後に、ルーカスはエンジェル・クリークを訪ねた。午後も深まっていたが、ここ数週間のうちでは涼しいほうだった。八日もたてば、彼女も気を揉んでいるだろう。あとは思いきり喧嘩《けんか》をして、すっきりできるはずだ。

毎日が、ディーのようすを見にいきたいという衝動との闘いだった。エンジェル・クリークに出向き、道理を説いて聞かせたかった。いまいましいことに、彼女がいないと寂しくてしかたがない。長く一緒にいたのにまだ足りず、満足するには一生かかりそうだった。

まっ先に目に入ったのはディーだった。手桶を持って菜園に入り、注意深く野菜に水をやっていた。

いっきに怒りに火がついた。なんだ、こんな菜園！　野菜を根こそぎ引き抜いて燃やしてやればよかった。無駄な努力なのが、なぜわからない？

井戸に引き返そうとしているディーに近づいた。こちらを見ずに通り過ぎようとする彼女に、怒りを爆発させた。手から桶をもぎ取り、庭の向こうに放り投げた。「なにしてるんだ？」怒鳴った。「死にたいのか？」

ディーは肩を怒らせた。「あなたのおかげで」淡々と言った。「菜園に手で水をやるしかないのよ」

「目を覚ませ、ディー、もう手遅れだ！」腕をつかんで、菜園へと引っ張った。「よく見ろ！」わめきたてた。「目を開けて、よく見るんだ！　枯れかけの野菜に水をやってどうなる！　たとえ生き返ったとしても、実がならないうちに冬が来るぞ」

「菜園がなかったら、食べるものがない」彼の手を振りほどき、手桶を拾いにいった。

後ろからついていって、伸ばした手の先にある手桶を蹴った。「拾うな！」噛みつくように命令した。出ていったときはほぼ元どおりになっていたのに、見ちがえるほど痩せ細って、目のまわりが黒ずんでいる。顔はやつれて青ざめていた。「あきらめろ」ディーの肩をつかんで揺さぶった。「いいか、もう無理なんだ！　終わりだ。ここには手をかけるだけのものは残っていない。服を取ってこい。うちに連れて帰る」

「ここにはなんの価値もない！」

彼女は彼の手を振り払った。「あたしのうちはここよ」

「じゃあ、あたしにも価値がないのよ！」彼は怒鳴った。

ルーカスは自分を抑えようとしたが、口から出たのは鉄のように硬い声だった。「選択肢はふたつ。おれが提示した代金を受け取って町で暮らすか、おれと結婚するかだ」

ディーは何度か深呼吸して、落ち着こうとした。言葉を選ぶように言った。「どうして、あなたがなんの価値もない土地を欲しがるのかわからないわ。良心の呵責《かしゃく》でお金を払うんだったら、けっこうよ。施しは受けない」

「だったら結婚しよう」

「それはあなたの選択肢で、あたしのじゃない」手を拳に握りしめた。「あなたの良心をなだめるためにお金を受け取らないように、同じ理由で結婚もしないわ。あたしは、自分の土地にとどまることを選ぶ。ここがあたしのうちだから」

「だめだ、こんなとこにいても飢え死にするだけだ」

「それがあたしの答えよ、コクラン」

ふたりはガンマンのように向き合った。沈黙が引き延ばされるうちに、ふたりは低い雷鳴を聞いた。冷たい風が彼女のスカートを煽《あお》った。

ルーカスは凍てついたような表情で空をあおぎ、鼻腔《びくう》を動かした。まちがいない、埃《ほこり》と雨のにおいだ。

ディーも空を見あげた。黒くかさばる雲が近づいてくる。あまりに長く晴天が続いていたので、あっけにとられて見つめた。雨雲だ。まぎれもない雨雲だった。

みるみるうちに、けぶった灰色の壁が斜面をくだってきた。たちまちふたりの立っているところまで達して、ばらばらっと雨粒を落とした。大粒の雨は肌に刺さり、地面では土埃が小さな輪となって跳ねあがった。

ルーカスは彼女の腕を取り、ポーチへと促した。ふたりが逃げこんだ次の瞬間、雷が轟《とどろ》いて、大地を揺るがせた。

ふたりは無言でポーチにたたずみ、視界をさえぎる水のカーテンをながめた。雨は気まぐれな夏の夕立でない証拠に、激しく、一定した勢いで降りだした。

ルーカスには見覚えのある雨だった。それがなにを意味するかもわかっていた。旱魃の終わりを告げる雨、天候の変わる合図。ぎりぎり間に合った。この近辺にはまだつぶれた牧場はないが、あと一週間もすれば牛が死にはじめていただろう。みな旱魃を乗り切ったのだ。

ただひとり、ディーをのぞいて。

この豪雨が地下水をよみがえらせ、井戸を満たすだろう。牧場と家畜は救われ、草は生き返る。山からの流れはふたたびエンジェル・クリークにそそぎ込むが、それはほんの慰めにすぎない。谷が命を吹き返しても、彼女と菜園には遅すぎたのだ。結局は、彼女だけが旱魃の被害者となった。

ディーはくるりと向きを変え、小屋に入ってドアを閉ざした。

これまで泣いたことなどなかった。それがいまは泣いていた。みずからを厳しく律し、頭を空にして無理やり体を動かしてきたが、それも、もう限界だった。

ルーカスから、これ以上は考えられない、深い痛手を負わされた。自立するために必死で闘い、石を積むようにして、大好きなひとりでの暮らしを築いてきた。それを彼が壊した。これがカイル・ベラミーならさもありなんと受け止め、怒りと敵意に燃えて、あらゆる手を使って闘うだけで、裏切りに茫然自失することはなかったろう。ルーカスを愛していなければ、心は砕け散らなかった。けれども彼を愛していた。こんなことになったいまも、愛していた。そして彼は想像を絶する方法で、ディーへの愛情のなさを証明してみせた。

ルーカスはドアの外で、泣き声を聞いていた。その声は雨音と混じり、ときに、どちらがどちらだかわからなくなった。あるいは同じ音だったのかもしれない。

信じられない。ディーが泣いている。その泣き声に心を切り裂かれ、胸をえぐられた。自分のせいで彼女が傷つくとは、想像したこともなかった。それがいまになって、自分の愚かさ、傲慢さを思い知らされている。

22

ルーカスはルイスの言葉を思い出した。ディーがエンジェル・クリークを心から愛していたら、痛みしか感じないほど深く傷つくかもしれない、と言っていた。彼女が土地を愛しているのはわかっていたが、その気持ちを軽く見て、自分の策が最善だと思いこんだ。実際は自分に都合のよい策でしかなく、牧場の水源を確保したうえに、彼女から自分との結婚以外の選択肢を奪おうとした。エンジェル・クリークを失うことでどれほど傷つくか、一度として考えなかった。なぜ考えなかった？　自分だって同じように〈ダブルC〉を愛している。そう、滅ぼした人物をなにがあっても絶対に許せないほどに愛していた。

ところが、愛する女に、そのとおりの仕打ちをしてしまった。

傲慢だったために、うかつにも〈ダブルC〉に住めば、エンジェル・クリークを失った痛みを癒せると考えた。怒るだろうが、そのうちなだめられる、と決めてかかった。

ディーがエンジェル・クリークに寄せる深く激しい情熱、朝の牧草地で見たあの顔つきをなぜ忘れていたのだろう。あのときの彼女は、見ているほうが胸苦しくなるほど、まばゆい表情をしていた。そんな愛の深さを軽んじて、人生最大の過ちを犯してしまった。人生の拠りどころを踏みにじっておいて、愛を語る資格があると思っていたのか？

人々は雨が降って大喜びだった。貯水池に水がたまり、川が流れ出したときは躍りあがらんばかりだった。〈バーB〉ですら、なんとか切り抜けた。雨は翌日も、またその翌日も続いて、ルーカスを怒りへと駆りたてた。すべてが無駄になった。ディーが必死で築いてきたものが無駄になった。ベラミーの攻撃も、ルーカスがエンジェル・クリークを滅ぼしたのも無駄になった。運命と自然は人をあざ笑うように、牧場主には絶好の、しかしある女には遅すぎるタイミングで雨を降らせた。

雄牛と二頭の雌牛は返し、川の流れを変えた際に逃げたニワトリは弁償した。自分では届けなかった。いまはなにがあっても会いたくないだろう。もう一生、会いたくないかもしれなかった。

ディーは自分にむち打つ日々を送っていた。意地でもあきらめなかったが、希望も目的もないまま、すべてを淡々とこなした。ルーカスが非情にも指摘したとおり、枯れかけた野菜に水をやったのは徒労に終わり、実をつけるほど生き返ったものはひと株もなかった。どう考えても見通しは暗かった。前の年に瓶詰めにした野菜はまだあるが、ミルクと卵で暮らさないかぎり、冬を越すには足りなかった。小屋を修理して食糧を買うだけのお金はなかった。小屋を修理しなければ冬を越せず、小屋を直せば飢え死にする。どの方法を選んでも、先には壁が立ちはだかっていた。

仕事を見つけないと冬を越せそうにない。見つかったとしても、次の年はどうなるか。恵み豊かなエンジェル・クリークなしで、いつ降るとも知れない雨だけを頼りに、広い菜園を切り盛りできるだろうか。できるとしても、手で水をやるのは避けられないだろう。そうやって野菜を育てている家族は多いが、家族なら何人かで仕事を分担できる。いくらディーが丈夫でも、自分の限界はわかっていた。これまでどおりの広さの菜園を世話しようとすれば、体を酷使して、疲労が不注意を生み、やがては事故につながるだろう。

自分の食べる分だけなら育てられるが、それでは小屋の修理費や被服費が出ない。いまだって、たくさんあるわけではないけれど、と実用的な服を思い浮かべた。それでも、これまでは、すり切れれば新しい服を買うことができた。

仕事が見つかれば生きられる。だが、それで手いっぱいになって、菜園の世話には手がまわらなくなる。

こよなく愛してきた菜園だった。毎朝むせるほどに香る大地、朝露のひんやりとなめらかな感触、努力が形となって報われる収穫、自分の手が加わった大地の命と恵みを見つめるときの深い充足感。季節には人の英知を超えたリズムがある。自然の周期に従って、春は種をまき、夏は立派に育てて収穫し、長い冬のあいだは体を休めた。どうあがこうと、彼女がなにより愛してきた、そうしたもろもろのものは失われてしまった。

けれど、この世の中には、無残な失望や、痛ましい災難に襲われながら、営みを放棄せずにがんばっている人がほかにもいる。時間は待ってくれない。立ち向かうか、あきらめるかのどちらかだ。そしてディーは前者なら知っていたが、後者は知らなかった。

仕事のことで最初に訪ねたのは、雑貨屋のウィンチェスだった。彼は鋭い視線を向けた。

「なんの用だね?」

「仕事をもらえませんか?」冷静に尋ねた。「どんなことでもいいんです。帳簿、在庫の管理、掃除。なんでもやります」

「人手なら間に合ってる」彼はむっつりと応じた。

「ええ、そうね」

彼はあいかわらずディーを見つめていた。そして唇を噛んだ。「あんたのとこの話は聞いたよ。気の毒だったな。それでうちへ来たのだろうが」

「ええ」

ウィンチェスは溜息をついた。「力になってやりたいが、これ以上金を払って人を雇うわけにはいかんのだ。この店はそれほど大きくないからなあ」

「そうね。わかった、ありがとう」

予想していたとおりだったので、失望もなかった。仕事がもらえたら、驚いていたのはディーのほうだ。

衣料品店にも行ってみたが、ウォーリー夫人はひとり分を稼ぎ出すのが精いっぱいで、人を雇うなど論外だった。帽子屋でも同じだった。

ディーは通りを端から端まで歩き、すべての店を訪ねた。銀行は人手が足りていた。三軒の食堂は家族経営で、手伝いを雇えば家族のだれかの手が空いてしまう。二軒の宿も同様だった。それが現実だ。家族で商っていれば、仕事は家族で分担する。わかっていたことだが、病気で働けない人がいるかもしれないと、ともかく尋ねてまわった。

町でただひとりのお針子も、手伝いは必要としていなかった。たいていの女は自分で裁縫をする。プロスパーには、金を払って針仕事を任せるような人はほとんどいなかった。

家の掃除も訊いてみた。ウィンチェスが店に張り紙を出させてくれたが、問い合わせはなかった。掃除婦を雇えるような人間は、とっくに雇っている。

現実はルーカスに最初に会ったとき、言ったとおりだった。ディーがプロスパーでできる仕事は、酒場の二階の部屋にしかなかった。

唯一の財産である土地には価値がなくなり、安く売り払うにしても、買い手はつきそうになかった。ルーカスなら自分の行為の代償として金を出すだろうが、彼にはいらないものだから、施しでしかない。ルーカスには水ならもう充分にある。この世でもっとも美しく澄み、尽きることのない水、エンジェル・クリークの水が。

でも、山向こうの流れはエンジェル・クリークとは呼ばない。名前があるのかどうかさえ知らなかった。もたらすものも異なるのだろう。〈ダブルC〉は広大な放牧地なので、流れの特性が薄れてしまう。この狭い谷では、奇跡にも似た、小さな楽園をつくりだし、だからこそ天使の小川《エンジェル・クリーク》と呼ばれた。たんに水の流れる溝だと考えたことは、一度もなかった。エンジェル・クリークは生きていた。個性と、神秘性を備え、菜園の実りをしっかりと支えてくれていた。だからこそ、大切な人を失ったような悲しみがあった。

残されたのはプライドだけだが、日がたつにつれ、その最後の拠りどころを捨ててルーカスの金を受け取るしかないのがわかってきた。この土地にはなにも残されていないが、別の場所でならやりなおせるかもしれない。

ルーカス。彼のことはまだ考える気になれなかった。心の痛手は生々しく、そして深かった。傷があるのはわかっていたが、引っ張り出して検討したり、理解しようとは思わなかった。ただあった。無視していれば暮らしていけるけれど、少しでもおもてに出そうものなら、その重さに押しつぶされてしまうだろう。

ディーの体は季節のように正確なリズムを刻み、彼の子どもを身ごもっていないのがわかった。

ホッとすべきだった。

けれども、願望はあらゆる理屈を越えていた。この状態で赤ん坊など災いでしかないのに、それでも望んでいた。避妊をしなかった何回かが、妊娠する最後のチャンスだった。いくらか残っているかもしれない信望は、どうでもよくなっていた。ルーカスの子どもになら、彼を愛したのと同じように、ありったけの愛をそそいだだろう。愛していなければ、こんなには傷つかずにすんだ。

小屋に近づいてくる女がだれだかわかるまでに、少し間があった。粋な乗馬服に、つばに羽飾りのあるしゃれた小さな帽子をかぶり、優雅な横乗りで馬を走らせてくる。だが、濃い赤毛と澄んだ茶色の目には見憶えがあった。ティリー。〈ダブルC〉へ助けを呼びに走ってくれた酒場の女だ。ディーにとっては、ルイス・フロンテラスやルーカスと同じように、ティリーも命の恩人だった。それぞれができることをしてくれた。

ふたりは顔を合わせた。「おはよう」ディーは穏やかに言った。「よかったら、上がらない?」

ティリーは馬から降りてポーチに上がった。この十年で、きちんとした家に招かれるのはこれがはじめてだった。小屋は粗末で、おまけに損傷がひどいが、彼女を招き入れ、礼儀正しく挨拶してくれる人は多くない。

「あなたのおかげで助かりました。どうもありがとう」

ティリーはかすかに微笑んだ。「あなたのためだけじゃないよ。カイルがあんなふうに自滅するのを見てらんなかったの」

「〈バーB〉に住んでいるそうね」

「ええ。あたしたち、結婚することになってね。でも、ここからは出てくかもしれない。みんながあのことを忘れて、彼を許すとは思えないから。さいわい、あたしたちはふたりとも、やりなおすのは得意なの。あなたにお礼を言わなくちゃ。彼をもっと悪く言ってもおかしくなかったのに、そうしないでくれた」

「そんなことしたって、しかたないから。ルーカスは彼を殺しかけたのよ」コロラドはいまや州となったが、州になっても人々が問題に対処する方法は変わっていない。争いが起きたときは、法に頼るより、人々のあいだで解決する道を選ぶ。カイルの受けた制裁は、ルーカスの拳によるものだけではなかった。事実上、彼は追放されて、評判は地に落ちた。

小屋を見まわしてティリーが言った。「あなたも新しくやりなおして。じつは、損害を償おうと思ってね。この土地に起きたことを償えないのはわかってるけど、少しは役に立てると思うの」

やりなおす。ディーの心臓が跳びはねた。どうやってやりなおせばいいの？「カイルのせいじゃないわ。小屋を壊したのは彼だけど、谷を滅ぼしたのはルーカス・コクランよ」

「カイルがいなけりゃ、彼もそんなことはしなかった」ティリーは静かに言った。「重い決断だし、実行するのもつらかったろうけど、ルーカスは厳しい人だから。あなたがエンジェル・クリークを持ってるかぎり、取りあげようとする人間がいて、あなたが危険にさらされるとわかってた。だから、みんなが谷を欲しがるただひとつの理由を取りのぞいた。あなたを守るためにやったことだよ」

ディーの目にひどく寂しげな表情が浮かんだ。「危険な目に遭うほうがましだった」

「ルーカスにはそれができなかった。それだけあなたを愛してるってことよ」

ディーはゆっくり言った。「外を歩いてると、とても愛ゆえの行為だとは思えないけど」

「わかってる。さっきも言ったとおり、実行するのはつらかったはずだよ。あの日、あたしはルーカスにあなたを助けるよう頼むのがつらかった。あたしのせいでカイルが殺されるかもしれないとわかってたから。それを愛ゆえの行為だと見なす人は少ないだろうけど、実際そうだった。カイルを止めるためなら、なんだってしてた。たとえ彼に憎まれてもね」

「ルーカスを憎んではいないわ」本当だった。

「じゃあ、彼を許せる?」

「いいえ、いまは無理。もしかしたら一生、無理かも。なんだか、からっぽの気がして、自分のなかにぽっかり大きな穴が開いたみたい。でも、いまは生きていけるかどうかが問題なの。許す、許さないの問題には、あんまり興味がないわ」

ティリーはその表情を、別の女の目に見たことがあった。自分の目にも浮かぶことがある。それは、失うものをなくした人間の表情だ。そのわびしさは深く、たとえ立ちなおったとしても、他人にはうかがい知れないほどその人間を変えてしまう。

「お金を持ってきたよ」ティリーは話題を変えて明るく言った。

「カイルのお金ならいらないわ」

「彼のじゃなくて、あたしのお金」

ディーはびっくりして彼女を見た。「それならなおさら受け取れないわ。あなたからもらう理由なんてないもの。今回のことではなんの責任もないのよ。それどころか、あたしのほうこそ、助けてもらって感謝してるのに」

「でも、カイルの負い目はあたしの負い目でもある」ティリーは言い張って、いたずらっぽく笑った。「それも彼を愛すればこそよ」

「ありがたいけど、やっぱりもらえない」カイルの金ならば、この際恥を忍んで受け取ったかもしれない。彼にも責任の一端はある。でも、ティリーからは絶対に受け取れない。

ティリーは口ごもった。「町で仕事を探してるって聞いたけど」

「ええ、でも見つからなくて」

「じゃあ、お金を受け取って。あたしには余裕があるし、あなたには必要なんだから」

ディーはお金と、今後の生活を考えてみたが、必要なのはお金ではない。水だ。ふと黙りこみ、珍しいものでも見るようにティリーを見つめた。どうしていままで思いつかなかったのだろう? 一度したことは元に戻せるはずだ。川の流れが変わったのなら、もう一度流れを変えてやればいい。

ショックによる茫然自失と、ルーカスの裏切りによる苦しみで目が曇っていたとしか思えなかった。いまの状況を打ち破ろうとせず、ただ無為に過ごしてしまった。ディーは坐《ざ》して運命を罵る人間ではない。腕まくりをして、自分の手で問題を解決するのだ。

ルーカスから彼のしたことを打ち明けられて以来、はじめて力がみなぎるのを感じた。かつての目の輝きが戻ってきた。

ティリーはそのようすを近くから見守っていた。「なに、どうしたの? なにか思いついたとか?」

「ええ。あなたにも手伝ってもらいたいんだけど」

「喜んで。なんだってするわよ」

ディーの顔にじわじわと笑みが広がった。「ダイナマイトを何本か手に入れられる?」

冒険にはいつも胸をときめかすティリーは、ディーとともに川床をたどって水源となる山までのぼった。けっして楽な道のりではなかった。もっと楽な道があるはずだったが、ディーは知らなかった。

ふたりともズボンをはいていた。馬を引いて歩かねばならないこともあったので、ズボンにして正解だった。迂回したり遠回りしたりしながら山道を進んだ。途中、川床を見失って、苦労しながら引き返すこともあったが、ようやくたどり着いた分岐点は、見まがいようがなかった。東側の分岐には土の堰がつくられ、美しい水はすべて〈ダブルＣ〉の土地へと流れていた。

ディーは自分の農場を滅ぼした堰をじっと見た。ルーカスが生き抜くために水を必要としていたのなら、あのとき自分の手を泥だらけにしてでも堰をつくった。彼に谷を売り払うつもりになっていた。けれど、あれほどに美しい土地を、こんなにも愛しているものを、壊されるのは我慢がならない。しかも、ディーのためになることを彼のほうがよくわかっているという理由で！

「ダイナマイトを使ったことあるの？」ティリーが尋ねた。

「いいえ」

「やだ、どうすんの？」

「町で聞いてきたから、だいじょうぶよ。採鉱で使ってる鍛冶屋が教えてくれたわ」

「導火線に火をつけて、堰に投げるつもり？」

「いいえ、堰の東側深くに埋めるのよ。そうすれば、爆発したときに川床も低くなるわ」

ルーカスの用いた力学はよくわかっている。それと同じことをするつもりだった。ディーはその穴時間をかけて、固まった粘土質の土にナイフでふたつの穴をうがった。

にダイナマイトを押しこみ、長い導火線を伸ばした。導火線が三十センチ燃えるのにかかる時間は割り出してあり、爆風から完全に逃れるために必要な導火線の長さも予測がついていた。

「ここから離れて」ティリーに言った。「五分したら点火するから」

「あたしもつき合う」ティリーは言った。「せっかくここまで来たんだから、見物させてもらって、あなたと一緒に逃げるわ」

ふたりは顔を見合わせて、にやりとした。

ディーが導火線に火をつけた。

ふたりして駆けだし、鞍《くら》に飛び乗ると、一目散に馬を走らせた。一、二、三……ディーは心のなかで数えた。

ルーカスは川岸を歩いた。手に入れるための闘いは忘れて、勢いよく流れる水を見つめた。いままでになく水嵩が増し、場所によっては泳げるほどの深さがあった。

はたして、それだけの価値があったのか。

ディーはルーカスを避け、町じゅうの店を一軒ずつ当たって仕事を探していた。皮肉なことに、彼女の頼みを断われないのは彼だけなのに、彼に頼むくらいなら死んだほうがましだと思っている。

なにはともあれ、ディーに頼ってもらいたかった。頭を冷やして、彼女を守るためにしたことだと気づいてくれたら。だが、彼女は怒っているというより、あまりにも深く傷ついたために、まだ動揺が収まらないのだ。

それにプライドの問題もある。ディー・スワンほど誇り高い人間は見たことがなかった。そんな彼女を愛するのは容易ではないが、彼女からプライドを奪って、おとなしくさせたら、ディーではなくなる。それではこれほど熱烈には愛せなかっただろう。強くて、自分と互角の頑固さを持っているからこそ愛したのだ。なくてはならない女、真の意味での伴侶だった。

なのに、そのプライドを打ち砕いて、それを支える大切な要素であった自活の道を閉ざしてしまった。ディーはエンジェル・クリークのことで彼を許さないだろう。許したら彼女ではなくなるからだ。以前は、もう少し弱い女になることを期待——というか、要求——していた。彼女には自分で自分を養っているという心の自由が不可欠だった。それが原動力となり、あの強さの源となる精神力の支柱となっていた。彼女はたしかこう表現していた。エンジェル・クリークがあたしのものというより、あたしがエンジェル・クリークの一部なのよ、と。

無理やり自分のものにして、プライドを捨てさせれば、彼女のなかのなにかが死ぬ。唯一の打開策は、自活の手段とプライドを彼女に戻すことだ。なにものにも尊厳を傷つけられない、独立した女としてでないかぎり、ルーカスを受け入れてはくれまい。つねに自主性を重んじ、他人から干渉されずにすむ部分を大切にしてきた女だ。自分だってそうなのに、どうしてディーを責められよう。彼が他人に支配されたくないように、彼女も支配を嫌っている。彼の伴侶にはなっても、付属物にはならない。それ以外は望んでいなかったはずなのに、彼女を失ってはじめてそのことに気づいた。

ふたたび水面をながめた。かけがえのない水。けれどディーのほうがもっと大切だ。ルーカスがエンジェル・クリークのためではないと念を押したにもかかわらず、彼女は結婚を断わった。あのときは逆上していて考えられなかったが、ふと、その理由に思い当たった。たとえ、なんらかの形でエンジェル・クリークの償いをしたとしても、彼女は結婚に応じないだろう。ルーカスは自分の計画をすべて打ち明け、金の力で政治的な決定を左右し、〈ダブルC〉を一大帝国に築きあげると話した。デンバーでの社交生活の大切さも語った。取引は社交の場で行なわれることが多いから、夫婦そろってパーティやレセプションに出なければならない、と。そして自分の隣にディーがいる場面を想像し、傲慢にも、彼女をどこへ連れていっても恥ずかしくないレディにできると思いこんでいた。

だがディーはそのようには生きられず、本人もそれを承知している。人生の楽しみを放棄しているわけではないのだ。息苦しい建物や、慣習でがんじがらめになった社会とは無縁に、外で自由にしていないと生きていかれないのだ。自分の望む生活に彼女が溶けこめると思うほど、ものごとが見えなくなっていたのか？　ディーから変わってほしいと押しつけられたことはないのに、なぜ、自分はそれを彼女に期待した？

ルーカスはあらゆる計画と野心を思い浮かべ、心の天秤にかけた。影響力を求めたのは、ひとえに〈ダブルC〉のためだった。

だが、財産ならもうたっぷりある。そして、ディーのほうが、野心よりも、はるかにすばらしいものを牧場にもたらすだろう。彼女の存在、精神、そしてやがて生まれるであろう子どもを。

選ばなければならない。そして、選ぶ余地がないのはわかりきっていた。どれほどの権力より、発言力より、ディーのほうが大切だった。彼女を連れ戻せるのなら、〈ダブルC〉の権利をそっくり譲ってもいい。彼女を人生の伴侶にしたかった。

人生の伴侶。

思い浮かんだ考えに驚いて、目をぱちくりさせた。これならいけるかもしれない。償いの手はじめとして思いついたのは、いままでのところこれだけだった。

そのとき、低い地鳴りのような音がした。山の方角だ。顔を上げて雲を探したが、空は晴れわたっている。どこから雷が聞こえたのかわからなかった。

雷……やられた！　突如、音の正体に気づいた。口をあんぐり開けて、山を見つめた。

そのうちに、どうしようもなく、笑いが湧きあがってきた。

彼女が状況を打開しようとするのを予想しておくべきだった。あの大きな爆音は、彼女が戦闘態勢に戻った合図だ。

翌日、ディーはまっすぐ小屋に近づいてくる蹄《ひづめ》の音を聞いた。外を見ると、ルーカスが鞍から飛び降りるところだった。前日に来ると思っていたので、なぜこんなに時間がかかったのか不思議だった。

散弾銃を持ってポーチに出た。「なんの用？」いきなり尋ねた。

彼はステップの一段めに足をかけ、散弾銃に警戒の目を向けた。「ディー、それを使うつもりなら、最初のときに使うべきだったな。もう手遅れだ」

彼女は微笑んだ。「誤りを正すのに遅すぎることはないわ」

「たしかに」水音のほうへ頭をやる。その先には、ふたたび清らかな水を満々とたたえるエンジェル・クリークがあった。「だれに爆薬をしかけてもらった？」

彼女はあごを突き出した。「助けなんていらないわ。自分でやったのよ」

ルーカスは唖然として、ディーを見あげた。彼女が危険にさらされたと思っただけで、心臓が止まりそうになった。なんて女だ。ダイナマイトがどんなに不安定なものか、知らないのか？　まさか彼女が自分でしかけたとは思わなかったが、よく考えてみると、いかにもな話だ。いままで、ディーが他人に頼みごとをしたことがあるか？

「気でも狂ったか？」怒りで顔をまっ赤にして、わめいた。「死んでたかもしれないんだぞ！」

ディーは軽蔑したようなまなざしを向けてきた。「あたしには、自分がなにをしたかわかっていないとでも、言いたげね」

「わかってたのか？」彼は切り返した。

眉をつり上げる。「ええ、ちゃんとね」ゆっくり答えた。「だから、こうしてここにいるのよ」

返す言葉のない苛立ちに、壁に頭を打ちつけたくなったが、そのうち、ふいに笑いだした。この先、一生こんなふうに狂わせてもらいたいと思ったからだ。たぶん、もう狂っているのだろう。魔女のような緑色の目が、愉快そうに光るのが見えたような気がする。おれを怒らせるのを楽しんでやがる。

「ティリーが手伝ってくれたのよ」彼女が白状した。

「ティリー！」彼は帽子を取り、あたふたと額の汗をぬぐった。「なんてことだ」だが、わからないでもない。ティリーはカイルの罪を償いたかったのだろう。だが今回の件に関しては、たとえ愛ゆえの行為だとしても、カイルよりもはるかに自分のほうが罪が重かった。

ディーは挑むように彼を見た。「また堰をつくったら、また爆破してやる」

「もうつくらない」苛立たしげに言った。「おれの手で爆破すべきだった。ただ、思いつくのが遅かった」

ディーが目を丸くした。「なぜあなたがそんなことしなきゃならないわけ？」

「おれがまちがってたからさ」見つめ返すと、ふたりの視線がからまった。「そもそも、あんなものをつくる権利はおれにはなかった。きみを連れ戻すためなら、なんだってする」

こんなに青く、迷いのない彼の目ははじめてだった。胸が高鳴ったが、彼には気取られたくなかった。

ルーカスがもう一段のぼると、ディーは散弾銃をかまえて警告した。「そこから動かないで」

彼は散弾銃には目もくれなかった。「結婚してくれるか？」

ディーは自然と川に目をやった。

「あんな川のためじゃない」きっぱり言った。「谷はおまえのものだ。おれに必要なのは谷じゃなくて、おまえのほうだ。谷はおまえのものだという証書をつくらせる。〈ダブルC〉も譲る。結婚してくれるだけでいい」

どういうこと？ ディーは仰天した。手の力が抜けて散弾銃がぐらつき、銃口が下を向いた。息を吸う間もなく、ポーチに上がってきたルーカスが銃を取りあげ、脇に置いた。

「いま、なんて?」茫然と尋ねた。

「エンジェル・クリークはおまえの個人的な所有地のままだと言ったんだ。おれの許可がなくても好きなようにできる。どうして最初からそうしなかったんだろうな。おれの牧場もおまえに譲る。結婚を承諾してくれたら、欲しいものはみんなやる」

彼がこれほど大胆な提案をするとは、夢にも思わなかった。なにか裏があるにちがいない。「でも……どうして?」

ルーカスは深呼吸した。すべての財産と将来の幸せを彼女の答えに賭けて、率直に伝えるのはなんとむずかしいことか。「おまえが必要だからだ。手荒く扱ったら、おれの頭を殴りつけるような妻がいる。それほどの勇気があるのは、あとにも先にもおまえだけだ。結婚してくれと何度頼んだか忘れたが、ひとつだけはっきりさせておきたい。この谷や川のために求婚したことは一度もない。愛してるから求婚した。わかったか?」

言葉が見つからなかった。ぽかんと口を開けて彼を見つめていた。頭のなかは、きれいに消された黒板のようにまっさらだった。

「わかったか、と訊いてるんだ」彼は声を張りあげた。

「あたしなんかと、結婚したいはずないわ」ぽろっと口を滑らせた。

「なぜそう思う?」

「なぜって……あたしはあなたの望んでいる妻にはなれないから」早口でまくしたてた。

「あなたはデンバーに拠点を移すつもりでいて、あたしにはそんな生活はできない。みんながあたしのことを笑う。あたしに向かない――」

「ああ、おまえには向かない」彼は腹立たしげに賛同した。「デンバーなんかどうだっていいんだ。おれはおまえを選ぶ」

「あなたに夢をあきらめろなんて言えない――」

「おい、おまえからあきらめろと言われた憶えはないぞ！」とうとう堪忍袋の緒が切れて、怒鳴り散らした。「自分の欲しいものはわかってる。いいから、おれの質問に答えろ！」

彼女は目をしばたたいて、混乱した頭を整理しようとした。「〈ダブルC〉はいらない。土地をもらうための結婚なんてしない」

ルーカスはよっぽど帽子をポーチに叩きつけて、踏んでやろうかと思った。かわりに彼女の腕をつかんで揺さぶった。「それなら土地のことは忘れろ」歯を食いしばる。「おれと結婚するとだけ言ってくれ」

ディーの胸にゆっくりと喜びの花が開き、抑えつけないと、体がはちきれそうだった。本気だわ。信じられないことだけれど、ルーカスは本気だ。結婚を承諾させる唯一の方法だとでも思わないかぎり、愛する〈ダブルC〉を一センチでも手放すはずのない男が、牧場を全部譲ると言うのだから、愛しているとしか考えられない。燃える青い瞳が、野心をあきらめてもなんの悔いもないと語っていた。彼は心を決めた。ルーカス・コクランがなにかを決めたら、もうだれにも変えられない。

「わかった」ディーは答えた。

彼がふたたび揺さぶった。「わかった、って、なにが？」

それで笑いだした。「ええ」

「ええ、って、なにがだ？」この調子だと、彼女のせいで、この年が終わらないうちに、怒鳴ってばかりの男になりそうだ。

ディーはとろけるような笑みを浮かべた。「ええ、あたしもあなたを愛してる。ええ、あなたと結婚する。でも〈ダブルC〉やその他の理由じゃない。ただ、あなたを愛してるの。ほかになにかあったかしら？」

ルーカスは肋骨がきしみそうなほどディーを抱きしめた。涙が滲み、目を閉じた。このひとときに全人生を賭け、断わられるかもしれないと怯えていた。「なんて強情な女だ」

「そうね」淡々と言った、彼の胸にうずまっているせいで、声がくぐもった。「あなたと同じくらい」

「おれが言っているのは、エンジェル・クリークのことだ。ずっとおまえのものだ。おまえには必要なものなのに、それが前はわかっていなかった」ディーの髪にキスをした。

「〈ダブルC〉の新しい所有者になれば、この州でもっとも金持ちの女性の仲間入りだ」

ディーは顔を上げ、輝くばかりの笑顔を見せた。「いいえ」

「もちろんそうなる。ちくしょうめ、牧場の価値はわかってる」

「〈ダブルC〉はいらない」

「約束したことだ」

「合意するまでは、成立しないわ。〈ダブルC〉は受け取らない。あなたには必要なものよ。あたしにエンジェル・クリークが必要なように」ルーカスの背中に手をまわした。「譲渡することなんてないわ。共同で所有するわけにはいかないの？」

「なんでもいい」彼はもどかしげに言った。「結婚してくれるんなら」

彼女は驚くほど安らかな気持ちになった。「ここに来られるんなら、書類にだれの名前が書かれていようとかまわないわ」自分の言葉に胸を突かれた。そのとおりだった。権利書にルーカスの名前があろうと、エンジェル・クリークは自分のものだ。彼を信頼していれば、自立を守るために闘う必要などなかった。彼がディーを一個の人間として尊敬してくれていることこそが、真の自立の尺度であり、それだけを望んでいた。彼と結婚しても、そこはまったく変わらない。

「おれもまさに〈ダブルC〉についてそう思った。名義などどうでもいい。欲しいのはおまえで、土地はちゃんとそこにある。だが、おまえの望むとおりにしよう」ディーの顔を持ちあげ、熱烈なキスをした。「おまえが望むなら、おまえから子どもたちに譲ることもできる」

子どもを授かるための数時間におよぶ営みを思うと、ディーの全身が喜びに震えた。その震えを感じとって、ルーカスの体も反応した。

「しょっちゅう喧嘩するんだろうな」それを思うと、わくわくする。

「まちがいなく、そうなるわね」

「で、喧嘩のあとは愛し合うんだ」

体を引き離し、緑色の目でルーカスをじっと見つめた。「それはどうかしら」

「いや」ディーを抱きあげた。「絶対にそうさ」大股でステップを下り、川岸まで行った。エンジェル・クリークの澄んだ水は、なにごともなかったように、輝きを放ちながら渦を巻いている。そこには、よみがえったことを喜ぶような軽やかさがあった。ルーカスは腹の底から笑った。笑いながらディーを川に投げ入れ、自分も飛びこんだ。水の冷たさは気にならなかった。ディーは子どものようにはしゃぎ、背中に飛びかかって、ルーカスを水に沈めた。取っ組み合って遊ぶうちに、笑いが底をついて、彼の深い青色の目に別の表情が表われた。

彼女を岸に引きあげて、上にのしかかると、スカートをまくって濡れたズロースをはぎ取り、ズボンのボタンをはずして必要なだけ下げた。もう一分も待てない。激しいひと突きで押し入り、熱い体に締めつけられてうめいた。これこそ至福のときだ。

ディーは脚を巻きつけ、やがてゆるめた。彼の肩を押して転がし、自分が上になると、濡れた髪を目から払った。その顔に浮かぶ恍惚《こうこつ》の表情に、ルーカスは息を呑んだ。そこには、あの夜明けにここで見たのと同じ、喜びがあった。ルーカスがもたらしたものだ。まっ青な空を背景にして、緑色の瞳をエメラルドのように輝かせているこの女は、これまで見たなによりも美しいもの、そして彼のものだった。

「明日、結婚しよう」

彼女は顔を近づけ、やわらかい唇を重ねてきた。「あなたのお気に召すままに、ダーリン」猫のように喉を鳴らしている。

ルーカスは一瞬たりとも気を許さなかった。

エピローグ

カイルとティリー・ベラミーは、結局〈バーB〉を売り払って、東部に戻った。ディーはティリーから手紙を受け取った。ふたりして幸せに暮らしている、ニューオーリンズに行くつもりだ、と書いてあった。以来、ティリーからの便りは途絶えた。

旅に出たルイス・フロンテラスとオリビアは、二年後にプロスパーに戻り、〈バーB〉のすぐ西側の土地を買った。彼女の両親は大喜びだった。ウィルソン・ミリカンにはルイスが娘をどうやって養っているのかよくわからなかったものの、金に困っているふうはなかったので、くちばしを突っこむのはやめにした。幸せそのものの娘の顔を見られれば、それで満足だった。穏やかな娘に冒険好きの面があるとは意外だったが、娘にはぴったりの暮らしなのだろう。やがてオリビアは、続けざまに三人の娘を夫にプレゼントした。ルイスには願ってもない贈り物だ。女に囲まれていれば、いつも上機嫌でいられる。

ルーカス・コクランとディーには五人の子どもができた。上三人は男の子で、ルーカスの予言どおりわんぱくだった。下ふたりは女の子だったが、長女が一歳になるころには、ルーカスの心配が始まった。娘はふたりとも母親にそっくりなので、死ぬまで気の休まる暇はないだろう。

ルーカスとディーは喧嘩しては罵り合い、そして仲直りした。うちには喧騒と愛情があふれている。彼にはそれ以上、望むべくもなかった。

訳者あとがき

リンダ・ハワードの『天使のせせらぎ』（原題：*Angel Creek*）をお届けします。西部を舞台とするヒストリカル三部作の一冊であるこの作品が刊行されたのは、本国アメリカで一九九一年、日本では二〇〇二年のことでした。リンダ・ハワードは、当時のロマンス小説ブームを牽引していた作家のひとりで、お読みいただければわかるとおり、その骨太な作品がもつ魅力は、時代を超えていまも色褪せることがありません。

さて、ヒストリカル作品の場合、まず押さえておきたいのは歴史的な背景ですよね。以前のあとがきも参考にしつつ、この作品の背景となる時代の主要なできごとを挙げてみましょう。

一八四九年～五五年　カリフォルニアでゴールドラッシュ
一八五八年～六一年　コロラドでゴールドラッシ

一八六一年　コロラド準州成立
一八六一年～六五年　南北戦争
一八六三年～六五年　コロラド戦争。アメリカ合衆国と、ネイティブアメリカン緒族のあいだの戦争。一八六四年には合衆国軍による大虐殺事件が起きる
一八六九年　大陸横断鉄道の完成
一八七六年　コロラド州が第三十八番目として州に昇格。合衆国独立の百年後
一八九三年　コロラド州は、合衆国ではじめて住民投票を通じて女性が参政権を獲得
(ワイオミング州では、議会の採決によって一八六九年に女性参政権が承認)

ネイティブアメリカンの地であった現コロラドの地に白人が定住する大きなきっかけとなったのは、ゴールドラッシュです。それを機に大勢の白人が陸路もしくは水路でカリフォルニアの地を目指し、そのカリフォルニアでのゴールドラッシュが一段落したころはじまったコロラドでのゴールドラッシュが、彼の地の繁栄の礎となりました。六一年には準州となり、六二年にはエイブラハム・リンカーン大統領のもとホームステッド法が成立します。その背景にあるのが南北戦争前の合衆国が置かれた政治的な状況です。ホームステッド法が成立したのは、この法律の成立に反対していた南部諸州が合衆国を脱退したためです。五年間、土地を開拓しながら住みつづければ無償でその土地の所有権を取得できる

というホームステッド法は、西部開拓を進める原動力となり、ヨーロッパからの移民をふくめ、人々の入植熱をさらに高める結果となりました。

本作は、そうした時代背景を存分に生かした作品です。時は一八七六年、州に昇格する直前のコロラド州。プロスパーという、人口三百人あまりの小さな町が物語の舞台です。

ヒロインは教師であった母親を十六歳で、続いて十八歳で父親を失ったディー・スワン、二十四歳。豊かな水をたたえる小川〝天使のせせらぎ《エンジェル・クリーク》〟のある谷間の地に両親が建てた小屋に住んで菜園を切り盛りしています。農作物を育て、ニワトリを育て、牛も二頭いる。必要なものは美しく豊かな土地がすべて授けてくれ、余った野菜は町の雑貨商に卸し、銀行にも多少の蓄えがあります。

ここまで来るにはもちろん苦労もありました。父親が亡くなった直後は、心細さに震えあがり、町の人たちにも父の死を内緒にしていました。へたにしゃべれば男たちの欲望の標的にされるのが目に見えていたからです。ディーは自衛手段の重要性を痛感して、父の残した拳銃とライフルと散弾銃を磨き、手になじんで考えずに撃てるようになるまで練習します。やがて父の死が町の人たちに知られるようになり、不埒なカウボーイたちが日々押し寄せるようになると、散弾銃で蹴散らします。こうして守ってきた結果が、いまの慎ましやかで、けれど実り豊かな生活です。ディーはエンジェル・クリークがもたらしてくれたこの豊かな土地に生きる意味を見いだし、またそこから生きる糧を得ます。

そんな充実した日々を送る強い女ディーの前に現れるのが、これまた強引で野心家な牧場主ルーカス・コクランです。父の死を受けて十年ぶりに生まれ故郷のプロスパーに戻ってきたルーカスもまた、ディーとは違う形で家族に恵まれていません。ネイティブアメリカンとの戦いで仲のよかった兄を失い、病気で母を失い、さらには弟までが弓矢で殺されます。残されたルーカスと父親は対立して、結局、ルーカスが家を出ることになります。ルーカスは各地をさまよいながらカウボーイや保安官、政治家の秘書など、さまざまな職につき、経験を積みあげてきました。久しぶりに戻ったプロスパーは、ルーカス家の牧場が中心になってできた町です。さらに牧場を拡大し、政治家になるのがいまの野心です。そのためには、この旱魃に見舞われがちな土地でもうひとつ水源を確保したい。そう、エンジェル・クリークのある土地を。

こうしてふたりは出会い、猛烈に惹かれあいます。けれどディーにとって結婚は自分の財産を夫に奪われることを意味し、ルーカスにとっての結婚は政治の舞台に出ていくための足がかりでしかなく、相手に必要なのはそつのない社交性。自分の望む人生のあり方と相手への欲望とのあいだで引き裂かれながらも、ふたりは近づいていきます。

リンダ作品のヒーローは、種馬とかアルファメイルとか言われることの多い、ボスざるタイプ。コクランもその例に漏れません。野心も能力も高く、精力的で強引です。いまどきの基準からすると、その強引さは、ときに、おいおいと突っ込みを入れたくなるほどですが、それに負けないだけの強さをヒロインが持っていることであやうい均衡が取れています。恋愛には相手に自分を開くという行為が含まれます。強い恋愛感情の背後にある、力と力のぶつかりあい、あやうさ。くっきりとした自我を持つ者同士が、身を切るような思いをして相手に向かって自分を投げだす。その部分に自覚的だからこそ、リンダ作品には甘いだけでない、泣きたくなるような切なさがあるのかなと思います。

この二十年のあいだにアメリカでも日本でも男女の社会的な役割に対する考え方は変化してきました。スーパーで買い物する男性の姿や、保育園の送り迎えをするスーツ姿のお父さんの姿は珍しくありません。もちろんディーの時代のように女性の財産がすべて夫のものになることもありません。それでも、恋愛にはあやうさがつきものです。愛すればこそ無防備になり、悪い相手につかまれば、そこを利用されることになります。仕事を続けながら子どもを育てようと思えば、女性の立場に理解の深いやさしい男性と結婚する必要があります。だからこそ、強い男が自分への愛ゆえに変わってくれることは、いまも変わらずファンタジーなのだろうと思います。そして、リンダ作品の愛読者は、強い男性を愛すると同時に、その男性に負けない強いヒロインを愛し、そういう女性へのあこがれをいだいていたのではないか。それが久しぶりにこの本を再読してわたしが抱いた感想です。

この作品を訳した十九年前、銃器に詳しい先輩の男性翻訳家から言われたことがあります――女性が独り暮らしで銃を持つならやっぱり散弾銃だよね、と。当時のわたしはまだ翻訳をはじめて日が浅く、いま以上に銃器に詳しくありませんでした。ディーは自衛のために父親から譲られた銃器を手入れし、その扱い方を学びます。拳銃とライフルと散弾銃の三丁です。小さな拳銃は扱いが簡単そうでいて、実はどんな距離でも的に当てるのがむずかしい銃器です。ライフルは狙いが正確で、離れたものを狙うのに適しています。ですが、相手を威嚇するなら散弾銃がいちばん。初心者でも扱いが楽なうえに、貫通力は低いけれど、事故が起きにくく、また散弾銃の名前のとおり、小さい弾丸を複数散開発射できる銃器だからです。めったに銃器を目にすることのないわたしたちにはぴんときにくい部分ですが、そんなことも念頭に置いて、フロンティアで危険にさらされて暮らすディーの気分を多少なりと味わっていただけたら幸いです。

再販されるウエスタン三部作を通じてリンダ・ハワードと新たに出会う方がおられることを願っています。

二〇二一年　四月

訳者紹介　林 啓恵

英米文学翻訳家。国際基督教大学卒。主な訳書にカレン・ディオンヌ『沼の王の娘』(ハーパーBOOKS)、ケイシー・マクイストン『赤と白とロイヤルブルー』、キャサリン・コールター『誘発』(ともに二見書房)、リサ・マリー・ライス『運命の愛にふれて』(扶桑社)、サンドラ・ブラウン『凍える霧』(集英社)、フィリップ・ウィルキンソン『世界の神話大図鑑』(三省堂、共訳)など多数。

mira™

天使《てんし》のせせらぎ

2021年6月15日発行　第1刷

著 者　リンダ・ハワード
訳 者　林《はやし》 啓恵《ひろえ》
発行人　鈴木幸辰
発行所　株式会社ハーパーコリンズ・ジャパン
東京都千代田区大手町1-5-1
03-6269-2883 (営業)
0570-008091 (読者サービス係)
印刷・製本　中央精版印刷株式会社

定価はカバーに表示してあります。

Printed in Japan
ISBN978-4-596-91856-7

mirabooks

レディ・ヴィクトリア
リンダ・ハワード
加藤洋子 訳

没落した名家の令嬢ヴィクトリアは大牧場主との愛のない結婚生活に不安を覚えていた。そんな彼女はあるガンマンに惹かれるが、彼には恐るべき計画があり…。

静寂のララバイ
リンダ・ハワード リンダ・ジョーンズ
加藤洋子 訳

小さな町で雑貨店を営むセラ。ある日元軍人のベンから、じきに世界規模の大停電が起こると警告され面食らうが…。豪華共著のロマンティック・サスペンス！

バラのざわめき
リンダ・ハワード
新号友子 訳

若くして資産家の夫を亡くしたジェシカとギリシャ人実業家ニコラス。相反する二人の想いは不器用なまでにすれ違い…。大ベストセラー作家の初邦訳作が復刊。

ホテル・インフェルノ
リンダ・ハワード
氏家真智子 訳

生まれつき数字を予知できる力を持つローナは、カジノを転々として生計を立てる日々。ある日高級カジノ・ホテル経営者ダンテに詐欺の疑いで捕らわれ…。

雷光のレクイエム
リンダ・ウィンステッド・ジョーンズ
杉本ユミ 訳

殺人課に異動になったホープは、検挙率の高さで知られるギデオンの相棒に抜擢される。高級スーツに身を包み刑事らしくない男だが、彼にはある秘密が…。

永遠のサンクチュアリ
ビバリー・バートン
中野 恵 訳

その素性を知らずに敵対一族の長ユダを愛してしまったマーシー。7年後、人里離れた屋敷で暮らすマーシーのもとにある日突然ユダが現れ…シリーズ最終話！